Les gardiens du phare

Emma Stonex

Les gardiens du phare

roman

Traduit de l'anglais
par Emmanuelle Aronson

Stock
la cosmopolite

TITRE ORIGINAL :
The Lamplighters

Couverture : © Raphaëlle Faguer

ISBN : 978-2-234-09009-5

Pour IFTS et KMS

Note de l'auteur

En décembre 1900, trois gardiens disparurent du phare de l'île d'Eilean Mòr dans l'archipel des Hébrides extérieures. Ils s'appelaient Thomas Marshall, James Ducat et Donald MacArthur. *Les Gardiens du phare* s'inspire de cet événement et a été écrit à la mémoire de ces gardiens, mais il s'agit d'une fiction, et par conséquent toute ressemblance avec la vie ou la personnalité de ces hommes ne peut être que fortuite.

Note de l'auteur

[illegible]

Nous restâmes là, toujours muets,
Le regard noir et inquiet
Devant la porte entrebâillée, avant de l'ouvrir
Et de quitter la lumière pour pénétrer l'obscurité.

Wilfrid Wilson Gibson, *Flannan Isle*

Deux hommes différents ;
je suis double depuis si longtemps.

Tony Parker, *Lighthouse*

I

1972

1

RELÈVE

Lorsque Jory ouvre les rideaux, la lumière du jour est douce et grise ; une chanson qu'il croit reconnaître s'achève à la radio. Il écoute les nouvelles : une fille a disparu à un arrêt de bus dans le Nord. Il porte la tasse à ses lèvres et boit une gorgée de thé. La pauvre mère doit être folle d'inquiétude – on le serait à moins. Cheveux courts, minijupe, grands yeux, voilà comment il voit la fille, frissonnant dans le froid, et l'arrêt de bus désert où elle aurait dû se trouver, agitant la main – pour dire bonjour ? pour appeler à l'aide ? – et le bus qui s'approche avant de poursuivre sa route, le chauffeur au courant de rien, la chaussée luisant sous la pluie noire.

La mer est calme, d'une transparence de verre comme c'est le cas après les tempêtes. Jory soulève le loquet de la fenêtre. Dehors, l'air frais semble presque solide, une chose comestible qui tinte entre les petites maisons de pêcheurs tel un glaçon dans un cocktail. L'odeur de la mer est incomparable : une odeur de sel, de propre, de vinaigre réfrigéré. Aujourd'hui, elle est silencieuse. Jory connaît les mers bruyantes et les mers muettes, les mers démontées et les mers d'huile, les mers où votre bateau n'est plus que l'ultime lueur d'humanité dans une houle si obstinée et furieuse que l'on finit par croire ce en quoi l'on ne croit pas d'ordinaire, que la mer est à mi-chemin entre le paradis et l'enfer par exemple, ou entre ce qui s'étend là-haut en tout cas et ce qui se tapit dans les profondeurs. Un jour un pêcheur lui a dit que la mer avait deux visages. Il faut faire avec les deux, le bon et le mauvais, et ne jamais tourner le dos ni à l'un ni à l'autre, avait-il ajouté.

Aujourd'hui, enfin, la mer est de leur côté. Aujourd'hui, ils vont y aller.

C'est lui qui décide si le bateau peut sortir en mer ou pas. Même s'il n'y a pas trop de vent à neuf heures, ce n'est pas gagné que ce soit pareil à dix ; et quel que soit le temps au port, disons que ça gîte un peu avec des vagues d'un mètre, il sait qu'au phare il se retrouvera dans des creux de douze. Quelles que soient les conditions météo à terre, elles seront dix fois plus mauvaises là-bas.

Le nouveau a une vingtaine d'années ; il est blond et porte de grosses lunettes qui lui font des petits yeux nerveux. Comme ceux d'une créature en cage, vivant dans la sciure, se dit Jory. Il est là-bas, debout sur la jetée, avec son pantalon pattes d'éléphant en velours aux ourlets effilochés et humides à cause des embruns. Le matin de bonne heure, il n'y a pas grand monde sur le quai : un homme avec son chien et un livreur de lait. La trêve glacée entre Noël et le jour de l'an.

Jory et ses hommes chargent les affaires du jeune homme – des cartons rouges Trident qui contiennent des vêtements et de la nourriture pour deux mois, de la viande et des fruits frais, du vrai lait et non du lait en poudre, un journal, du thé, du tabac Golden Virginia – avant de les couvrir d'une bâche. Les gardiens seront contents : ils sont au ragoût en conserve depuis quatre semaines et lisent et relisent la une du *Mail* de la dernière relève.

Dans le port, l'eau charrie des algues vertes, clapote bruyamment contre les flancs du bateau. Avec ses tennis mouillées, le jeune homme embarque en s'agrippant où il peut tel un aveugle. Il tient sous le bras un paquet ficelé – des livres, un magnétophone, des cassettes, ce qu'il lui faut pour passer le temps. Il doit être étudiant : Trident embauche beaucoup d'étudiants ces derniers temps. Il composera de la musique, ce sera ça, son truc. Là-haut dans la lanterne, convaincu de vivre quelque chose d'exceptionnel. Ils ont tous besoin d'avoir une activité, surtout dans les phares – on ne peut pas passer son temps à monter et descendre l'escalier. Dans le temps, Jory connaissait un gardien, un gars très doué de ses mains qui mettait des bateaux en bouteille ; il passait tout son tour de garde à les fabriquer, et c'étaient des objets magnifiques à l'arrivée. Ensuite, ils ont eu la télévision et ce gars a tout abandonné, il a littéralement balancé son matériel à la mer, et à partir de là il est resté assis devant le poste dès qu'il pouvait.

« Vous faites ça depuis longtemps ? » demande le jeune homme. Jory répond : « Ouais, t'étais pas encore né quand j'ai commencé. » « Je croyais qu'on n'y arriverait pas, lance le jeune homme. J'attends depuis mardi. Ils m'ont donné un endroit où dormir dans le village, très chouette ; enfin, je n'y aurais pas passé ma vie non plus. Tous les jours, je regardais et je me disais : on ne va jamais pouvoir décoller. Tu parles d'une sacrée tempête. Je me demande bien comment ce sera, la prochaine, là-bas. Tant qu'on n'a pas vécu une tempête en mer, on ne sait pas ce que c'est, il paraît. Ils m'ont dit qu'on avait l'impression que le phare allait s'écrouler, être englouti par la mer. »

Les nouveaux veulent toujours causer. Les nerfs, songe Jory, ils sont toujours à se demander comment va se passer la traversée, est-ce que le vent ne va pas changer, et comment on va accoster au phare, et les hommes là-bas, est-ce qu'ils vont s'entendre avec eux, et comment est le gardien-chef. Ce n'est pas encore son phare, à ce garçon ; et ce ne sera probablement jamais le cas. Les gardiens remplaçants vont et viennent, un coup un phare à terre, un coup un phare en mer, on les trimballe à travers le pays comme une balle de flipper. Jory en a vu des tonnes, pressés de commencer, persuadés de vivre un truc romantique, mais ce n'est pas si romantique que ça. Trois hommes seuls dans un phare en pleine mer. Ça n'a rien d'exceptionnel, rien du tout ; c'est juste trois hommes et beaucoup d'eau. Il faut avoir une sacrée trempe pour supporter d'être enfermé comme ça. Pour supporter la solitude. L'isolement. La monotonie. Rien que de l'eau, de l'eau et de l'eau à des kilomètres à la ronde. Pas d'amis. Pas de femmes. Juste les deux autres, jour après jour, impossible de leur échapper, ça peut rendre complètement dingue.

Il n'est pas inhabituel d'attendre plusieurs jours pour la relève, voire plusieurs semaines. Une fois, un gardien est resté coincé là-bas quatre mois d'affilée.

« Tu vas t'habituer au temps, répond-il au jeune homme.

– J'espère.

– Et ça ne te tapera pas sur les nerfs comme le pauvre gars que tu vas remplacer. »

Agglutinés à la poupe, l'air abattu, les matelots fument en marmonnant, leurs doigts mouillés trempant leurs cigarettes. On les dirait tout droit sortis d'un paysage de mer, une toile à l'huile bien épaisse. « Qu'est-ce qu'on attend ? s'exclame l'un d'entre eux. Tu veux qu'on poireaute jusqu'à ce que la marée redescende ou quoi ? » Ils ont l'ingénieur avec eux aussi, pour réparer la radio. En temps normal, le jour de la relève, ils auraient contacté le phare au moins cinq fois déjà, or, depuis la tempête, la radio ne fonctionne plus.

Jory couvre le dernier carton, démarre le moteur et les voilà partis ; le bateau tangue comme un jouet de bain. Des mouettes se querellent sur un rocher hérissé de berniques ; un chalut bleu rentre lentement au port. Plus la côte s'éloigne, plus la mer grossit, des vagues vertes surgissent, se coiffent d'écume, avant de se dissoudre. Plus ils avancent et plus les couleurs s'assombrissent, la mer devient kaki et le ciel d'un gris ardoise qui ne présage rien de bon. La proue frappe et fend les flots et des jets d'écume jaillissent et se dispersent. Jory mâchouille une roulée qu'il a trouvée aplatie dans sa poche mais qui reste fumable, les yeux braqués sur l'horizon, la bouche enfumée. Le froid lui fait mal aux oreilles. Au-dessus d'eux, un oiseau blanc tournoie dans le vaste ciel morne.

Dans la brume, il distingue la Maiden, la jeune fille, long pic solitaire et majestueux, loin de tout. Le phare est à quinze milles nautiques du littoral. Les gardiens préfèrent, il le sait : ils préfèrent ne pas être trop près de la côte. Pour ne pas la voir parce que ça leur rappelle la maison.

Le jeune homme tourne le dos au phare – drôle de manière de commencer, pense Jory, tourner le dos à l'endroit où l'on va. Il examine une égratignure sur son pouce. Il a l'air doux, malade, novice. Mais tous les marins mettent du temps à s'habituer.

« T'as déjà bossé dans un phare, fiston ?

– Oui, à Trevose. Et à celui de Sainte-Catherine après.

– Jamais en pleine mer.

– Non, jamais.

– Il faut être motivé, remarque Jory. Faut savoir s'entendre avec les autres aussi, même si ça n'a pas l'air gagné d'office.

– Oh, je m'en sortirai.

– Bien sûr que tu t'en sortiras. Ton gardien-chef est un bon gars, ça change la donne.

– Et les autres ?

– Il paraît qu'il faut se méfier du gardien auxiliaire. Enfin, comme il a plus ou moins ton âge, je suis sûr que vous vous entendrez bien.

– Il est comment ? »

L'expression du gamin fait sourire Jory. « Pas besoin de faire cette tête. On raconte plein de trucs au service des Phares et Balises, et c'est pas toujours vrai. »

La houle grossit et roule, noire, sous eux, giflant la coque ; le vent souffle et fouette la surface qui se fripe et se froisse. Une gerbe d'eau fuse à la proue et les vagues se creusent, obscurément profondes. Enfant, Jory prenait le bateau à Lymington pour Yarmouth, penché par-dessus le bastingage il s'émerveillait du roulis incessant de la mer qui progressait en silence, ni vu ni connu pour ainsi dire ; et lorsque les vagues avalaient la côte et que la terre disparaissait, il savait que s'il tombait dans les flots abyssaux, il se retrouverait avec les aiguillettes et les petits requins, silhouettes bizarres, ballonnées et luisantes aux tentacules douces et fureteuses, aux yeux opaques comme des billes.

Le phare se rapproche ; un trait d'abord, puis un poteau, et enfin un doigt.

« Le voilà. Le Maiden Rock. »

Ils distinguent désormais au pied de son socle les stigmates de la mer, la marque de ses assauts accumulés des décennies durant. Jory a beau l'avoir souvent fait, s'approcher du roi des phares ne le laisse jamais indifférent, et il se sent penaud, insignifiant, peut-être un peu effrayé. Haute de cinquante mètres, la Maiden, héroïque colonne d'ingénierie victorienne et bastion imperturbable de la sécurité des marins, se dresse, pâle et magnifique.

« C'était un des premiers, déclare Jory. Mille huit cent quatre-vingt-treize. Il a été détruit deux fois avant qu'ils puissent enfin allumer sa mèche. Il paraît qu'on l'entend pleurer comme une femme quand le temps se déchaîne et que le vent s'infiltre entre les rochers. »

Des détails dans le gris se dessinent – les fenêtres, la plateforme circulaire en béton à la base de la tour et l'étroite échelle d'acier qui mène à la porte d'entrée.

« Ils peuvent nous voir ?

– Maintenant, oui. »

Pourtant Jory cherche toujours la silhouette qu'il s'attendait à voir sur la plateforme, celle du gardien-chef en uniforme bleu marine avec sa casquette blanche, ou de l'auxiliaire leur faisant signe. Les gars doivent pourtant scruter la mer depuis le lever du soleil.

Jory sonde les courants et les remous au pied du phare, pour décider de la meilleure approche : va-t-il se présenter par la proue ou la poupe, va-t-il jeter l'ancre à pic ou laisser du lest ? L'eau glacée s'engouffre dans le dédale de rochers immergés ; lorsque la mer monte, les rochers disparaissent ; lorsqu'elle redescend, ils surgissent, molaires noires et luisantes. Si le Bishop, le Wolf et la Maiden sont réputés les plus difficiles à accoster, pour lui, c'est la Maiden qui remporte la palme. Autrefois, les marins racontaient que le phare était construit sur les mâchoires fossilisées d'un monstre des mers.

Des dizaines d'hommes sont morts pendant son édification et l'écueil a tué plus d'un marin en perdition. Il n'aime pas les étrangers ; il n'est pas accueillant.

Jory attend toujours d'apercevoir un gardien ou deux. Ils ne largueront pas ce gamin avant qu'il y ait quelqu'un sur la plateforme. Pour le moment, avec la houle, il y a des creux de trois mètres et si Jory perd de vue le phare, son filin va casser net et son gars prendra le bouillon. C'est une manœuvre risquée ; c'est comme ça, les phares, partout. Pour ceux qui vivent à terre, la mer semble plutôt stable, mais Jory sait que ce n'est pas le cas : la mer est capricieuse, imprévisible et elle vous chope si vous la laissez faire.

« Ils sont où ? »

Le fracas des flots l'empêche d'entendre son matelot.

Jory signale qu'ils vont faire le tour du phare. Le gamin est vert. L'ingénieur aussi. Jory devrait les rassurer ; lui-même ne se sent pas très serein. Depuis toutes ces années qu'il vient à la Maiden, jamais il ne s'est aventuré derrière la sentinelle.

L'immensité de la tour se dresse au-dessus d'eux, granit massif. Jory lève la tête pour voir la porte, vingt mètres au-dessus de la mer, en acier gris, résolument fermée.

Son équipage gueule ; ils appellent les gardiens et lancent des coups de sifflet stridents. Plus haut, encore plus haut, le sommet de l'édifice se perd dans le ciel, et le ciel en retour observe leur petite embarcation, à la recherche d'une solution.

L'oiseau est encore là, celui qui les suit depuis le port. Il tourne et tourne au-dessus d'eux en leur criant quelque chose qu'ils ne comprennent pas. Le gamin se penche par-dessus bord et son petit-déjeuner finit à la mer.

Le bateau monte et descend ; ils attendent, ils attendent.

Jory lève à nouveau les yeux vers la tour, qui tel un colosse domine sa propre ombre ; il n'entend que le vacarme des vagues, de l'écume qui se brise et bouillonne, de l'eau qui s'engouffre et ruisselle sur le récif, et il ne cesse de penser à la fille disparue dont il a entendu parler ce matin à la radio, et à l'arrêt de bus, l'arrêt de bus désert, et à la pluie battante.

2

ÉTRANGE AFFAIRE DANS UN PHARE

The Times, dimanche 31 décembre 1972

Trident House a appris la disparition de ses trois gardiens du phare de Maiden Rock, à quinze milles nautiques au sud-ouest de Land's End. Il s'agit du gardien-chef Arthur Black, du gardien auxiliaire William, dit « Bill », Walker et du gardien remplaçant Vincent Bourne. Un marin local et son équipage ont fait cette découverte hier matin en emmenant au phare un nouveau gardien pour assurer la relève de M. Walker.

Pour l'instant, nul ne sait ce qu'il est advenu de ces hommes portés disparus, et aucune annonce officielle n'a encore été faite. Une enquête a été ouverte.

3

NEUF ÉTAGES

Il faut des heures pour accoster. Une douzaine d'hommes grimpent à l'échelle, un goût de sel et de peur dans la bouche, les oreilles gelées, les mains ensanglantées et transies de froid.

Lorsqu'ils atteignent la porte, elle est fermée de l'intérieur. Il va falloir défoncer à coups d'épaule et de barres de fer le battant en acier conçu pour résister aux assauts de la mer et aux assauts des vents.

Après quoi l'un des hommes, blême, est pris de tremblements ; à cause de l'épuisement et de l'inquiétude qui le rongent depuis que Jory Martin, le marin chargé de la relève, n'a trouvé personne et que Trident House leur a ordonné : « Allez-y. »

Trois d'entre eux pénètrent dans la tour. À l'intérieur, il fait sombre. Ça sent l'humidité et le renfermé comme dans tous les phares de haute mer dont les fenêtres sont verrouillées. Il n'y a pas grand-chose à voir dans la réserve : des formes massives dissimulées dans l'obscurité, des glènes de cordage, une bouée de sauvetage, un canot suspendu à l'envers. Tout est en ordre.

Les cirés des gardiens pendent dans l'ombre tels des poissons à des hameçons. Les hommes les appellent par une trappe dans le plafond ; l'écho résonne dans l'escalier.

Arthur. Bill. Vincent. Vince, tu es là ? Bill ?

C'est étrange comme leurs voix transpercent le silence, un silence implacable, outrageusement assourdissant. Les hommes n'attendent aucune réponse. Trident a dit que c'était une mission de recherche et de sauvetage, mais ils sont là pour récupérer des corps. Ils ne croient plus du tout que les gardiens soient partis. La porte était verrouillée. Ils sont ici, quelque part, à l'intérieur.

Ramenez-les discrètement, a dit Trident. Soyez discrets. Trouvez un patron de pêche pour vous y emmener qui gardera tout ça pour lui ; ne faites pas d'histoires ; pas de scandale ; personne n'a besoin de savoir. Et vérifiez que la lanterne fonctionne, bon sang, que quelqu'un s'en assure.

Trois hommes grimpent, l'un après l'autre. Le mur au niveau supérieur est bordé de détonateurs et de cartouches pour la corne de brume. Il n'y a aucune trace de lutte. Chaque homme pense à son foyer, sa femme, ses enfants s'il en a, au feu de cheminée et à la main qui lui effleure le dos : « Grosse journée, chéri ? » La tour n'est pas un lieu pour les familles. Pour elle, il n'y a que trois gardiens : trois gardiens qui sont ici, quelque part, morts. Où vont-ils trouver les corps ? Dans quel état seront-ils ?

Les hommes montent au troisième étage, aux cuves de pétrole, puis au quatrième où le fioul pour la chaudière est stocké. L'un d'eux appelle à nouveau, plus pour briser ce silence railleur qu'autre chose. Il n'y a aucune trace de fuite ou de départ, rien qui suggère que les gardiens soient partis.

Après la réserve de fioul, ils s'engagent dans l'escalier en colimaçon de fer forgé qui longe la paroi courbe de la tour jusqu'à la lanterne. La rampe brille. Ce sont de drôles d'oiseaux, les gardiens de phare, des obsessionnels du ménage ; ils polissent, rangent et briquent. Rien n'est plus propre qu'un phare. Les hommes inspectent les cuivres en quête d'empreintes, en vain : les gardiens ne touchent jamais les rampes pour ne pas les salir. Mais s'il y avait eu une urgence, si quelqu'un était tombé ou s'était agrippé, si quelqu'un avait cédé à la panique... sauf que tout est impeccable.

Les pas des hommes martèlent le sol tel un tambour funéraire, implacable et grave. Ils ont hâte de retrouver la sécurité du bateau qui les a emmenés jusque-là et la promesse de la terre ferme.

Ils pénètrent dans la cuisine. Trois mètres cinquante de large avec en son centre une colonne abritant le contrepoids. Trois placards fixés au mur, pleins de conserves alignées : haricots blancs à la sauce tomate, fèves, riz, soupe, bouillons cubes, pâté de porc, corned-beef, cornichons. Sur le comptoir trône un bocal de saucisses de Francfort, tassées les unes contre les autres comme des organes dans du formol. Il y a un évier près de la fenêtre – robinet rouge pour l'eau de pluie, argenté pour l'eau potable – et une bassine posée sur l'égouttoir. Un oignon ratatiné traîne dans l'interstice entre le mur intérieur et le mur extérieur, sur les étagères qui servent de garde-manger aux gardiens. Une petite armoire à glace suspendue au-dessus de l'évier transforme l'espace en salle de bains : les hommes remarquent les brosses à dents, les peignes, un flacon d'après-rasage Old Spice et un autre de Tabac. À côté, un buffet dans lequel sont soigneusement rangés couverts, assiettes et tasses. L'horloge murale est arrêtée ; elle indique neuf heures moins le quart.

« Qu'est-ce que… ? » murmure l'homme moustachu.

La table est dressée. Deux couverts, non pas trois – un couteau et une fourchette de part et d'autre d'une assiette attendant d'être garnie. Deux tasses vides. Du sel et du poivre. Un tube de moutarde et un cendrier propre. La table en formica en demi-lune épouse parfaitement la rotondité de la colonne centrale ; elle est flanquée d'un banc, glissé en dessous, et de deux chaises, l'une à l'assise éventrée et l'autre de guingois comme si la personne qui y était assise s'était levée brusquement.

Un autre homme, celui à la mèche rabattue cachant sa calvitie, s'approche de la cuisinière pour voir si elle est encore chaude, mais ce n'est pas le cas et de toute manière il n'y a rien dessus. En contrebas, la mer soupire contre les rochers.

« Aucune idée », fait-il, et il s'agit plus d'un aveu inquiet d'ignorance que d'une réponse.

Les hommes regardent le plafond.

Il n'y a aucun endroit où se cacher dans un phare, c'est bien le problème. Dans chaque pièce, du rez-de-chaussée jusqu'au sommet, deux mètres séparent la paroi de la colonne du contrepoids, et pareil de l'autre côté.

Les hommes montent dans la chambre. Trois lits couchettes en forme de bananes pour épouser la courbure de la paroi, chacun avec son rideau ouvert. Les lits sont minutieusement faits : draps bordés, oreillers bien plats, couvertures d'un beige rêche. Au-dessus sont fixées deux autres couchettes plus petites pour les visiteurs, équipées d'une échelle pour y grimper. Sous l'escalier, le rideau de l'espace de rangement est tiré. Retenant son souffle, l'homme à la mèche rabattue l'entrouvre, mais il ne trouve derrière qu'un blouson de cuir et deux chemises sur des cintres.

Sept étages et les voilà trente mètres au-dessus du niveau de la mer. Dans le salon, une télévision et trois fauteuils Ercol fatigués. Par terre, près du plus gros, qu'ils devinent être celui du gardien-chef, une tasse avec un fond de thé froid. Derrière la colonne du contrepoids, le conduit de la cuisinière qui vient d'en bas. Le gardien-chef pourrait très bien descendre maintenant ; en fait, il était là-haut dans la lanterne à nettoyer le manchon. Les autres sont là-bas aussi, sur la coursive extérieure. Désolés, ils n'ont rien entendu.

L'horloge murale ici aussi est arrêtée, à la même heure. Neuf heures moins le quart.

Une porte à double battant mène à la salle de veille au huitième étage. Les cadavres pourraient s'y trouver – la cavité empêchant l'odeur de se répandre. Mais l'endroit est désert. Les hommes sont presque au sommet de la tour. Il ne reste plus que la lanterne. Neuf étages inspectés, neuf étages vides. Car tout là-haut, la voilà : la lanterne de la Maiden, géant manchon incandescent niché au milieu d'une couronne de lentilles aussi fragiles que des ailes d'oiseau.

« Bon. Ils ont disparu. »

Des traînées nuageuses progressent à l'horizon. La brise fraîchit, change de direction, faisant surgir des crêtes blanches au sommet des vagues. C'est à croire que ces gardiens ne sont jamais venus ici. Ça, ou ils ont grimpé jusqu'au sommet et se sont tout simplement volatilisés.

II

1992

4

L'ÉNIGME

Independent, lundi 4 mai 1992

UN AUTEUR DÉTERMINÉ À RÉSOUDRE LE MYSTÈRE DU MAIDEN ROCK

Dan Sharp, auteur de romans d'aventures à succès, est bien décidé à résoudre l'un des plus grands mystères maritimes de notre époque. Sharp, qui a écrit entre autres *L'Œil de la tempête*, *Eaux calmes* et *Le Naufrage du cuirassé*, a grandi au bord de la mer, et cette énigmatique disparition le fascine depuis longtemps. Alors qu'il délaisse pour la première fois la fiction, il explique : « L'histoire du Maiden Rock me captive depuis l'enfance. Je veux éclairer tout ça d'un jour nouveau en parlant à ceux qui sont directement concernés. »

Il y a vingt ans, au cours de l'hiver 1972, trois gardiens ont disparu d'un phare de haute mer situé à plusieurs milles de Land's End en Cornouailles. Ils ont laissé derrière eux quelques indices : une porte d'entrée verrouillée de l'intérieur, deux horloges arrêtées à la même heure et une table dressée pour un repas qui n'a jamais été servi. Selon le relevé météo du gardien-chef, une tempête encerclait le phare – pourtant le ciel, inexplicablement, était dégagé.

Quel obscur destin a frappé ces hommes maudits ? Sharp a l'intention de le découvrir. Il ajoute : « Il y a dans cette énigme tout ce que cherche un romancier : du drame, du mystère, les dangers de la mer. Sauf que c'est la réalité. Je crois que n'importe quelle énigme peut se résoudre : il suffit de regarder au bon endroit. À mon avis, quelqu'un quelque part en sait plus que ce que nous croyons. »

5

HELEN

Donc le voilà, songea-t-elle, le regardant garer sa voiture un peu plus loin dans la rue, une Morris Minor vert bouteille au pot d'échappement qui pointait à l'arrière telle une pipe. Helen se demanda pourquoi il conduisait un tacot pareil. Il devait être riche, à en croire la couverture de ses livres : auteur de best-sellers et tout.

Elle le reconnut aussitôt, bien qu'il ne se soit pas décrit au téléphone. Elle aurait peut-être dû lui demander de le faire parce qu'il vaut mieux de nos jours se méfier avant de laisser entrer des inconnus chez soi. Mais ça ne pouvait qu'être lui. Il portait un caban bleu marine et fronçait les sourcils, l'air absorbé, comme s'il passait des heures et des heures penché sur des manuscrits. Contrairement à ce qu'elle s'était imaginé, il était plutôt jeune, quarante ans, et encore.

« Dégage », lança Helen l'air absent, alors que les moustaches de la chienne lui effleuraient la paume. « Je te sortirai plus tard. » Elle irait la promener dans les bois, marcher sur la terre humide. Penser à l'après l'apaisa.

L'écrivain portait un sac en toile qu'elle imagina plein de factures et de briquets ; il devait vivre dans une maison aux lits défaits, elle en était convaincue, avec des chats endormis sur le plan de travail. Au petit-déjeuner il avait mangé des Weetabix, qu'il avait sortis d'une boîte déchirée, mais comme il n'avait plus de lait il s'était contenté de les arroser d'eau. Il avait fumé une cigarette en pensant au Maiden Rock et griffonné les questions qu'il souhaitait poser.

Après toutes ces années, elle en était encore à émettre un jugement avant même d'en savoir plus ; à jauger les gens d'un simple coup d'œil. Avaient-ils perdu quelqu'un, comme elle ? Comprenaient-ils ce que l'on ressentait dans ces cas-là ? Étaient-ils de son côté de la fenêtre, ou de l'autre, à des années-lumière d'elle ? Peu importait si celui-là avait perdu quelqu'un ou pas, se dit-elle : il était écrivain après tout ; il n'avait qu'à faire fonctionner son imagination.

Même si là-dessus Helen restait sceptique : comment imaginer l'inimaginable ? Pour elle, c'était comme une chute. L'apesanteur. L'incrédulité. Elle attendait qu'on la rattrape, mais personne ne le faisait jamais ; elle tombait depuis des années et des années, sans jamais obtenir de réponse, ni le moindre éclaircissement, sans pouvoir tourner la page. L'expression était à la mode ces derniers temps – *tourner la page* – pour ceux qui connaissaient une rupture amoureuse ou se faisaient virer ; des événements plutôt anodins, songea-t-elle, et non de ceux qui vous menaient au bord du précipice et vous poussaient dans le vide. Comme lorsqu'une personne disparaît du jour au lendemain, sans laisser de trace, sans raison, sans le moindre indice. Comment Dan Sharp – avec ses batailles navales, ses armes de guerre et ses marins qui se mettent minables dans les ports – allait-il imaginer ça ?

Elle aurait tant voulu partager avec des gens comme elle ce qu'elle ressentait : s'identifier à eux et se sentir comprise. Elle saurait percevoir la douleur sur leur visage, pas quelque chose de flagrant, non, plutôt une amertume ou une résignation ; ces démons dont elle-même essayait de se débarrasser depuis si longtemps. Elle dirait : « Vous savez, n'est-ce pas ? *Vous savez* », et Dieu sait comment ils réagiraient, mais il fallait bien malgré tout continuer d'espérer et d'être gentille, sinon à quoi bon ?

Entre-temps, les démons ne cessaient pas de se glisser dans ses vêtements ; elle en frissonnait le matin en s'habillant ou les découvrait tapis dans un coin en train de se triturer la peau des pouces. La certitude lui était étrangère, avaient affirmé les thérapeutes (elle n'en consultait plus depuis un moment), et la certitude, aussi infime fût-elle, était palpable.

Et maintenant il ouvrait le portail. Il peinait à le refermer derrière lui parce que le loquet était rouillé. « Scarborough Fair » passait à la radio dans la cuisine ; la mélancolie submergea Helen : toute cette histoire d'écume, de chemises en toile et d'amour vrai teinté d'amertume. De folles pensées lui traversaient l'esprit parfois, à propos d'Arthur et des autres, mais dans l'ensemble elle avait appris à les tenir à distance. Les phares recelaient des secrets. Ceux des hommes étaient enfouis au fond de la mer, tout comme les siens.

Helen n'avait plus que des fragments de souvenirs de son mari, autant d'écailles desséchées s'envolant telles des feuilles mortes par la porte de la cuisine. Parfois elle en saisissait une, l'observait scrupuleusement. La plupart du temps ces feuilles lui filaient entre les chevilles et elle se demandait comment diable elle allait trouver l'énergie de les balayer.

Rien ne changeait, après une disparition. On écrivait encore des chansons. On lisait encore des livres. On continuait de faire la guerre. Les couples continuaient de se disputer près des caddies au supermarché avant de monter en voiture et de claquer les portières derrière eux. La vie se renouvelait, encore et toujours, indifférente. Le temps déferlait à son rythme habituel, avec ces allées et venues, ces commencements et ces fins, ces événements qui fixaient les choses, sans jamais se soucier du sifflement dans les bois aux abords de la ville. C'était un sifflement chevrotant au début, émis par des lèvres gercées. Et au fil des ans, la note était devenue claire et continue.

Cette note tintait à présent : on sonnait à la porte. Helen fourra les mains dans les poches de son cardigan et fit rouler les peluches de laine entre ses doigts. Elle aimait cette sensation, faire rouler la matière sous son ongle : une douleur pas vraiment douloureuse.

6

HELEN

Entrez. Entrez donc. Excusez le bazar. C'est gentil de dire qu'il n'y a pas de bazar, mais ce n'est pas vrai. Je vous fais un thé ? Un café ? Un thé, parfait. Vous prendrez du lait et du sucre ? Bien sûr, tout le monde prend du lait et du sucre de nos jours. Ma grand-mère buvait le sien noir avec une rondelle de citron ; plus personne ne fait ça maintenant. Du gâteau ? Malheureusement il n'est pas fait maison.

Alors comme ça, vous êtes écrivain, c'est fascinant. C'est la première fois que je rencontre un écrivain. Écrire un livre, c'est le genre de chose que tout le monde croit pouvoir faire, n'est-ce pas ? J'y ai pensé moi aussi sauf que je ne suis pas écrivain – je sais ce que je voudrais écrire et c'est difficile de le transmettre aux autres, enfin j'imagine que c'est ça, la différence. Après la mort d'Arthur, tout le monde disait que ça me ferait du bien, coucher sur le papier ce que je ressentais pour me libérer l'esprit. Vous écrivez, vous, donc vous devez y croire, aux bienfaits de la création ? Bref, je n'ai jamais rien écrit. En plus, je ne suis pas certaine que j'aurais voulu être lue par des inconnus.

Vingt ans, mon Dieu, j'ai du mal à le croire. Puis-je vous demander pourquoi vous avez choisi notre histoire ? Si vous croyez que mon mari était comme les gros bras de vos livres et que je vais vous parler de missions et de naufrages ou de je ne sais quoi, vous allez être déçu.

Oui, c'est intrigant, si on croit ce qu'on raconte. Moi qui suis dedans, qui suis concernée, je ne vois pas les choses comme ça ; il ne faut pas vous en vouloir, non, pas du tout. Je suis très contente de parler d'Arthur ; c'est un peu une manière de le garder près de moi. Si j'avais essayé de faire comme s'il ne s'était rien passé, il y a bien longtemps que j'aurais eu des ennuis. Il faut accepter ce qui arrive dans la vie.

J'ai tout entendu au fil des ans. Arthur a été enlevé par des extraterrestres. Il a été tué par des pirates. Des trafiquants l'ont fait chanter. Il a assassiné les deux autres, ou les deux autres l'ont tué avant de s'entre-tuer – au sujet d'une femme ou d'une dette ou d'un coffre au trésor rejeté par la mer. Ils étaient hantés par des fantômes ou ils ont été kidnappés par le gouvernement. Menacés par des espions ou engloutis par des serpents de mer. Ils sont devenus fous, l'un d'eux ou tous les trois. Ils menaient des vies secrètes que tout le monde ignorait, ils avaient une fortune enterrée dans des plantations au fin fond de l'Amérique du Sud. Ils ont mis le cap sur Tombouctou et ça leur a tellement plu qu'ils ne sont jamais revenus… Quand Lord Lucan s'est volatilisé deux ans après, certains ont prétendu qu'il était parti retrouver Arthur et les autres sur une île déserte, soi-disant avec les pauvres pilotes qui ont disparu dans le triangle des Bermudes. Je veux dire, franchement ! Je suis sûre que vous préféreriez ça, mais c'est ridicule, je suis désolée. Nous ne sommes pas dans votre monde là, nous sommes dans le mien ; et ce n'est pas un roman à suspense, c'est ma vie.

Cinq minutes, ça vous va ? Cinq minutes comme sur une horloge, si on considère que le gâteau est une horloge, je vous coupe une part grosse comme ça. Passez-moi votre assiette alors ; et voilà. Je dois dire que je n'ai jamais pris le coup de main pour la pâtisserie. C'est le truc des femmes, il paraît, je ne sais pas pourquoi. Arthur s'y prenait mieux que moi pour ce genre de choses. Saviez-vous qu'ils apprenaient à faire du pain pendant leur formation ? On apprend toutes sortes de choses en travaillant dans un phare.

De tous les phares, c'est le Bishop qui a le meilleur nom, je trouve. Ça veut dire évêque, ça en impose, non ? Ça fait très digne. Enfin ça veut aussi dire le fou aux échecs. Arthur jouait extrêmement bien aux échecs. Je ne jouais jamais contre lui parce qu'on aimait gagner tous les deux, et je n'étais pas du genre à me soumettre à lui, ni lui à moi. Quand on est gardien de phare, il vaut mieux aimer les cartes ou les jeux de société, il y a tellement de temps à tuer. Jouer au cribbage ou au rami, ça crée des liens aussi. Et le thé ! Si les gardiens savent faire quelque chose, c'est bien boire du thé. Ils en avalaient trente tasses par jour. Dans beaucoup de phares, la seule règle c'était : si tu es dans la cuisine, tu fais le thé.

Dans les phares, les gens sont très ordinaires. Vous verrez et j'espère que vous ne serez pas déçu. De l'extérieur, on croit que c'est une activité quasi clandestine, étant donné qu'on est plutôt secrets sur nos vies. On croit qu'être mariée à un gardien de phare, c'est romantique, à cause du mystère qu'il y a autour du métier. Eh bien, ce n'est pas le cas. Si je devais résumer, je dirais qu'il faut se préparer à vivre séparément pendant de longues périodes et ensemble pendant des périodes courtes et intenses. Les périodes intenses, c'est comme deux amis qui ne se sont pas vus depuis longtemps et qui se retrouvent ; ça peut être formidable, et difficile aussi. Vous avez fait comme vous l'entendiez pendant huit semaines et un homme rapplique chez vous et soudain c'est lui le maître des lieux et vous jouez les seconds couteaux. Ça peut être très perturbant. Ce n'est pas un mariage conventionnel. Le nôtre ne l'était pas en tout cas.

Est-ce que la mer me manque ? Non, pas du tout. Je n'avais qu'une hâte après ce qui s'est passé, c'était déménager. Voilà pourquoi je suis venue ici, en ville. Je n'ai jamais aimé la mer. Là où nous vivions, dans les maisons des gardiens, on ne voyait qu'elle de nos fenêtres. Parfois, on avait l'impression de vivre dans un bocal à poissons. Quand il y avait une tempête et des éclairs, c'était spectaculaire, et les couchers de soleil c'était beau aussi, mais en règle générale la mer c'est gris, c'est vaste et gris et il ne se passe pas grand-chose dessus. Enfin, c'est plus vert que gris, je dirais, comme la sauge ; enfin disons vert-de-gris.

Cette histoire m'échappe toujours autant aujourd'hui qu'au moment où Arthur a disparu. Enfin les choses sont plus faciles. Le temps donne un peu de recul et on peut regarder ce qui nous est arrivé sans éprouver tout ce qu'on éprouvait avant ; ce qu'on a ressenti s'apaise et on n'y pense plus tout le temps comme au début. C'est curieux parce que, parfois, ce qu'ils ont trouvé dans le phare ne me paraît plus aussi étrange – et je me dis qu'une lame a dû les emporter et qu'ils se sont noyés. À d'autres moments je trouve ça tellement abracadabrant que j'en reste sans voix. Il y a trop de détails dont je n'arrive pas à me défaire, comme la porte verrouillée et les horloges arrêtées par exemple, ça me turlupine et si la nuit je commence à ressasser tout ça, il faut que je sois intraitable avec moi-même et que je m'oblige à penser à autre chose. Sinon je ne fermerais jamais l'œil, je ne ferais que me rappeler la mer qu'on voyait de notre maison, et elle semble si énorme, si vide, si indifférente qu'il faut que j'allume la radio pour me sentir moins seule.

À mon avis, il s'est passé ce que je viens de vous dire : la mer a déferlé d'un coup et les a surpris. On appelle ça le rasoir d'Occam. Le principe selon lequel la solution la plus simple est d'ordinaire la bonne. Face à un mystère, il n'y a pas besoin d'aller le compliquer plus qu'il ne l'est déjà.

Arthur s'est noyé, c'est la seule explication réaliste. Et si vous n'êtes pas d'accord, vous foncez tête baissée sur toutes sortes d'hypothèses farfelues, les fantômes, les théories du complot entre autres, toutes ces âneries que les gens sont prêts à avaler. Les gens sont prêts à croire n'importe quoi, et tant qu'à faire ils préfèrent les mensonges à la vérité, parce que les mensonges sont généralement plus intéressants. Comme je disais, la mer n'est pas intéressante, pas quand on la regarde tous les jours. Mais c'est la mer qui les a pris. Il n'y a aucun doute dans mon esprit.

Ce qu'il faut savoir sur les phares de haute mer – vous êtes déjà allé dans un phare, au fait ? –, c'est qu'ils sortent directement de l'eau. Ce n'est pas comme les phares construits sur une île, avec un peu de terre autour ; où vous pouvez marcher, planter un petit potager, élever quelques moutons ; enfin, faire ce qui vous chante. Ni comme les phares à terre ; là, c'est encore différent, vous êtes sur la côte, pas loin de votre famille, et si vous n'êtes pas de service vous pouvez aller au village d'un coup de volant et vivre votre vie normalement tant que vous répondez présent pour votre tour de garde. Un phare de haute mer est juste planté là, dans la mer, donc les gardiens sont bien obligés de rester à l'intérieur ou dehors sur la plateforme. Vous pouvez courir en rond sur la plateforme si vous voulez faire un peu d'exercice, sauf que vous aurez vite la tête qui tourne.

Ah oui, pardon : la plateforme, c'est l'espèce de quai sous la porte d'entrée, ça fait le tour du phare comme un gros beignet. La plateforme est environ huit ou neuf mètres au-dessus de la mer, ça semble haut comme ça, mais quand vous êtes dessus et qu'une vague déferle et vous prend de court, vous disparaissez. Il paraît que certains gardiens pêchent là, ou observent les oiseaux, ou passent le temps en lisant un livre. Je suis sûre qu'Arthur faisait ça parce qu'il avait toujours envie de lire ; il disait qu'être dans un phare, ça lui laissait le temps d'apprendre, donc il emportait avec lui toutes sortes de choses, des romans, des biographies, des livres sur l'espace. Il s'est même intéressé à la géologie – les pierres, les rochers, vous voyez ce que je veux dire. Il les collectionnait et les classait. Comme ça, il apprenait tout sur les différentes périodes, c'est ce qu'il disait.

Peu importe ce qu'on peut faire sur la plateforme, c'est le seul endroit d'un phare où respirer un peu d'air frais. Les murs sont tellement épais qu'il est impossible de passer la tête par la fenêtre ; il y a une double épaisseur de fenêtre, une à l'intérieur et une à l'extérieur, à un bon mètre l'une de l'autre ; il faudrait donc s'asseoir dans l'interstice entre les deux et je ne crois pas que ce soit très confortable. Vous pouvez sortir aussi sur la coursive extérieure qui fait le tour de la lanterne ; il n'y a pas beaucoup de place, sans compter qu'il faudrait prévoir une canne à pêche sacrément longue, non ?

En tout cas, un des gars a dû sortir. C'était peut-être Arthur même si je préférerais que ce ne soit pas le cas. Il aimait avoir du temps pour lui, il aimait rester seul, il aimait ça. Il est peut-être sorti lire sur la plateforme, le vent était faible, force 1 ou 2, et tout à coup une grosse vague a surgi et l'a emporté. La mer peut faire ça. Enfin, vous le savez bien. Arthur s'est fait avoir une fois au phare d'Eddystone, il commençait à peine ; il venait d'être nommé gardien auxiliaire et il était dehors à faire sécher son linge, une vague géante est sortie de nulle part et l'a fait tomber à la renverse. Il a eu de la chance que son collègue soit là pour le rattraper au vol, sinon je l'aurais perdu bien avant qu'il ne disparaisse. Il a été secoué mais il s'en est bien sorti. On ne peut pas en dire autant de son linge ; je crois qu'il n'a rien récupéré. Il a dû emprunter des vêtements aux autres jusqu'à la relève suivante.

Ce genre de choses ne gênait pas Arthur. Les gardiens de phare ne sont pas des romantiques ; ils ne s'énervent pas, ils ne se posent jamais trop de questions. Pour ce boulot, les gardiens doivent garder la tête froide et faire ce qu'il faut faire. Trident ne les engage pas sinon. Arthur n'avait jamais peur de la mer, même quand elle devenait dangereuse. Il m'a raconté que pendant les tempêtes, les gerbes d'écume pouvaient monter jusqu'à la fenêtre de la cuisine – à vingt-cinq mètres au-dessus du niveau de la mer, vous vous rendez compte ? –, et que les pierres et les rochers roulaient au pied de la tour et la faisaient vibrer et trembler. Je crois que j'aurais eu peur. Arthur, lui, était convaincu que la mer était de son côté.

Parfois à terre, il avait l'air patraque. On aurait dit un poisson hors de l'eau, vraiment. Il ne savait pas quoi faire de lui, alors qu'en mer il ne se posait jamais de question. Quand il repartait, je lui disais au revoir et je voyais bien qu'il était très content à l'idée de retrouver le phare.

Je ne sais pas exactement combien de livres sur l'océan vous avez publiés, mais écrire une histoire là-dessus ce n'est pas la même chose qu'écrire ce qu'est la réalité. La mer se retourne contre vous si vous ne faites pas attention, ne serait-ce qu'un instant; elle change d'humeur en un claquement de doigts et peu lui importe qui vous êtes. Arthur savait déchiffrer certains signes : la forme des nuages par exemple ou le son du vent contre les fenêtres ; il savait dire si ça soufflait à force 6 ou 7 juste au bruit que ça faisait – alors si un homme comme lui, la personne la plus expérimentée en la matière que je connaisse, pouvait se faire avoir, c'est bien la preuve que l'océan peut changer soudainement. Il a peut-être eu le temps de crier et les autres ont déboulé ; la plateforme, c'est glissant, il a peut-être eu un instant de panique, et il ne faut pas grand-chose pour que la mer emporte trois gars, pas vrai ?

La porte verrouillée, c'est bizarre, oui ; ça, je vous l'accorde. Ces portes sont en acier ; il faut ce qu'il faut pour résister à tout ce qu'elles encaissent ! Et elles sont tellement lourdes qu'elles peuvent vous claquer dans le dos sans problème. Sauf que celle-là était verrouillée de l'intérieur. Ça, c'est un détail qui me hante. Dans un phare, pour verrouiller la porte, on la barricade de l'intérieur avec de lourdes barres de fer. Je me dis que les barres auraient pu tomber quand la porte s'est refermée, si elle a claqué assez fort... ?

Je ne sais pas. Si ça vous semble fou, trouvez-moi une autre raison et on verra si ça m'empêche de ruminer toute la nuit. Les horloges arrêtées, la porte verrouillée et la table mise, ça interroge, non ? Moi, je vois les choses de manière pragmatique. Je ne suis pas superstitieuse. Celui qui était de cuisine ce jour-là avait mis la table parce qu'il était organisé, c'est tout ; la nourriture, c'est important dans un phare et les gardiens sont accrochés à leurs habitudes comme des berniques à leur rocher. Le fait qu'il n'y ait eu que deux couverts ? Bah, il n'avait peut-être pas eu le temps de mettre le troisième.

Et deux horloges qui s'arrêtent au même moment ? Curieux, mais pas impossible. C'est tout simplement une de ces rumeurs qui déforment la réalité à force d'être répétée. Un petit malin a inventé ça et d'un coup tout le monde y croit alors que c'est juste un abruti qui déblatère des choses blessantes.

J'espérais que Trident annoncerait officiellement qu'ils sont morts noyés tous les trois pour que les familles sachent à quoi s'en tenir, sauf qu'ils ne l'ont jamais fait. Moi, je crois que c'était une noyade. J'ai de la chance de savoir en mon for intérieur ce qui s'est passé, même si ce n'est pas officiel.

Jenny Walker, la femme de Bill, ne partage pas mon avis. Elle préfère rester dans l'incertitude. Si elle avait une réponse définitive, elle perdrait tout espoir de revoir Bill un jour. Moi, je sais qu'ils ne reviendront pas. Enfin chacun gère comme il peut. Personne n'a à dire à quiconque comment faire son deuil ; c'est très personnel, c'est intime.

Pourtant c'est dommage. Ce qui nous est arrivé aurait dû nous rapprocher les unes des autres.

Nous, les femmes. Les épouses. Au lieu de quoi, on s'est éloignées. La dernière fois que j'ai vu Jenny, c'était pour le dixième anniversaire de leur disparition, et même ce jour-là on ne s'est pas parlé. On a gardé nos distances. J'aimerais que les choses soient différentes, mais ce n'est pas le cas. Ça ne m'empêche pas d'essayer de changer la donne. Je crois qu'il faut partager ce genre d'événements. Quand le pire arrive, on ne peut pas supporter ça toute seule.

Voilà pourquoi je vous parle. Parce que vous dites vouloir dévoiler la vérité – comme moi, j'imagine. La vérité, c'est que les femmes ont besoin les unes des autres. Plus que des hommes, et vous n'avez peut-être pas envie d'entendre ça parce que votre livre, comme tous ceux que vous avez déjà écrits, parlera des hommes, pas vrai ? Les hommes s'intéressent aux hommes.

Pas moi. Ces trois-là nous ont laissées toutes les trois derrière eux et je m'intéresse à ce qui reste. À ce qu'on peut en faire, si c'est encore possible.

Vous êtes romancier donc j'imagine que vous allez accentuer le côté superstitieux. Souvenez-vous, je ne crois pas à ce genre de choses.

Quel genre de choses ? Allez, c'est vous l'écrivain ; vous allez vous débrouiller. Si la vie m'a appris un truc, c'est qu'il y a deux catégories de personnes. Celles qui entendent un craquement la nuit, dans une maison isolée, et qui ferment les fenêtres parce que c'est sûrement le vent. Et celles qui entendent un craquement la nuit, dans une maison isolée, et qui allument une bougie pour aller voir ce que c'est.

7

16 Myrtle Rise
West Hill
Bath

Jennifer Walker
Kestle Cottage
Mortehaven
Cornouailles

2 juin 1992

Chère Jenny,

Je ne t'ai pas écrit depuis longtemps. Même si je n'attends plus de réponse de ta part, je continue de penser que tu lis mes lettres. J'aimerais croire que ton silence signifie que nous avons fait la paix – voire que tu m'as pardonnée.

Je voulais que tu saches que j'ai accepté de rencontrer M. Sharp. Ce n'est pas une décision que j'ai prise à la légère. Comme toi, je n'ai jamais révélé la moindre information à quiconque sur ce qui s'est passé. Trident House nous a donné des instructions et nous les avons suivies.

Mais j'en ai assez des secrets, Jenny. Vingt ans, c'est long. Je vieillis. Il y a beaucoup de choses dont j'ai besoin de me libérer, beaucoup de choses que j'ai portées en silence, pour de nombreuses raisons, durant de nombreuses années, et il faut que j'en parle, enfin. J'espère que tu comprendras.

Avec mes meilleurs sentiments, comme toujours, pour toi et ta famille,

Helen

8

JENNY

Il se mit à pleuvoir après le déjeuner. Jenny détestait la pluie. Elle détestait le bazar que les enfants mettaient lorsqu'ils rentraient trempés, en particulier Hannah avec sa poussette double ; surtout quand elle venait de faire le ménage. Quelle plaie.

Bon, qu'est-ce qu'il fabriquait ? Il avait cinq minutes de retard. C'était tout simplement malpoli, songea-t-elle, de se pointer en retard chez quelqu'un qui n'avait même pas demandé à vous rencontrer. Si elle avait accepté, c'était à cause de Helen ; elle n'allait pas laisser Helen Black raconter des trucs sur elle – faux ou vrais, d'ailleurs – pour que n'importe qui puisse lire ça dans un livre. Apparemment, il était célèbre. Elle ne se laissait pas impressionner pour si peu. Jenny ne lisait pas. Le magazine *Fortune et Destin* deux fois par mois, ça lui allait très bien.

Cet homme attendait sûrement qu'elle lui déroule le tapis rouge. Peu importait qu'il soit en retard ; comme il était riche et de la haute il pouvait se comporter comme ça lui chantait. Et maintenant il allait rentrer chez elle avec ses chaussures mouillées. Jenny n'aimait pas demander aux invités de les enlever, c'était gênant ; on ne devrait même pas avoir à le leur demander, ils devraient y penser tout seuls.

En tout cas, elle détestait la pluie. Toutes ces années à se dire qu'il n'y aurait pas de relève avec un temps pareil et qu'elle allait devoir encore attendre Bill. Les jours qui précédaient son retour, elle était obsédée par la météo, inquiète que le temps change et empêche le bateau de sortir en mer pour le récupérer, et plus elle vérifiait, plus le temps semblait avoir bel et bien changé, rien que pour l'embêter. Ils avaient prévu de déménager en Espagne à la retraite de Bill, d'acheter un endroit dans le Sud avec leurs petites économies, une piscine, des jardinières sur la terrasse, des fleurs roses autour de la porte d'entrée ; les enfants y viendraient en vacances. Jenny se sentait mieux lorsqu'il faisait beau ; la pluie lui mettait le moral dans les chaussettes, et la pluie en Angleterre durait des mois et des mois ; c'était tellement déprimant. Comme elle aurait été bien s'ils étaient partis en Espagne, là où il fait chaud, avec un petit Brandy Alexander au coucher du soleil. Chaque fois qu'il pleuvait maintenant, ça lui rappelait que tout ça n'arriverait jamais.

La lettre de Helen traînait au fond de la poubelle. Jenny aurait voulu déchirer les enveloppes sans même les ouvrir. Chaque fois qu'elle en trouvait une dans sa boîte aux lettres, elle se disait qu'elle allait la brûler, la déchirer, la jeter dans les égouts.

Mais elle ne le faisait jamais. D'après sa sœur, lire les lettres de Helen la rapprochait de Bill, parce que ça la reliait à son mari disparu – même si elle détestait ce lien. Les lettres de Helen étaient une preuve de la réalité de leur histoire. Jenny et Bill avaient été mariés ; ils avaient été amoureux. Ils avaient connu le bonheur. Ce n'était pas un rêve.

Dans le salon, la télé lâcha en plein milieu d'un épisode d'*Arabesque*. Jenny se leva du canapé et donna un coup à l'appareil. L'image revint : le protagoniste s'était caché dans un placard pour échapper à un homme armé. Je pourrais faire ça, songea-t-elle ; je pourrais m'enfermer dans un placard et faire mine de ne pas être là. Mais ce Dan Sharp allait arriver d'un instant à l'autre. Si elle ne lui parlait pas, elle n'aurait aucun moyen de savoir quelles conneries cette peau de vache lui avait racontées. Même si toutes les bêtises lues au fil des ans sur le Maiden Rock l'avaient rendue plus que méfiante, Jenny se sentait concernée. Chaque fois qu'elle tombait sur un article, elle contactait systématiquement le journaliste pour lui demander de rectifier le tir. C'était comme un membre de sa famille qu'elle se devait de défendre.

Le ciel s'était assombri. Au loin, par-dessus les toits, on distinguait la mer à laquelle Jenny se raccrochait comme à une bouée de sauvetage. Elle avait besoin de cette mer, d'être sûre de sa présence ; c'était ce qui la rapprochait le plus de lui. Par gros temps, elle ne la voyait plus et paniquait à l'idée qu'elle ait disparu, que la mer se soit éloignée d'elle ou tout bonnement évaporée, les os de son mari gisant sur le sable.

Un gardien n'abandonne jamais son phare.

Après la disparition de Bill, elle avait entendu ça des milliers de fois.

Qu'est-ce qu'il avait fait alors ? Au fil des ans, elle s'était habituée à ne pas savoir, comme on s'habitue à porter une paire de vieux chaussons troués qui ne protègent plus du froid depuis longtemps mais qu'on garde malgré tout aux pieds.

Eh bien, une femme n'abandonne jamais son mari. Jamais Jenny ne déménagerait. Pas avant de connaître la vérité, et alors, seulement alors, elle retrouverait le sommeil.

Elle entendit l'homme arriver à sa porte, le bruissement de ses pieds et sa toux de fumeur. Il frappa et les coups la surprirent. Elle tritura ses mains. Ah oui, se souvint-elle, la sonnette ne fonctionne plus.

9

JENNY

J'aurais préféré que ce soit moi qui vienne vous voir mais j'ai un pneu à plat. J'attends que mon beau-frère vienne me le changer. Les voitures, c'est pas mon truc. C'est Bill qui s'occupait de tout ça. Maintenant qu'il n'est plus là, j'ai de la chance que Carol et Ron vivent à côté. Je ne sais pas ce que je ferais sans eux. Pas sûr que je m'en sortirais.

Entrez donc. Je vais allumer une lampe. J'essaie de ne pas trop en allumer parce que ça coûte cher. On touche une pension de Trident, sauf que la mienne part en un rien de temps. Je ne peux pas travailler donc je n'ai pas de revenus supplémentaires. Je n'ai jamais travaillé de toute façon; j'élevais les enfants pendant que Bill était dans les phares donc j'avais pas le choix. Je ne saurais même pas quoi chercher comme travail. Je ne sais même pas s'il y a un truc que je saurais faire.

Bon, allez-y, qu'est-ce que vous voulez savoir ? J'ai pas beaucoup de temps – j'ai quelqu'un qui vient réparer la télé. Je serais perdue sans la télé. Je la laisse allumée toute la journée; ça me tient compagnie. Je me sens seule si elle est éteinte. Les jeux, c'est ce que je préfère, avec les beaux plateaux et tout. J'aime bien *Une famille en or* à cause des lumières qui clignotent et des cadeaux ; il y a plein de couleurs, c'est chouette. Normalement, je laisse la télé allumée quand je vais me coucher, comme ça, elle est là à mon réveil, je peux dire bonjour à quelqu'un. Ça m'aide à ne pas ressasser. La nuit, c'est le pire pour ça.

C'est un sujet sinistre que vous avez choisi. C'est bien assez dur à vivre donc je ne vois pas pourquoi vous devez écrire là-dessus. Je ne comprends pas qu'on s'intéresse à ce genre de choses. Le monde est bien assez noir. Pourquoi pas écrire des choses sympas ? Enfin, vous n'avez qu'à demander à vos éditeurs.

J'imagine que vous voulez boire quelque chose. J'ai du café mais plus de thé. Je n'ai pas pu aller faire les courses à cause de la voiture et je n'aime pas marcher. De toute manière, j'en bois pas. Même pas un verre d'eau ? Comme vous voudrez.

C'est une photo de famille à Dungeness. Mon petit-fils a cinq ans et les jumeaux deux. Ils sont à Hannah – elle ne voulait pas d'enfants si tôt, enfin, on choisit pas toujours, hein. Hannah c'est mon aînée. Ensuite j'ai eu Julia, qui a vingt-deux ans maintenant, et Mark, qui en a vingt. Les filles ont beaucoup d'écart parce que je n'arrivais pas à retomber enceinte, avec Bill toujours absent. Oh, non, je ne me sens pas jeune pour être grand-mère. Je me sens vieille. Plus vieille que je ne le suis en réalité. Je donne le change parce qu'ils n'ont pas envie de venir ici et de voir leur mamie triste tout le temps, mais c'est un effort. Le jour de l'anniversaire de Bill ou à notre anniversaire de mariage par exemple, je n'ai qu'une envie, c'est de rester au lit ; je n'ai même pas la force de me lever pour ouvrir la porte si ça frappe. Passer à autre chose, très peu pour moi. À quoi bon. Je ne me remettrai jamais de ce qui est arrivé, jamais.

Vous êtes marié ? Non, je m'en doutais. On dit que les écrivains sont comme ça. Obnubilés par ce qu'ils ont dans la tête, au lieu de faire attention à ce qui les entoure.

Je n'ai jamais lu ce que vous écrivez donc je serais bien incapable de dire ce que vous mijotez. Un de vos livres a été adapté à la télé, non ? *La Proue de Neptune*. En fait, je l'ai vu, ça. C'est passé sur la BBC avant Noël. C'était bien. C'était vous, alors ? D'accord.

Je ne vois pas pourquoi notre histoire vous intéresse. Vous ne connaissez rien aux phares, ni à ceux qui y travaillent, ni rien. Beaucoup de gens se sont emballés sur ce qui s'est passé mais personne n'est jamais allé jusqu'à vouloir en faire un divertissement. Vous avez beau être un écrivain connu et tout et tout, c'est pas pour ça que vous résoudrez le mystère.

On s'aimait depuis l'enfance, Bill et moi. On avait seize ans quand on s'est mis ensemble. Je n'ai pas connu d'autre homme avant Bill et je n'ai plus eu personne depuis. Pour moi, on est toujours mariés. Encore maintenant si j'hésite, si je me demande par exemple combien de bâtonnets de poisson pané je devrais acheter au Safeway pour mes petits-enfants qui viennent dîner, je pense à ce que dirait Bill. Ça m'aide à me décider.

Je n'ai jamais compris les femmes qui se disputent avec leurs maris. Elles trouvent toujours le moyen de se plaindre et de les rabaisser devant tout le monde. Pour avoir laissé leur linge sale par terre ou ne pas avoir lavé la vaisselle comme il faut. Elles n'arrêtent pas de râler mais elles ne se rendent pas compte qu'elles ont de la chance d'avoir leur mari avec elle tous les soirs, de ne jamais sentir le manque. Comme si c'était important en plus, le linge, la vaisselle et tout ça. La vie, c'est autre chose. Si elles n'arrivent pas à passer au-dessus, elles se sont trompées de crèmerie. Elles ne devraient même pas être mariées.

Qu'est-ce que je peux vous dire sur Bill ? Pour commencer, il n'aimerait pas beaucoup que des inconnus mettent leur nez dans ses affaires. C'est pas pour ça que vous êtes venu, pas vrai ?

Bill était destiné depuis toujours à travailler dans un phare. Il a perdu sa mère quand il était bébé – c'est vraiment triste parce qu'elle est morte en le mettant au monde, donc il a juste eu son père et ses frères. Son père était gardien de phare, son grand-père et son arrière-grand-père aussi. Bill était le plus jeune des trois garçons à s'y mettre. Il n'a pas eu le choix. Il avait de la rancœur, oui. Au fond de lui, il aurait voulu faire autre chose, sauf qu'il n'en a jamais eu l'occasion parce que personne ne lui a jamais demandé son avis. Il n'avait aucun pouvoir dans cette famille, aucun.

Il essayait toujours de faire plaisir aux autres. Il me disait : « Jen, je veux juste une vie facile, c'est tout », et je lui répondais que j'étais là pour ça, pour lui rendre la vie facile. Lui et moi, on n'a pas eu des enfances marrantes ; c'est ça qui nous a liés au début. Je comprenais Bill et il me comprenait. Nous n'avions pas besoin d'expliquer à l'autre ce qu'on avait vécu. Le confort que les gens normaux considèrent comme acquis, une belle maison, un repas chaud, on n'avait pas connu ça, nous. On voulait faire mieux avec nos enfants. Essayer au moins.

Au début, on a eu de la chance ; Bill était affecté dans des phares à terre, donc on pouvait tous vivre ensemble, ou sur des îles où on avait un logement de fonction. Quand on s'est rencontrés, j'ai tout de suite dit à Bill que je n'aimais pas être seule ; la solitude, c'était pas mon truc, et celui qui serait mon mari allait devoir être là. Le service des Phares et Balises était arrangeant, mais je savais que tôt ou tard il hériterait d'un phare en haute mer. Ce que je redoutais. J'allais devoir passer beaucoup de temps seule, élever les enfants comme ces pauvres filles mères célibataires. D'habitude, ce sont les hommes qui n'ont pas de famille qui demandent les phares en haute mer – comme Vince, le remplaçant, il n'avait personne à charge, lui, donc peu lui importait. Pas nous. Ça comptait pour nous. Je suis tellement en colère parce qu'on n'a jamais voulu de cet affreux phare, et qu'on l'a eu malgré tout – et regardez ce qui s'est passé.

Le Maiden Rock, c'est le pire parce qu'il est très loin de la côte, il est moche et il fait peur rien qu'à le voir. Bill disait toujours que c'était sombre et étouffant à l'intérieur, et qu'il le sentait mal. « Vraiment, vraiment mal », comme il disait. Évidemment, je repense beaucoup à ça. J'aurais dû lui en demander plus, seulement d'ordinaire je changeais de sujet parce que je ne voulais pas le contrarier. Je n'aimais pas non plus qu'il pense trop souvent au phare une fois à la maison. Cette tour l'occupait bien assez comme ça. Nous devions attendre tellement longtemps pour le voir qu'une fois qu'il était là, on voulait qu'il le soit entièrement.

Les soirs avant qu'il reprenne du service étaient les pires. J'étais malade à l'idée qu'il reparte dès qu'il revenait à terre, ce qui était du gâchis parce que je ne profitais pas de lui comme j'aurais dû. J'étais obsédée par l'idée d'être à nouveau seule. Les derniers soirs, on faisait toujours la même chose. On s'installait dans le canapé pour regarder *Call My Bluff* ou un autre jeu à la télé qui demandait pas trop de réflexion. Bill disait qu'il sentait les ondes avant de reprendre son tour de garde – c'est comme ça qu'il disait quand il se sentait nerveux et triste. D'après lui, ça venait des marins qui retournaient en mer après être restés à la maison ; ça leur prenait quelques jours pour se réhabituer, et tant qu'ils n'avaient pas passé le cap, leur vie à terre leur manquait et ils devaient se réadapter. Bill, ça lui arrivait avant même de quitter la maison. Savoir que ça allait venir, c'était presque pire. Il observait longuement par la fenêtre la Maiden qui l'attendait au loin, et à la nuit tombée, le feu s'allumait, comme pour dire : Aha ! Tu croyais que je t'avais oublié, c'est ça ? Pas du tout ! C'était pire pour nous de voir le phare. On aurait dû vivre ailleurs que face à la mer.

On vérifiait la météo pour être sûrs que la relève soit maintenue ; on espérait à moitié qu'ils l'annulent, et en même temps non parce qu'on aurait eu encore plus de temps à attendre. Je lui préparais son dîner préféré, une tourte à la viande avec un roulé glacé en dessert, et je le servais sur un plateau pour qu'il puisse manger sur ses genoux, mais il n'avait pas beaucoup d'appétit à cause des ondes.

J'avais un calendrier et je barrais chaque jour qui passait jusqu'à son retour. Je ne chômais pas avec les enfants. Quand Hannah était bébé, on vivait tous les trois dans un phare à terre, ensuite avec les autres ç'a été différent. Bill a été nommé dans le phare de haute mer quelques mois après la naissance de Julia et je me suis retrouvée seule avec une gamine de cinq ans et une nouveau-née qui avait des coliques. Ç'était dur. J'en voulais beaucoup à cette Maiden, dressée en pleine mer, comme ça, tellement contente d'elle-même. C'était injuste qu'elle l'ait et pas moi. Alors que c'était moi qui avais le plus besoin de lui.

Hannah aimait bien avoir un père gardien de phare parce que ça la démarquait des autres ; les papas des copines étaient facteurs ou vendeurs. C'est très bien, sauf que c'est très courant. Elle dit qu'elle se souvient de lui, mais j'ai du mal à le croire. Je pense que les souvenirs sont très forts au début, et qu'ils vous marquent toute votre vie. Seulement on ne peut pas toujours s'y fier.

Quand Bill était sur le point de rentrer, j'allais lui acheter ce qu'il aimait manger et je lui préparais ses chocolats préférés. C'était un petit rituel que j'avais. Je voulais que les choses restent les mêmes. Qu'il sache à quoi s'attendre en rentrant, que tout soit prêt pour lui. Comme j'étais prête pour lui. C'est grâce aux petits détails qu'un mariage perdure : les choses qui ne coûtent quasiment rien et qui montrent à l'autre que vous l'aimez, que vous ne demandez rien en retour.

Je ne sais pas du tout ce qui est arrivé à mon mari. S'ils avaient laissé la porte ouverte, ou s'ils avaient pris le canot, ou si les cirés et les bottes avaient disparu, j'arriverais peut-être à croire que Bill est mort en mer. Or le canot de sauvetage n'avait pas bougé, tout comme les cirés, et la porte était verrouillée de l'intérieur. Vous vous rendez compte. Une porte en acier, ça se verrouille pas tout seul. Sans compter les horloges arrêtées et la table dressée ; il y a quelque chose qui cloche, c'est tout.

Bill a eu un échange radio la veille, le 29. Il a dit que la tempête s'éloignait. Et qu'ils seraient prêts pour la relève le samedi.

Ils ont un enregistrement de cet échange à Trident House ; enfin je parie qu'ils ne vous laisseront jamais l'écouter. Ils sont du genre réservés, chez Trident ; ils n'aiment pas parler de ce qui s'est passé parce que évidemment c'est embarrassant pour eux. Bill a dit : c'est bon pour demain ; envoyez Jory demain matin. Et ils ont répondu :

d'accord, Bill, c'est noté. Bon, je sais ce que Helen pense. Elle croit qu'entre-temps une lame les a emportés. Ça ne m'étonne pas qu'elle pense ça, elle n'a jamais eu beaucoup d'imagination. Sauf que je sais que c'est faux.

Je n'oublierai jamais la voix de Bill à la radio. Tout ce qu'il a dit et comment il l'a dit. C'était la voix de mon mari. Le seul truc bizarre, c'est qu'il y a eu un long silence avant qu'il coupe la communication. Vous savez, comme quand l'image s'arrête une seconde à la télé avant de repartir en décalé ? Enfin, quelque chose comme ça.

Je me demande toujours « et si ». Et si la mer n'avait pas été si agitée le jour de leur disparition ? Et si Bill avait été enlevé ? Dieu sait par quoi ; ce n'est pas moi qui vais vous le dire. Ç'aurait pu être plein de choses. En tout cas, ce qui s'est passé, ce qu'ils ont ressenti, qui était là, est-ce que l'un d'eux n'est pas responsable – il n'y a pas un jour où je ne pense pas à tout ça. Et je reviens toujours au même point. Ça paraît dingue en le disant à voix haute. Mais c'est ce que je crois, c'est tout. Un phare de haute mer, tout seul là-bas, c'est comme un mouton égaré. Une cible facile.

Tout ça vous fait ni chaud ni froid à mon avis. Peu importe. Tout ce que je peux vous dire, c'est que vous n'avez qu'à perdre la personne qui compte le plus au monde pour vous et vous verrez si c'est facile de tirer un trait, de dire OK, c'est fini, elle est partie. Vous savez, j'entends encore la voix de mon mari. Encore maintenant, très distinctement. En étendant le linge par exemple, j'entends Bill qui m'appelle, comme s'il était dans le jardin en train de réparer sa chaîne de vélo et qu'il rentrait pour me demander de lui préparer un café.

Je sais que c'est impossible. Je ne vis plus là où j'habitais avant. J'ai déménagé ; il ne peut pas savoir où je suis. On ne pouvait pas rester dans la maison de toute manière – ce sont des logements pour les familles de gardiens, pas pour les familles de gardiens disparus. Il n'empêche, partir c'était comme admettre qu'il ne reviendrait jamais. Parfois je l'imagine arriver sur le pas de notre porte au lotissement et se rendre compte que je ne suis plus là et ça me rend triste. Même si maintenant je connais quelqu'un qui s'occupe des maisons des gardiens et qui me préviendrait. Ça fait du bien de rêver.

Helen n'est pas du genre à rêver. Elle est trop froide et terre à terre. Voilà pourquoi, si vous lui parlez, ça m'étonnerait qu'elle dise la vérité. Je crois qu'elle ne sait même pas ce que le mot veut dire. Depuis le temps que je la connais, tout ce qu'elle sait faire, c'est mentir. Elle m'envoie des lettres et des cartes à Noël, eh bien elle ferait mieux de s'abstenir. Je ne les lis pas. Je préférerais ne plus jamais entendre parler d'elle.

On pourrait croire qu'elle aurait voulu avoir quelques amies, quand on voit comment elle vivait avant. Sauf que Helen n'a jamais parlé de ça. On était voisines, on aurait pu être proches – c'est ce que faisaient les femmes de gardiens de phare avant, elles s'occupaient des familles et endossaient les responsabilités pendant que les hommes étaient de service. Si nous, on s'entendait bien à terre, eux, ils s'entendaient bien dans la tour. C'était comme ça qu'on faisait aux Phares et Balises.

Mais pas Helen. Elle se croyait à part. Trop bien pour ça, à mon avis, avec ses foulards chers et ses bijoux chic. Moi, même si j'avais tout l'argent du monde à dépenser pour m'habiller, je resterais quelconque parce que la beauté, ça vient de l'intérieur, non ? Je ne me suis jamais sentie belle.

On ne se croisait pas au quotidien. J'aurais préféré qu'on ne se rencontre jamais.

Elle ne croit en rien, Helen, dommage pour elle. Si je n'avais pas eu la foi, j'en aurais terminé depuis longtemps à mon avis. Je pense encore à en finir parfois, seulement j'ai les enfants et je ne peux pas. Si j'étais sûre de retrouver Bill là-bas, je le ferais peut-être. Peut-être. Enfin pas maintenant. Il faut que j'entretienne notre lumière pour qu'elle continue de briller.

À Trident House, ils ont essayé de me convaincre que Bill avait tout organisé. Qu'il s'était embarqué sur un bateau français et qu'il était parti vivre une nouvelle vie. Bon, je ne suis pas quelqu'un de violent, même si j'ai failli péter un plomb quand ils m'ont dit ça. Bill ne m'aurait jamais fait ça. Il ne m'aurait jamais abandonnée.

Ah, c'est vrai, quelqu'un frappe à la porte. C'est le gars qui vient réparer la télé.

C'est tout ? Sinon, vous n'aurez qu'à revenir. Je ne peux pas vous garder plus longtemps parce que j'ai du mal à faire deux choses à la fois, ça me rend nerveuse, et il faut que je me concentre sur le réparateur de la télévision maintenant. J'espère qu'il va trouver où le bât blesse parce qu'il y a le concours *Come Dancing* ce soir. Et je déteste vraiment ne pas pouvoir regarder les choses correctement.

10

HELEN

Tous les étés elle faisait un pèlerinage, le jour de l'anniversaire d'Arthur, ou à cette période. Elle laissait la chienne à une amie et prenait le train jusqu'à la gare suivante, à une demi-heure environ de la côte, et elle faisait le reste du trajet en taxi. Les choses n'avaient pas tellement changé; tout semblait pareil. Même si la vie filait en un rien de temps, la terre continuait de tourner lentement. Les vagues se succédaient, toujours et encore, patiemment; les feuilles des hêtres frémissaient tels des éventails chinois.

Helen quitta la rue principale et remonta l'allée. Des nuages de moucherons flottaient dans l'air et l'odeur de cerfeuil sauvage émanait, intense et chaude, de la haie bruissant de vie. Dans la chaleur, les ombres s'étiraient en travers du chemin; les branches sombres des arbres fragmentaient le soleil orange. Elle passa devant le panneau indiquant le cimetière de Mortehaven. Des pierres tombales branlantes penchaient dans les rangées, comme titubant vers le sommet du promontoire au-delà duquel la mer s'étalait à perte de vue, immense, bleue et éblouissante.

Il n'y avait jamais eu de tombe. Mais un banc sur la pointe, où l'on pouvait lire :

ARTHUR BLACK, WILLIAM WALKER,
VINCENT BOURNE
MARIS, PÈRES, FRÈRES, FILS – TOUS AIMÉS
« ÉCLAIRÉS À JAMAIS PAR LE PHARE MISÉRICORDIEUX DE NOTRE SEIGNEUR »

Elle avait souvent entendu Arthur entonner ce chant de marin. Assis au bord de la baignoire, la mélodie vibrant dans la vapeur ; devant le lavabo tandis qu'il se savonnait le visage, ou dans la cuisine en faisant frire du bacon, ou encore en coupant des tranches de pain assez épaisses pour servir de cale-porte. *Puisse le feu brûler et éclairer les vagues.* Il sentait les algues en rentrant à la maison et s'asseyait dans son fauteuil pour manger des frites imbibées de vinaigre dans un papier gras, la peau de ses grandes mains craquelée telle la terre cuite, avec des auréoles autour des ongles. Arthur pêchait les poissons à mains nues – est-ce bien vrai ? Il avait de la magie : la magie de la mer ; il était moitié homme, moitié créature marine. Elle n'avait pas pensé tout de suite qu'elle allait l'épouser. Il avait fallu qu'il l'emmène en bateau et qu'elle l'observe pour se rendre à l'évidence. Elle avait compris, c'est tout. En mer, il était différent. C'était difficile à expliquer. Tout chez lui devenait limpide.

Un autre panneau – LE PHARE – indiquait la direction à prendre. Ensuite le sentier sinueux devenait plus étroit, envahi de végétation, bordé d'un fouillis de primevères et d'orties. Plus loin, après une petite côte, le Maiden Rock surgissait enfin.

La tour étincelait sur la mer cobalt, ligne précise comme un trait de stylo. Une poignée de passionnés de phares poussaient sans doute jusque-là l'été, songea Helen, même si cela signifiait s'égratigner les mollets sur l'épine noire et les violettes du Labrador; ils admiraient le phare de loin – doigt d'argent sur une mer argentée – avant de rebrousser chemin, fatigués et assoiffés. Jamais plus ils n'auraient à repenser à cette vigie.

Dans l'ombre pommelée du chemin, le panneau fixé sur le portail métallique annonçait: PHARE DE MAIDEN ROCK: ACCÈS INTERDIT.

C'étaient des locations de vacances maintenant; seuls les locataires étaient autorisés à entrer dans le lotissement. L'allée était trop étroite et tortueuse, même pour le ramassage des poubelles; ainsi, des bacs en plastique ornés de chiffres peints en blanc étaient agglutinés près du portail.

Chaque année à cet endroit précis, Helen s'attendait à le voir venir à sa rencontre. Il serait peut-être accompagné, deux silhouettes tendant les mains, et elle tendrait les siennes en réponse. Elle se devait de croire en cette possibilité: les êtres destinés à vivre ensemble finissaient toujours par se retrouver.

III

1972

11

ARTHUR

Navires et étoiles

C'est quand le soleil se lève que je pense le plus à toi. L'instant qui précède, une ou deux minutes avant, lorsque bâille la nuit à l'arrivée du matin et que la mer commence à se séparer du ciel. Jour après jour, le soleil revient. Je ne sais pas pourquoi. J'ai surveillé ma lampe ici pendant qu'elle illuminait les ténèbres et je veillerai à ce qu'elle continue de le faire. Le soleil n'a pas besoin de s'embêter aujourd'hui. Et il se lève pourtant, et en le voyant je pense encore à toi. Où es-tu et que fais-tu. Je ne suis pas homme à penser à ce genre de choses, mais là, en cet instant, c'est le cas. Parce que je traverse seul les heures solitaires, parce que le soleil continue de se lever et parce que j'éteins mon feu à l'aube dès qu'il devient inutile, j'ai presque l'impression que je vais te trouver là en descendant l'escalier. Assis à table avec l'un des deux autres ; peut-être plus âgé que la dernière fois que je t'ai vu, ou peut-être le même.

Dix-huit jours au phare

Les heures et les nuits passent, et passent les aubes et les semaines, et les flots immenses ondoient, encore et encore, la pluie fouette et le soleil brille, le soir, le matin, et les conversations se poursuivent dans la pénombre, dans les ténèbres, des conversations qui ne se sont jamais produites ou qui se produisent maintenant.

« Tu as raté *Mastermind* », déclare Bill dans la cuisine, penché sur ses coquillages, cigarette au bec. Tous les gardiens ont besoin d'un passe-temps, lui ai-je dit quand il a commencé, et plus ça requiert d'adresse manuelle mieux ça vaut, quelque chose qu'on peut reprendre jour après jour jusqu'à ce que ce soit parfait. Un vieux gardien-chef sous les ordres duquel j'ai travaillé m'a appris comment fabriquer une goélette et la mettre en bouteille. Personnellement je trouvais ça trop pointilleux, devoir coller les voiles au millimètre près. Il fallait compter deux semaines de préparation avant de glisser la goélette dans la bouteille et de tirer les gréements, et si j'avais mal collé un tangon de foc tout s'effondrait. La solitude pousse à tester ses limites. Je le sais parce que je suis à la Maiden depuis une vingtaine d'années et Bill est là depuis deux ans.

« Il y avait un truc bien ?

– Les croisades, répond-il. *Les Sentinelles de l'air*.

– Tu devrais tenter ta chance.

– Avec quoi ?

– Un des sujets que tu connais. »

Bill souffle dans son coquillage sculpté et le met de côté, puis se laisse aller dans sa chaise, bras croisés derrière la tête. Mon gardien auxiliaire a un air studieux, timide ; il a les cheveux dégagés autour des oreilles, les traits fins et précis : à terre, il passerait pour un comptable. La fumée qu'il inspire par les narines lui ressort aussitôt aux commissures des lèvres, se mêlant au nuage qui flotte encore dans la pièce depuis la dernière cigarette éteinte.

« Je connais plein de sujets, fait-il, mais aucun en profondeur.

– Tu connais la mer.

– Il faut que ce soit plus précis, je crois. Tu ne peux pas dire à ce vieux salaud de Magnusson, interroge-moi sur la mer. C'est trop vaste comme sujet, ça ne serait jamais accepté.

– D'accord, les phares alors.

– Déconne pas ; tu ne peux pas demander un sujet qui concerne directement ton boulot. Nom : Bill Walker. Métier : gardien de phare. Sujet : entretien et surveillance de phare. »

Il écrase son Embassy et en allume une autre. Il fait tellement froid à cette époque de l'année que les fenêtres doivent rester fermées, et comme c'est ici que l'on cuisine et que l'on fume, l'air devient vite étouffant.

« Alors, t'es content de retrouver Vince ? » je demande.

Bill soupire. « Je m'en fous, moi. »

Je prends sa tasse et allume la bouilloire. Ici, nos jours et nos nuits sont rythmés par les tasses de thé – surtout à cette époque de l'année, en décembre, au cœur de l'hiver lorsqu'il fait jour si tard et nuit si tôt et que le froid est si mordant. Je me lève à quatre heures du matin pour mon quart, retourne me coucher après le déjeuner et quand je me relève les rideaux sont tirés, et l'après-midi terminé. Est-ce aujourd'hui, demain, la semaine prochaine ? Depuis combien de temps est-ce que je dors ?

La tasse rouge et noir avec *Brandenburger Tor* inscrit dessus est l'une des tasses de Frank. Il est tellement tatillon qu'il l'emportera sûrement avec lui demain en rentrant à terre, de peur qu'on la lui pique. Chacun prend son thé à sa façon, et celui qui le prépare doit s'en souvenir. Même si Vince est rentré à terre depuis plusieurs semaines, on sera sûrs à son retour de ne pas se tromper. Ça montre qu'on fait attention. À la maison, Helen ne me donne jamais de sucre mais je ne m'en plains pas, je fais avec, ça évite qu'on s'engueule. Ici, on n'hésite pas à se chambrer. *Espèce d'abruti, ce filet de pêche retient plus longtemps les trucs que toi.*

Bill dit : « Tu sais que Frank met le lait d'abord ? Le sachet, le lait et l'eau par-dessus.

– Fais pas chier. On met d'abord l'eau.

– C'est ce que je lui ai dit.

– Le thé ne se déguste pas comme ça.

– Si tu emploies des mots comme *déguster*, tu peux aller te faire voir.

– Si j'étais le gardien-chef de Longships, tu serais obligé de surveiller ton langage. » Mais les injures, c'est comme le thé : jurer comme un charretier, ça aide à faire la conversation. Parler de la sorte à quelqu'un, c'est une preuve d'amitié, de complicité. Peu importe à qui l'on s'adresse, peu importe si c'est moi le chef. On se lâche dès qu'on revient au phare et on calme le jeu dès qu'on est à terre. Si nos femmes nous entendaient parler ici, ne serait-ce que cinq minutes, elles seraient consternées. À la maison, on se mord la langue pour ne pas dire comment tu vas bordel, ou merde c'est tellement bien de te retrouver, ou au fait qu'est-ce qu'on mange pour le dîner putain.

« Il y avait une femme hier soir, dit Bill. Elle avait choisi le Système solaire.

– Bah voilà un sujet plus vaste que la mer.

– Ouais, enfin ils lui ont posé des questions basiques sur les planètes et tout. Genre Neptune, Saturne. Au fait, tu savais que ça sentait le pet sur Uranus ?

– Qu'est-ce que t'es con, mon pauvre Bill.

– Mais la mer c'est moins basique comme sujet. Tout sur la mer est moins basique.

– C'est ça que j'aime.

– Pas moi. Je n'aime pas ce que je peux pas voir. »

Quand Bill est arrivé à la Maiden la première fois, je me suis demandé comment ça allait se passer. Certains hommes sont ouverts, d'autres pas. Bill était silencieux, réservé. Il m'a rappelé un gorille mâle que j'avais vu une fois au zoo de Londres, qui regardait les gens à travers une paroi en plastique. Par la suite j'ai souvent essayé de comprendre ce que j'avais vu dans les yeux de cet animal ce jour-là. De la colère, de l'ennui, de l'épuisement. De la résignation. De la pitié pour moi.

On a beaucoup de temps pour parler, surtout pendant le quart de nuit, entre minuit et quatre heures, et la conversation dans ces moments-là s'aventure dans des recoins sombres qu'on se dépêche d'oublier dès le lendemain matin. Lorsqu'on est de quart, avant de réveiller le suivant, on descend chercher le thé et un plateau avec du fromage et des biscuits qu'on rapporte dans la lanterne pour le partager avec lui, avant d'aller se coucher. On reste une heure à peu près pour aider l'autre à se réveiller, à mettre son cerveau en route, à éviter qu'il se rendorme dès qu'il se retrouve tout seul. Quand c'est Bill et moi, il me confie des trucs qu'il ne me dirait jamais en plein jour. Par exemple, il aurait voulu être différent, avoir une autre vie et dire non parfois au lieu de toujours dire oui. Et il n'a jamais envie de donner à Jenny les coquillages qu'il sculpte et qu'elle lui réclame constamment. Il préférerait les garder pour lui, comme tant d'autres choses.

✦

Là-haut pour dormir. Il m'a fallu un moment au début pour m'habituer aux lits superposés en forme de banane. Les gens à terre sont toujours étonnés – « Je croyais que c'était une blague, tu dors vraiment dans un lit en forme de banane ? » –, seulement au fil des ans ma colonne vertébrale a dû s'y faire parce que avant, au bout de deux mois dans le phare, j'avais mal au dos. De retour à terre j'étais perclus de douleurs et de courbatures comme si j'étais deux fois plus vieux. À présent ça ne me fait presque rien. Au contraire, ce sont les lits normaux qui ne me semblent pas très confortables. Je m'efforce de m'endormir sur le dos, sauf qu'au réveil je suis en chien de fusil.

Je devrais m'endormir dès que je pose la tête sur l'oreiller. Que ce soit tard la nuit ou au petit matin, ou pour un somme avant que le collègue vous réveille, on prend ce qu'on peut.

Du moins, c'est que je faisais avant. Maintenant, le sommeil me fuit en courant sur ses grands pieds griffus. Je vois le fond de la mer, je vois Helen ; je vois la tour depuis la côte, à peine visible au loin, et j'ai l'impression vertigineuse et incroyable d'être à la fois là-bas et ici, ou nulle part. Je me détourne du rideau qui isole ma couchette du reste de la pièce ; j'observe le mur dans le noir, en écoutant la mer, mon cœur bat lentement, mon esprit ressasse ; je pense, et je me souviens.

Dix-neuf jours

Un soleil resplendissant est synonyme de conditions idéales pour la relève de Frank, qui a été décalée, juste avant le déjeuner, car le bateau ne démarrait pas. Somme toute, tant mieux pour eux, même si le gros temps n'impressionne pas Vince. Vince est jeune ; il a les cheveux noirs et une moustache à la Supertramp. Il ne lui faut pas longtemps pour retrouver ses marques. Chaque chose a sa place et on a l'habitude de déballer rapidement nos affaires afin de reprendre nos postes aussi vite que possible. Le courrier arrive dans un sac étanche. Il y a une lettre officielle pour moi, adressée au gardien-chef.

« Finalement, c'est mort, dit Vince. Brejnev n'ira pas sur la lune. »

En attendant que le déjeuner soit prêt, Vince parle du lancement de la fusée soviétique qui a explosé en plein vol le mois dernier. C'est déconcertant d'entendre parler de ce qui se passe dans le vrai monde, l'autre monde. Un monde qui pourrait disparaître sans que nous le sachions. Je me demande si j'ai besoin de ce monde. Les villes avec leurs lumières, leurs bruits et leurs complications inutiles, les pièces faisant plus de quatre mètres de large me semblent futiles.

« Ces putains de communistes, dit Bill. Tu parles d'une bande de poules mouillées. Qu'est-ce qui vaut mieux ? Avoir peur de la guerre ou la déclarer tout simplement ?

– Tu rigoles, mec, répond Vince. Je suis pacifiste.

– Évidemment.

– C'est quoi le problème ?

– Être pacifiste, c'est une excuse pour rien foutre. Sauf peut-être pour se laisser pousser la barbe et baisouiller aux quatre coins de Londres. »

Vince s'enfonce dans sa chaise et fume. Il n'est avec nous à la Maiden que depuis neuf mois mais il fait déjà partie des meubles. J'ai vu défiler des dizaines de gardiens, et il y en a certains qu'on apprécie plus que d'autres. Je ne sais pas trop ce que Bill pense de lui.

« T'es jaloux, lance-t-il à Bill.

– Je t'emmerde.

– Ça fait combien de temps que tu n'as plus vingt-deux ans ?

– Pas aussi longtemps que ce que tu crois, petit con. »

C'est comme ça entre eux, Vince chambre Bill en le traitant de vieux alors qu'il a encore la trentaine, et Bill réplique comme s'il était vexé. Normalement c'est pour rire, seulement je vois bien que ça atteint Bill. Il ne sait pas ce que c'est, la vie débridée ; il n'a jamais connu. Il n'avait même pas vingt ans qu'il était déjà marié et que Jenny lui réclamait des enfants. Et après, il y eut l'appel du phare.

Vince a apporté du bacon et l'odeur de friture avec l'œuf au plat qui grésille et crachote à côté est incroyable. Depuis deux semaines, Bill et moi n'avons mangé que de la viande en boîte, c'est mieux que rien sauf que ça n'a rien à voir avec la vraie. Au bout d'un moment, tout ce qui sort d'une boîte a le même goût, le goût de la boîte, que ce soit des fruits au sirop ou un bloc de jambon cuit. En fait, le jambon cuit en boîte, ça va si on le cuisine, mais si on le met comme ça, froid dans l'assiette, comme font Vince et Frank, on a vite fait de devenir végétarien.

C'est Bill qui cuisine aujourd'hui ; c'est lui qui cuisine le mieux de nous tous. Vince est nul et moi ça va, même si contrairement à Bill j'y mets moins d'enthousiasme, parce que je cuisine souvent à terre. Sa femme fait tout pour lui. Bill dit que c'est comme être en prison, d'avoir quelqu'un qui fait tout pour vous « sauf te torcher le cul », et Vince réplique que ça n'a rien à voir parce qu'en prison il n'y a pas de meringues à l'orange ni de babas au rhum ni de femme qui vous masse les pieds, pas vrai ? Bill lance : « Tu sais de quoi tu parles, espèce de vaurien. » Et ensuite c'est à moi de calmer le jeu, avant que ça dégénère.

Vince dit : « Tu en penses quoi, monsieur le gardien-chef ?

– De quoi ?

– Il faut jouer l'apaisement, ou déclarer la guerre ? »

J'ai envie de répondre que toute cette histoire de guerre froide, avec Nixon, l'URSS et les avions japonais qui s'écrasent aux abords de Moscou, ça ne sert à rien. Si nous devions tous vivre dans un phare avec deux autres personnes, vivre, juste vivre ensemble, sans rien attendre les uns des autres, sans intervenir dans les vies de chacun, si nous devions allumer la lampe la nuit et l'éteindre à l'aube, dormir et se réveiller, parler et garder le silence, vivre et mourir, tranquilles sur nos îles, nous pourrions éviter tout le reste, non ?

Au lieu de quoi je dis : « Il faut conserver la paix si possible. » Et en silence, j'espère qu'en ce qui nous concerne, j'en serai capable.

Vince parle de vaisseau spatial et ça me rappelle une vieille histoire. Je travaillais au phare de Beachy Head et c'était l'aube. J'étais seul dans la lanterne, le soleil allait se lever, quand j'ai vu un objet tomber dans la mer. C'était un matin brumeux, paisible, quelques étoiles s'attardant encore dans le ciel, un matin tellement beau qu'on aurait pu croire le paradis descendu sur terre, et ce truc métallique brillant est sorti de nulle part pour tomber dans la mer sans laisser de trace. Je n'avais aucune idée de sa taille ni de l'endroit précis où il était tombé parce que de là-haut la mer semble éternelle.

Je l'ai vu et je ne pouvais pas l'expliquer. Un objet volant, une aile ou un volet d'un avion, voilà l'explication, je sais, je sais ça ; pourtant il y avait dans son mouvement, dans sa chute, une dynamique élégante et déterminée que je ne saurais décrire. Je n'en ai parlé à personne, ni aux hommes avec lesquels je me trouvais, ni à Helen. Mais j'ai pensé que c'était toi.

C'est un cadeau tellement précieux que tu m'as fait ; je te remercie.

La chambre est toujours sombre parce qu'à toute heure du jour ou de la nuit quelqu'un y dort, ou essaie d'y dormir. En hiver, le manque constant de lumière est perturbant ; par la fenêtre, on ne sait pas si c'est l'aube ou le crépuscule. Je ferme la porte et ma main reste sur la poignée, forme vague et inanimée ; on dirait qu'elle ne m'appartient pas, comme si c'était celle d'un homme plus jeune dans quelque autre univers qui l'ouvrirait au lieu de la fermer.

Le livre que je lis s'intitule *Obélisque et Sablier* ; c'est sur l'histoire du temps. Je l'ai trouvé chez Oxfam dans la rue principale de Mortehaven. Je me dis que plus tard j'irai visiter tous ces lieux que j'ai découverts en lisant : les pyramides égyptiennes, les temples d'Amérique du Sud, les jardins suspendus de Babylone. Quand ? Peu importe ; c'est d'envisager la possibilité qui compte.

Après notre mariage, Helen et moi sommes allés à Venise. Nous avons passé une semaine à manger du pain arrosé d'huile et du jambon aussi rose et fin que du papier de soie. Nous avons déambulé dans les passages humides et sous les ponts qui sentaient l'œuf et le sel. Cela me semble surréaliste à présent, ce monde d'ombres, d'eau, de sonneries, de toits dorés.

Il y a un cadran solaire sur la couverture de mon livre. Au phare, chacun décompte les jours pour mesurer le temps qui reste pour finir ses huit semaines de service. D'après Helen c'est comme les prisonniers qui inscrivent les jours qui passent à la craie sur les murs. Elle a peut-être raison. Dans la Chine antique, ils se servaient d'une bougie pour se repérer dans le temps. Ils traçaient des lignes dans la cire et au fur et à mesure que la bougie se consumait, les heures s'égrenaient ; ainsi, ils savaient toujours à quel moment du jour ou de la nuit ils étaient. Ils pouvaient aussi récupérer la cire fondue, en refaire une bougie et la rallumer au besoin. Et recommencer depuis le début.

Helen ne sait pas et je ne le lui dirai jamais. Je ne lui parlerai jamais de toi. Certaines choses sont interdites, et tu en fais partie. Mais je m'interroge sur la bougie et sur le temps qui passe ; les heures qui défilent disparaissent-elles à jamais, ou y a-t-il un moyen de les récupérer ? Et si je pouvais te récupérer ?

Je suis là depuis trop longtemps. Les nuits solitaires et la pénombre qui tombe, s'étale, se disperse sur la mer noire, le ciel encore plus noir. Que le plus cynique des hommes, devant le soleil qui se lève et à l'aube le ciel rouge s'embrasant d'orange, vienne m'affirmer qu'il n'y a pas de puissance supérieure dans l'univers. Il y en a une.

Sur l'écran de mes paupières fermées, le faisceau obsédant d'une lampe torche scintille depuis la côte. Il appelle dans les ténèbres, il brille, brille, s'obstine pour que je me tourne et que je regarde.

12

BILL

La traversée

Trente-cinq jours au phare

Combien de fois ai-je allumé cette lampe ? Huit mois et des poussières par an, tous les ans, ça fait deux cent quarante jours ; multiplié par le nombre d'années où j'ai travaillé pour le service des Phares et Balises, c'est-à-dire quinze, et on arrive à trois mille six cents. J'ai allumé ce feu ou un autre trois mille six cents fois. Quant au nombre d'heures que j'ai passées dans un phare depuis tout ce temps, je préfère ne pas le savoir.

Réchauffer la vapeur, tourner le robinet et approcher une allumette du manchon. Je pourrais faire ça les yeux bandés, mais j'imagine que Trident ne serait pas d'accord. Les flammes claquent dans leur cage de verre. À la Maiden, la lanterne est immobile ; ce sont les lentilles autour d'elle qui tournent, et le rayon de lumière réfractée balaie la mer.

Il est vingt heures. Je suis de quart jusqu'à minuit. Faire le début de la nuit me permet d'avoir une nuit presque normale. D'ici là, je vais surveiller que le gicleur ne se bouche pas ou que la pression ne retombe pas ; je vais noter dans le registre le temps qu'il fait, la température, la visibilité, la pression atmosphérique et la force du vent. À part ça, et ce sont des choses que je fais automatiquement maintenant, je vais rester là et penser à comment un homme malheureux peut changer de vie. J'ai tout mon temps pour ça. Lorsque j'allume ma lanterne et l'éteins, le monde entier dépend de moi. L'aube et le crépuscule appartiennent à moi seul ; j'en fais ce que je veux. C'est puissant comme sentiment.

Vince a apporté un paquet de la part de Jenny. Si je ne lis pas sa lettre maintenant, ça va m'obséder, je vais avoir l'impression que Jenny m'observe, comme si elle était avec moi. Parfois, dans la lanterne, on a l'impression qu'il y a quelqu'un d'autre. On sent qu'ils sont là, que ça nous plaise ou non. C'est comme s'ils étaient assis à côté de nous ; on a les poils qui se hérissent sur les bras. Ou ils sont derrière nous, à regarder notre crâne, à se dire toutes sortes de choses désagréables à notre sujet. On se retourne et il n'y a personne ; la lanterne est vide, il n'y a que nous. Mais on se retourne pour vérifier.

Dans le paquet, Jenny a mis l'habituelle boîte de chocolats faits maison. Je la vois les déposer un à un dans leur petit papier, avec *The Archers* en fond sonore à la radio. Jenny Heaton. La première fois que je l'ai vue sortir de l'école avec ses tresses et sa jupe qui couvrait ses genoux. Jenny n'a jamais aimé ses genoux ; elle les trouve gros. Un jour, sa sœur lui a dit qu'ils ressemblaient à des chaussons à la viande et elle ne s'en est jamais remise. Un peu comme lorsque je sortais avec la voisine d'à côté, Susan Price, et qu'au bout de quelques mois elle a rompu en me balançant : « Tu es trop petit, Bill Walker, il me faut quelqu'un de plus grand. »

C'était pas mal avec Jenny au début. Ses doigts glacés entrelacés dans les miens, on s'allongeait dans son lit tandis qu'en bas sa mère cuvait son vin dans le canapé. Je sentais ses genoux sous la couette. Je lui disais que je les aimais bien, moi, ses genoux, qu'ils étaient très bien, et si je l'embrassais encore ? On ne parlait pas beaucoup. Je n'ai jamais été un grand causeur, et ça ne la gênait pas ; c'était une chose qui me plaisait chez elle, je me disais qu'elle n'était pas comme les autres filles. Un jour, dans la pénombre elle a murmuré : « Tu es exactement comme moi, Bill », et je suis resté allongé là, inquiet, jusqu'au matin. Le truc le plus important, c'était coucher avec une fille et pouvoir le dire à mes frères. Ce que je brûlais de faire. La clé dans le trou de la serrure.

Jenny a utilisé le papier qu'elle a piqué à l'hôtel chic de Brighton où on a été en lune de miel.

Bill, mon amour, tu me manques. Ça fait plus d'un mois. La maison est tellement vide sans toi. J'aimerais tant que tu puisses rentrer et être avec nous. Les enfants me demandent tous les jours quand tu vas revenir (ce qui me rend encore plus triste !) Je pleure tout le temps. Comme le bébé, toute la nuit. J'essaie d'être forte, sauf que c'est dur. C'est désespérant de ne pas te voir pendant si longtemps et nous n'avons fait que la moitié du chemin. Je ne ferai rien jusqu'à ce que tu reviennes. Je ne veux aller nulle part, ni voir personne. Si je vois quelqu'un, je ne ferai que pleurer. C'est trop d'effort pour moi de ne pas pleurer.

Je sens ses doigts entrelacés dans les miens, comme dans ce lit.

Les autres ne comprennent pas, pas vrai, Bill ? À quel point j'ai besoin de toi et à quel point tu me manques. C'est vraiment dur d'être seule, ça me brise vraiment le cœur. J'ai été malade après ton départ, cette fois. Hannah m'a entendue. J'ai menti. J'ai dit que c'étaient les boulettes de viande qu'on avait mangées au dîner et ce n'était pas vrai. Je dois mentir à tout le monde quand tu n'es pas là. Je ne suis plus moi-même, Bill. Et toi ?

✦

Je fais des toasts en bas dans la cuisine avec le pain de mie blanc que Vince a apporté. On ne peut pas faire des toasts avec le pain qu'on fait nous-mêmes ; les tartines en sortant du four, on dirait des crumpets ou des scones. Même si le gril brûle les bords des toasts, je préfère ; il paraît qu'un peu de charbon, c'est bon pour l'organisme. Je mets de la pâte à tartiner dessus, donc j'oublie. Lorsque je mords dedans, ça crépite comme un feu de joie.

Il y a une limite aux excuses qu'un homme peut se trouver. Je suis lâche. Sans aucun doute. Quand j'avais dix ans, mon père m'a surpris dans ma chambre en train de lire avec une lampe torche. Il m'a flanqué une taloche et il a dit : « Tu vas devenir aveugle à plisser les yeux comme ça ; ils ne voudront jamais de toi aux Phares et Balises si tu as des lunettes. » Je l'ai cru au sujet des lunettes, et sur le fait que travailler dans un phare serait la seule chose que je pourrais faire. J'avais donc tout intérêt à m'y faire embaucher, sinon qu'est-ce que j'allais faire d'autre ? Quelques années plus tard, mon père est tombé malade et il n'a plus quitté son lit. Il est devenu de plus en plus maigre pour finir par disparaître quasiment, et du trou amer qu'était devenue sa bouche est sorti un râle : « C'est ta faute. » Et il avait raison, c'était ma faute. J'étais né à l'envers et déformé, comme un chaton qu'on va noyer dans un sac.

La mer nous a tous contaminés. On n'arrivait pas à s'en défaire, même dans la mort. Le vieux avait une cousine dans le Dorset dont l'appartement donnait sur le port de West Bay. Chez elle, il y avait des tableaux de la mer, des scènes de l'Ancien Testament avec des ciels violents et des vagues écumantes ; des navires pris dans la tourmente sur des flots déchaînés. Je détestais aller là-bas, les paquets de mer et les batailles, les coups de canon, les drapeaux rouges fouettés par les vents au sommet des mâts. Ça sentait le xérès et les sablés friables qu'elle faisait elle-même et conservait dans un Tupperware. À sa mort, on a pris un bateau à Lyme pour éparpiller ses cendres dans la mer. Je m'en suis pris plein dans la figure à cause du vent, et j'ai pensé à ce moment-là que je ne me débarrasserais jamais de cette satanée mer.

Peu importait si je n'avais jamais appris à nager. Papa disait : « Pas besoin de nager pour passer son temps dans un phare. » Au cours de natation, le prof lançait une brique à l'eau ; je me débattais à la surface en fermant les yeux et en me pinçant le nez, et malgré mes oreilles bouchées j'entendais les autres enfants se moquer de moi.

Là-haut, les heures s'égrènent lentement. Le temps passe, invisible. Les heures se perdent et j'ai beau être payé pour rester éveillé et en pratique je le suis bel et bien, je dois sûrement somnoler parfois, parce que lorsque je suis seul dans la lanterne je pense à toutes sortes de choses bizarres et je sais que je rêve. Jenny à terre avec un bébé en pleurs et les filles qui se bagarrent ; des jouets sur la moquette, une poupée Sindy nue, la tête à l'envers, qui a ainsi les seins dans le dos ; Jenny n'achète jamais le modèle garçon sous prétexte que ça va leur donner des idées. Jenny qui crie à table en mangeant des croquettes de poisson. Et si je ne rentrais plus jamais ?

Ma femme compte les jours jusqu'à la relève et le jour J, si le temps est au beau fixe et que le bateau se met en route, elle s'affaire ; elle achète comme à chaque fois toutes sortes de trucs, la nourriture et les boissons que j'aimais jadis et que je n'aime plus. Sauf que je ne rentre pas. Je ne sais pas où je vais, ni comment ça se produit ; c'est ça qui est bien, ne pas savoir. C'est juste comme ça.

Avant minuit, je vais chercher Vince dans la chambre. Je le secoue d'une main et lui lance comme d'habitude : « Allez, gros flemmard, c'est l'heure de se lever », avant de descendre dans la cuisine préparer notre plateau. Vince a besoin que j'y aille une première fois et que j'y retourne ensuite, après avoir préparé à boire et à manger, ensuite il se ramène à la lanterne.

Je ne prendrais jamais la peine à la maison de disposer des biscuits dans une assiette ; Dieu sait pourquoi je le fais ici. Deux bons morceaux de cheddar Davidstow un peu durs sur les bords et tachetés de blanc, ce qui signifie qu'on a intérêt à les manger vite.

Contre toute attente, Vince est déjà là-haut ; il a passé un blouson de cuir par-dessus son pyjama. C'est tout le contraire d'Arthur ; Arthur est toujours en uniforme, tiré à quatre épingles, comme s'il s'attendait à voir débarquer les inspecteurs de Trident ; toujours rasé de près, soigneusement coiffé, chaussures cirées, alors que Vince traîne en pyjama avec des chaussons qu'on dirait faits en poils de chien.

On s'habitue aux habitudes des gardiens avec lesquels on travaille. Ça ne fait pas un an que Vince est arrivé, et avec la répartition des quarts, j'ai passé peu de temps avec lui. Mais un mois suffit dans un phare pour apprendre à connaître quelqu'un, quand il faut dix ans à terre. Le matin, Vince boit son thé avant de dire quoi que ce soit, et lorsqu'il ouvre la bouche ce n'est pas pour déblatérer sur le temps qu'il fait ou sur l'état de la lampe ou sur ce qui s'est passé ce jour-là. Pendant cette heure de transition, on oublie les règles. Ce que l'on peut ou ne peut pas faire. Ce que l'on peut ou ne peut pas dire. C'est dans un moment comme celui-là que Vince m'a raconté pourquoi il avait fait de la taule. Pas des trucs insignifiants. Je veux dire du lourd.

« Tu ne m'as jamais dit ce que c'est, ton problème, fait-il.

– Avec quoi ?

– Avec ça. » Il se cure les dents. « La mer.

– Je ne l'aime pas, c'est tout.

– Pourquoi ?

– Pour rien. Tu ne dirais jamais à un pilote que s'il aime voler il aime forcément le ciel, et tu ne lui demanderais pas non plus de sauter dans le vide.

– Ouais, enfin il y a toujours une raison, non ?

– Je ne sais pas.

– Moi, ce que j'aime pas, ce sont les chiens, remarque Vince. Il y avait un molosse, un croisé rottweiler dans une de mes familles d'accueil, et un jour il a foncé sur moi, comme ça, je n'avais rien fait. Il m'a chopé le bras et s'est mis à le secouer comme un bout de bidoche… et pour ce chien mon bras était vraiment un bout de bidoche. Tu sais comment il s'appelait ? Pétale. Pétale putain, pour un chien comme ça. Depuis, je déteste les chiens. Dès que j'en vois un, j'ai toujours l'impression qu'il va se jeter sur moi.

– J'ai mes raisons avec la mer et elle a les siennes avec moi.

– Je ne pense que la mer fasse gaffe à qui que ce soit. »

Mais c'est ça justement. L'indifférence. Mon vieux m'observait dans l'appartement du Dorset, chez sa cousine. Il me fixait. Il venait dans ma chambre quand tout le monde dormait, il enlevait sa ceinture et s'asseyait là, au bout de mon lit, les poignets blêmes dans la clarté de la lune, comme s'il se demandait quoi faire ensuite, ou quoi faire de moi. Sur les murs, la mer me tançait. Elle ne m'a pas aidé à l'époque et elle ne m'aidera jamais.

« Elle me rend malade, je lui dis. Elle me file la gerbe.

– Tu veux dire le mal de mer.

– Non. »

Enfin, je l'ai aussi. Je déteste la traversée. Même par temps calme, ça ne me revient pas, être ballotté comme un fétu de paille. Si je n'avais plus jamais à le faire, je serais bien content. Dès que je suis à terre, je redoute le retour et une fois à terre je redoute de repartir. Logiquement, je devrais me sentir mieux à la maison ou au phare, mais ce n'est pas le cas. Je ne me sens bien nulle part. Sauf avec elle.

« Pourquoi tu ne fais pas un autre boulot ? » demande Vince. Je l'entends mâcher le fromage un peu rance. Avaler une gorgée de thé.

« Putain, t'es de la Gestapo, ou quoi ?

– Pas la peine de t'en prendre à moi. Tu es comme ce putain de chien.

– On a la maison. On est bien installés. Je ne sais ce que je pourrais faire d'autre.

– Tu pourrais faire une formation.

– Bah voyons, je réplique. T'as pas d'enfants, t'as pas de femme, t'as pas besoin de mettre à manger sur la table, toi. Toujours pareil, encore et encore, vingt-trois livres par semaine et après ?

– Tu n'as qu'à passer gardien-chef.

– Je ne suis pas Arthur.

– Tu pourrais. »

Le biscuit est sec dans ma bouche. « Je ne suis pas comme lui. »

J'ai souvent envie de le dire. Ce que j'ai fait à Arthur. Ce que je continue de lui faire. Pour voir l'effet que ça fait, c'est tout. Je pourrais en parler à Vince. Sauf qu'il passe à autre chose.

« J'adore être de retour, mec, lance-t-il. Ces phares. Il n'y a rien de plus beau. C'est pour ça que je suis là. Avoir cette promotion. Bientôt je serai gardien auxiliaire, comme toi, et j'aurai une petite maison à moi. Et un jour gardien-chef. Je passerai ma vie sur les phares.

– Il t'en faut peu.

– Il faut quand même du savoir-faire pour s'occuper d'un phare.

– Comment ça, du savoir-faire ? Il suffit d'allumer une lampe, de surveiller qu'elle fonctionne et ensuite de l'éteindre. Il y a aussi tout le ménage, et un singe pourrait s'en charger s'il était assez entraîné. Dire que tout va bien à la radio. Cuisiner un peu. Qu'est-ce qu'il y a d'autre à faire ?

– Oh, c'est plus que ça, fait Vince. Je te l'ai déjà dit, je suis habitué à vivre en cage. Il y en a qui en sont capables et d'autres non. Et c'est mal vu d'aimer être en cage. Tu vois ? Comme si tout ce qui comptait c'était d'être dehors. Pourtant si tu es content d'être enfermé, que ce soit en prison ou dans un phare où tu n'es pas derrière des barreaux mais où tu es coincé malgré tout, ça te suffit. Il y avait des gars en prison qui étaient comme des lions. Ils se battaient, cassaient des trucs ou s'entre-tuaient parce qu'ils n'arrêtaient pas de penser qu'ils voulaient être libres. Je vais te dire un truc, Bill : je me sentais libre tout le temps là-bas. Jamais je n'ai pensé que je ne l'étais pas. C'est plus que ça, pas vrai ? C'est tout ce que je veux dire. Si tu n'aimes pas être dans un phare, le problème c'est pas le phare. »

La première fois que je suis arrivé à la Maiden, ç'a été la pire. J'avais entendu toutes sortes d'histoires sur le phare de Maiden Rock : il ne te fera pas de cadeaux, il faut ouvrir l'œil, sinon tu nourriras les poissons au fond de la mer, mon gars. Ça faisait déjà quinze jours que je devais prendre la relève d'un gardien remplaçant dont la femme était malade ; dans d'autres circonstances, ils n'auraient pas envoyé le bateau avec le temps qu'il faisait, il pleuvait à verse et la mer était agitée, mais Trident a donné le feu vert, donc on l'a fait.

J'ai passé la majeure partie de la traversée penché par-dessus le bastingage, je me souviens encore de l'odeur du cigare du pilote du bateau qui se mêlait au goût salé des embruns et à l'aigreur de ma bile.

J'ai pensé à la brique au fond de la piscine et comment je me débattrais, sourd et aveugle, en me noyant.

La mer nous a ballottés, secoués dans tous les sens ; elle fouettait la proue du bateau qui avançait tant bien que mal en vent contraire. J'ai éprouvé une espèce de fascination malsaine en voyant le phare en pleine mer, comme devant des pylônes géants ou des cheminées de refroidissement, voire un porte-conteneurs échoué sur la côte.

On n'avait pas beaucoup de temps pour se préparer à débarquer. Le bateau approchait et les hommes à bord et sur la plateforme s'occupaient de tout. Je savais ce qui m'attendait, on m'avait dit de faire comme si j'étais une des caisses à provisions, de rester là suspendu dans le vide en attendant d'arriver à bon port. Il faut faire confiance aux gens des deux côtés du filin. Mais le problème ce jour-là ce n'étaient pas les hommes, ni le treuil ; c'était la mer, imprévisible. Je me suis harnaché n'importe comment, avec une boucle trop lâche qui me passait sous les aisselles, et le bout que je tenais fermement m'a brûlé les paumes.

Ils m'ont hissé dans les airs malade comme un chien et m'ont lentement approché de la tour. J'ai essayé de ne pas trop regarder la mer démontée sous mes pieds, le gouffre qui semblait rugir sous moi.

Soudain, il y a eu un creux d'une dizaine de mètres et le bateau s'est retrouvé trop loin. Des cris ont retenti et la tension a monté d'un cran. J'ai fermé les yeux. Peu m'importait de savoir ce qu'il adviendrait de moi. Je suis resté suspendu au harnais, à la merci des éléments, les vagues léchant mes chaussures. Sur le bateau, ça hurlait :

« Hissez-le, hissez-le ! » Puis :

« Mais ramenez-le, vous voulez le tuer, ou quoi ? »

La pluie me fouettait le visage, le vent transperçait mes vêtements. J'ai ouvert les yeux et j'ai vu un homme penché au-dessus de la plateforme, Arthur Black, le gardien-chef, la main tendue à quelques centimètres de moi. Je me suis élancé mais la mer m'a projeté contre le béton avec une telle force qu'il m'a fallu plusieurs minutes pour reprendre mon souffle. « Bien joué, garçon, s'est-il exclamé, ça va aller maintenant. » Je me suis agrippé aux barreaux glacés et glissants de l'échelle d'accès, et j'ai commencé à grimper vers la bouche chaude et sombre de l'entrée.

Arthur m'a fait du thé et donné des clopes jusqu'à ce que je me réchauffe.

Pauvre Bill. Il est pitoyable. C'est ce qu'il pensait, ça se voyait bien. Bill qui arrivait toujours terrorisé, les vêtements maculés de vomi. Bill qui tendait la main pour être sauvé et non pour secourir. Il n'était pas de la trempe des gardiens-chefs. Il était de ceux qui se noient sans jamais atteindre la brique.

Parfois, après avoir façonné l'un de mes coquillages, même si je suis content du résultat, je le jette à la mer par la fenêtre de la chambre. Le vent l'emporte et j'aime l'idée de ce coquillage qui retourne à l'océan. Tout ce voyage à travers des millions d'années, tous ces efforts à rouler dans le ressac depuis la nuit des temps, pour finir par échouer sur une côte lointaine et être récupéré par un homme comme moi qui le frotte et le sculpte, le façonne à sa guise avant de le renvoyer à la case départ.

13

VINCE

La solitude

Deux jours au phare

Mardi matin. Trois semaines avant Noël. Un phare ne prend jamais de vacances, et ne vous permet pas non plus d'en prendre ; il ne peut pas se passer de vous. Les autres ne vont pas tarder à être de mauvaise humeur en pensant à leurs familles, aux sapins et aux traditionnelles tartelettes de Noël. Il paraît que c'est comme ça qu'on fait. Je crois que je n'ai jamais vraiment célébré Noël. En taule, on nous distribuait des chapeaux en papier et on nous servait un truc dégueulasse à manger, donc la prétendue magie des fêtes, je connais pas.

À cette époque de l'année on ne peut pas éteindre la lampe avant huit heures. Lorsque le soleil se lève, je démonte les brûleurs et les remplace par des propres pour la nuit suivante. Ensuite, je tire les rideaux pour protéger les lentilles. Il est peu probable en décembre que le soleil chauffe assez pour provoquer un incendie, mais je le fais sans réfléchir, et de toute façon ça permet de les garder propres. C'est comme si on habillait la lanterne pour la journée et qu'on la déshabillait le soir. Je ne dirais jamais ça aux autres.

Je suis de quart ce matin, et c'est moi qui m'occupe du petit-déjeuner. Dans le ravitaillement à mon arrivée, on a eu un beau morceau de bacon, donc j'en fris et le garde au chaud sur la cuisinière jusqu'à ce que les autres se lèvent. Normalement l'odeur les réveille, et on a beau dire, le bacon frit, il n'y a que ça de vrai comme odeur. Ce n'est pas si mal d'être aux fourneaux à la Maiden parce que le gardien-chef est presque aussi nul que moi en cuisine, et je n'ai pas honte des plats que je prépare. À mon premier poste, les gardiens se prenaient pour de fins gourmets et ils ne se gênaient pas pour faire des remarques sarcastiques dès que je posais une assiette devant eux. C'était vache de leur part, d'autant qu'ils ne m'ont jamais rien appris en cuisine, et ce n'est pas faute de leur avoir posé des questions. Je n'ai même pas idée de la moitié des ingrédients que je vais utiliser avant de m'y mettre.

« Vous avez entendu les oiseaux ? je demande, une fois que nous avons commencé à manger.

– Quels oiseaux ? répond Arthur.

– Hier soir. Ils ont foncé sur moi, il y en avait plein. »

Le gardien-chef se lève d'un coup et monte vérifier parce que c'est sa lanterne ; même si nous sommes de garde, c'est lui le responsable du feu. Il le surveille comme si c'était son gosse.

Bill est penché sur son assiette comme toujours quand il mange, et une cigarette se consume dans le cendrier à côté de lui pour qu'il puisse fumer, mâcher, fumer, mâcher. Il jette un coup d'œil à la chaise vide d'Arthur.

« Pourquoi tu le laisses te parler comme ça ? fait-il.

– Hein ?

– Comme si t'étais un putain d'abruti. »

Je m'essuie la bouche. « C'est toi qui me traites d'abruti.

– T'as pas vu ce qu'il a fait ?

– Non. Quoi ?

– Il s'est précipité pour voir ce qui avait merdé. Ce que tu avais merdé. Il n'a pas confiance en toi. Ni en moi d'ailleurs. »

C'est de bonne guerre pour deux gardiens de se plaindre de celui qui n'est pas là – c'est comme ouvrir une soupape, histoire de déverser le trop-plein, histoire de dire : « T'as remarqué comme c'était chiant quand il a fait ça ; qu'est-ce qu'il peut être con parfois, pas vrai ? » Ce n'est pas méchant, ça permet d'évacuer ; ça empêche que les choses débordent.

Mais Bill est plus à cran que d'habitude. Fatigué. Il finit son Embassy, l'écrase et repousse son assiette. Le gardien-chef revient.

« T'as pas pensé à nettoyer ? me lance-t-il, plutôt cinglant.

– Vous n'auriez rien eu à vous mettre sous la dent si je l'avais fait. Bill va s'en occuper, pas vrai, Bill ?

– Va te faire foutre. »

Arthur débarrasse.

« Merci, dit-il, c'était bon. »

Après le petit-déjeuner, je prends le seau et la pelle et je monte sur la coursive extérieure. À vrai dire, je ne m'étais pas rendu compte du nombre d'oiseaux, parce qu'ils avaient surgi comme un nuage de papillons de nuit au petit matin, vers cinq heures, et Dieu sait qu'on n'a pas forcément les yeux en face des trous à ce moment-là. Avec tout le brouhaha de plumes et de battements d'ailes, ils auraient aussi bien pu être une dizaine qu'une centaine. Je fume une cigarette dans le froid mordant ; la mer est d'un gris morne, le ciel d'un gris morne et mes mains aussi sont d'un gris morne pendant que je ramasse les oiseaux. Des puffins – ce sont des parasites de toute façon, dit Bill, c'est pas une grosse perte, mais je ne suis pas d'accord avec lui en voyant les volatiles morts et désarticulés. Une fois, sur le phare de Bishop Rock, les gardiens ont trouvé la coursive pleine d'oiseaux vivants, qui piaillaient à tout-va. Elle en était bourrée à craquer, comme la putain d'arche de Noé. Il a fallu que la nuit tombe pour que la lumière de la lanterne les chasse. Ils ont été aveuglés par le rayon ou ils ont eu peur ; en tout cas, ils sont partis.

Trois jours

Je croyais que ça serait dur pour moi cette fois de revenir au phare, vu qu'entre Michelle et moi ça devient sérieux. Mais finalement, après deux nuits, je trouve ça bien. J'ai tout le temps que je veux ici pour penser à elle. Ce que j'ai dit à Bill pendant le quart était vrai : je veux devenir gardien auxiliaire, c'est tout ce que je veux ; avoir cette sécurité parce que Trident s'occupe de ses gardiens à vie. Ensuite, je pourrai dire à Michelle : bon, on se marie ? Pour une fois, je serai un homme qui a de l'avenir.

Je m'occupe du déjeuner ; le gardien-chef fait la vaisselle après. Ensuite, comme d'habitude il s'assied dans son fauteuil avec une tasse de thé et il fait des mots croisés. Il me passe une cigarette. Arthur est du genre à partager. Quand j'étais en poste à Alderney, le gardien-chef là-bas ne partageait jamais rien, il n'y voyait aucun intérêt. Il collait des étiquettes *privé* et *pas touche* sur son beurre, son tabac, sa sauce HP, et personne ne voulait jamais s'asseoir avec lui. Arthur se moque pas mal de ce qui lui appartient, que ce soit un truc qui se mange ou pas. Tout passe, dit-il ; ce sont des trucs, ça ne dure pas. Ce qui dure, c'est le bon temps qu'on passe avec autrui.

« Lamentablement décevant, dit-il.

– Oh, ça va, les patates n'étaient pas si mal cuites.

– Deux mots. Six et cinq lettres.

– Ah, encore des mots croisés. Je suis nul à ça.

– Il faut y penser de deux manières. Il y a l'indice au sens littéral, celui en surface, et l'indice au sens figuré. Et pour celui-là il faut utiliser son cerveau.

– Mon cerveau n'est pas programmé pour ce genre de trucs.

– Tout est une question de point de vue.
– Donne-moi une autre définition.
– Fais-moi une infusion magique, mon vieux.
– Je viens de t'en faire une tasse.
– C'est un indice, andouille ! Cinq lettres.
– Fais chier !
– Ça fait deux mots, pas un. » Il sourit. « T'as failli le dire tout à l'heure. Là, regarde là. »

Arthur me montre la grille de mots croisés. Ça me dépasse.

« Je ne vois pas, dis-je.
– Vers la fin. Regarde.
– Ah », fais-je tandis qu'il remplit les cases.

Bill se trompe sur le gardien-chef. Arthur est du genre à vouloir t'aider à t'améliorer au lieu de s'énerver contre toi parce que tu es plus jeune ou parce que tu veux sa place – c'est-à-dire ce que Bill pense de moi. Le gardien-chef est patient. Il me montre comment fonctionnent les choses. Je l'admire, et j'admire son approche de la mer. Tous les gardiens de phare devraient être comme lui. C'est dommage que ce ne soit pas le cas.

Je ne sais pas si Bill sait que je suis au courant. S'il sait qu'Arthur m'a raconté une nuit ce qui lui était arrivé il y a des années, lorsqu'il commençait à la Maiden, avant que Bill n'entre au service des Phares et Balises, avant même que je sache marcher. Ça m'a coupé la chique d'apprendre ça. Je n'ai pas su comment réagir. Je ne m'y attendais pas. Comment aurais-je pu m'y attendre ? Personne ne s'attend à ça.

J'ai regardé Arthur et j'ai pensé : je veux être comme lui. Le genre d'homme dont on ne devinerait jamais ce qu'il a traversé. On admire toujours le gardien-chef, on croit toujours qu'il sait tout sur tout, et un jour on finit par comprendre qu'il n'était pas du tout celui qu'on croyait.

✦

Allongé sur ma couchette, rideau tiré, j'écoute Neil Young au magnéto. Bill siffle en bas ; le jour n'est pas encore levé et je suis bien content que la musique m'emporte ailleurs. Jusqu'au studio encombré de Michelle sur Stratford Road avec Neil Young ou John Denver ou King Crimson. Les bouteilles de vin coiffées d'une bougie et couvertes de cire fondue ; les coussins ornés de petits miroirs en losange. Un chat dans l'embrasure de la porte, qui se lèche les pattes. *Blue Ridge Mountains, Shenandoah River*. Shenandoah. Ça ne devrait pas être un mot. Ça devrait être une formule magique ou le nom d'une planète lointaine. Le tout teinté d'orange, comme les pêches au sirop. Quand je pense à Michelle, c'est souvent en couleurs. Fumée violette dans la chambre. Vert pomme dans le jardin lorsque, pieds nus, elle appelle son chat. C'est quoi le nom du chat déjà ? Sykes ? Non. Staines ? Pauvre vieux. Steptoe ? Faut peut-être pas exagérer.

Michelle est trop bien pour moi. Au moins, je le sais.

Je n'aurais jamais eu les couilles de la draguer si je n'avais pas été embauché par Trident House.

Et c'est arrivé par accident. Il n'y a pas beaucoup de gardiens de mon âge en ce moment – on est mieux payé sur les plateformes pétrolières en mer du Nord, mais tout dépend du travail que tu veux faire, et de ta trajectoire de vie. En avril 1970, j'étais sorti de prison depuis deux semaines lorsque j'ai rencontré un type dans un pub ; il m'a offert une pinte et il m'a raconté qu'il avait été gardien de phare à Pladda et Skerryvore. Comme chaque fois, j'attendais le moment où je me ferais pincer à nouveau. C'était toujours pareil : on aurait dit que je déconnais exprès pour retourner en taule. Sauf que plus ce type me parlait des phares, plus j'avais l'impression que c'était un boulot pour moi. Tout ce qu'il me disait c'était : il ne faut pas avoir peur de la solitude. Il faut aimer être seul.

Vu mon casier judiciaire, je ne m'attendais pas à ce que Trident m'embauche, pourtant quelques semaines plus tard j'ai reçu ma lettre. Ils ont dû se dire : ça va aller, il est bête comme ses pieds mais il est motivé. En vérité, il n'y a pas grand-chose à faire dans un phare. C'est justement cette simplicité que j'aime. Des petites tâches qui occupent l'esprit. Allumer la lampe, faire le ménage, la cuisine, appeler les autres phares pour vérifier que tout va bien. S'assurer qu'il n'y a pas de problème entre toi et les autres, parce que c'est le genre de truc imprévisible. Il faut que l'ambiance reste bonne et à mon avis c'est le plus important. Il faut s'entendre avec les autres ; sinon, ça devient comme un virus, ça se propage et se multiplie, et le temps de comprendre ce qui se passe, on est tous contaminés, la gangrène s'est installée et il n'y a nulle part où aller.

Ce vieux gardien de phare au pub, j'ai l'impression que c'était un messager. Je n'étais pas une cause perdue. Le monde ne m'avait pas encore laissé tomber.

Bientôt il va falloir que je le dise à Michelle. Ça fait assez longtemps maintenant. Je dois être honnête avec elle, parce qu'à quoi bon poursuivre et faire des projets ensemble, la demander en mariage et tout, si je garde ce gros putain de mensonge entre nous ? Pas ce que j'ai fait avant – ça, elle le sait. Je parle de la dernière fois.

Ce n'est pas le truc qu'on balance dès le premier rendez-vous, ni même au troisième, c'est le problème, et au bout d'un moment ça devient trop difficile d'aborder le sujet. Comme je suis si souvent absent, quand je reviens, c'est comme si on recommençait depuis le début. Retour à la case départ, on se tient la main, émerveillés, pleins de désir. Je ne vais pas tout foutre en l'air.

Plus je l'apprécie, plus c'est dur, et je ne veux pas trop l'apprécier, enfin, on ne peut rien contre ce genre de choses.

C'est facile de mentir. Il suffit de se taire. De ne rien faire. De laisser l'autre décider de la réalité. À sa place, je ne voudrais pas savoir. Tous les jours, j'essaie d'oublier.

Lorsque je ferme les yeux, je revis la scène comme si c'était hier. Le sang et les poils, le cri perçant d'un enfant ; et mon ami dans mes bras, qui refroidit.

Toute ma vie, j'ai regardé par-dessus mon épaule. Je le fais encore, même ici en pleine mer où il n'y a personne sauf nous.

Je vis en sachant que j'ai des ennemis. Des gens peu recommandables qui font du mal aux autres et qui veulent m'en faire. Parfois, j'ai peur de dormir à cause des cauchemars que je fais. J'ai peur qu'ils me trouvent ici, sur ce caillou. *Tu croyais pouvoir t'extraire de ta fange mais tu as tort, fiston. Tu seras toujours le même.*

Je ne retournerai jamais. En prison. À mon ancienne vie.

Voilà pourquoi je l'ai apporté avec moi. Et caché dans l'interstice sous l'évier, là où les autres ne le trouveront pas. C'est en lieu sûr là. Il faudrait savoir où chercher.

Au bout d'un moment j'ai dû m'endormir, puisque juste après Bill me secoue pour me réveiller, il fait noir comme dans un four, je suis ensuqué, il me dit de monter parce que la lanterne ne va pas se surveiller toute seule et que s'il ne pique pas bientôt un petit roupillon il sera capable du pire.

IV

1992

14

HELEN

Environ deux kilomètres plus loin, au-delà de deux portails cadenassés, elle les vit enfin : les quatre maisons des gardiens nichées au bout de la péninsule, de plain-pied, peintes en vert et blanc avec leurs cheminées noires et leurs toits en ardoise. Même si elles ne pouvaient pas être plus proches du phare, les maisons de Maiden Rock n'en demeuraient pas moins loin de lui, et Helen avait toujours trouvé cela triste, tel un cœur plein d'espérance se heurtant à l'indifférence.

Elle s'y voyait encore comme si c'était hier, vivant dans l'Admiral. C'était la plus grande de toutes ; fonctionnelle, elle faisait à la fois penser à un pensionnat et à un ferry de la compagnie P&O. À l'intérieur, comme dans un hôpital, il y avait des couloirs et des petites pièces carrées sans âme qui résistaient à toute tentative de personnalisation. Les loquets d'acier des fenêtres laissaient une odeur de pièce de monnaie dans la paume ; et l'hiver, l'air froid s'infiltrait à travers les fissures. Des messages plastifiés fixés au-dessus du four et de la douche rappelaient à l'occupant que la maison appartenait à Trident House : UTILISEZ L'EXTRACTEUR ET ATTENTION : EAU CHAUDE. On pouvait lire sur un avis dans l'entrée : EN CAS D'URGENCE, APPELEZ LE 999. Devant, à côté de la véranda ouverte battue par le vent avec sa table de pique-nique en béton, la porte du garage prévenait : DANGER – NE PAS ACTIONNER EN CAS DE TEMPÊTE. Et toujours, toujours, la même monotonie – c'était ça qui avait eu raison d'elle. Jour après jour, semaine après semaine, mois après mois, année après année : la mer pour seule compagnie.

Jenny et Bill avaient habité dans Masters. Aujourd'hui un break rouge avec un autocollant *Bébé à bord* à l'arrière était garé devant. C'était un lieu de vacances unique, songea Helen, un aperçu d'un monde révolu, et le mystère non résolu du Maiden Rock constituait un attrait supplémentaire. Voilà pourquoi les maisons avaient été reconverties si vite après l'automatisation du phare, une mine d'or pour Trident House. Elle s'imaginait très bien l'annonce :

Vivez comme les disparus du Maiden Rock !

La troisième maison, Pursers, avait été celle de Betty et Frank. Dans la mesure où Frank avait de l'ancienneté aux Phares et Balises, il était premier gardien auxiliaire – et lorsque Arthur était à terre, il devenait le gardien responsable. Frank n'était pas de service lorsque les autres avaient disparu. Il avait dû ressentir, songea Helen, à peu près la même chose que le passager qui rate à cinq minutes près l'embarquement de son avion pour apprendre ensuite que celui-ci s'est écrasé en montagne.

Gunners, la dernière, aurait dû être celle de Vince. Il l'avait tant voulue, cette promotion. Seul le phare sait pourquoi il ne l'a jamais obtenue.

Tandis que le Maiden Rock scintillait à l'horizon, Helen ne put chasser de son esprit la certitude qu'il en savait davantage. Qu'il était au courant pour elle.

En cet instant, il lui rendit son regard, l'accusant quasiment en silence : tu ne peux pas nier la vérité, Helen. Tu n'es pas innocente.

Elle lui donna l'adresse et il écrasa sa cigarette avant de désigner le coffre d'un signe de tête.

« Vous avez des bagages ?

– Non. Je suis là pour la journée, c'est tout. Je voudrais que vous m'emmeniez à la gare ensuite.

– Entendu. »

Le soleil se couchait, pêche mûre plongeant derrière l'horizon. Helen était contente qu'il ne puisse pas clairement la distinguer à l'arrière du taxi, somnolante dans l'ombre estivale. Les chauffeurs de taxi de Mortehaven étaient nés et avaient grandi ici ; l'histoire restait à jamais gravée dans leurs esprits, d'autant que les touristes leur demandaient toujours de leur rappeler ce qui s'était passé ou de préciser le rôle qu'ils avaient joué à l'époque de la disparition : où se trouvaient-ils lorsqu'ils avaient appris la nouvelle, pouvaient-ils leur parler du responsable de Trident House qu'ils avaient véhiculé du point A au point B, et de l'ami de leur fille qui connaissait l'un des enfants Walker. Quoi qu'il en soit, elle ne pensait pas que celui-ci puisse la reconnaître, après toutes ces années, et en même temps elle s'attendait à ce que des inconnus la saluent comme c'était le cas par le passé, à l'époque où elle était la femme du gardien-chef et où on lui demandait comment allait Arthur, quand il rentrerait à terre et comment elle s'en sortait en son absence. En retour, ils se confiaient à elle, sa qualité de femme de gardien-chef lui conférant un rôle comparable à celui d'un révérend ou d'un patron de pub : il allait de soi qu'elle s'intéresse à l'existence de toutes ces personnes inconnues.

« Vous allez chercher une amie ? demanda-t-il.

– On ne va pas s'arrêter, répondit-elle. Enfin, si, seulement quelques instants. Je ne sortirai pas. »

Il alluma la radio. Ils passèrent devant l'église avec sa flèche élancée dans la lueur du soir, et le restaurant où avec Arthur, Jenny et Bill ils avaient dîné une des rares fois où les deux hommes étaient à terre en même temps. Après une bouteille de vin, Jenny s'était mise à pleurer et lui avait dit qu'elle avait de la chance de ne pas avoir d'enfants parce que c'était dur de s'en occuper, coincée ici toute seule ; Bill s'en était pris plein la figure, puis Jenny s'était éclipsée aux toilettes pour aller vomir ; ensuite ils étaient tous partis. Ils passèrent devant l'hôtel, le parc. Cela faisait dix-neuf ans que Helen se rendait à cette même adresse, à chacun de ses passages. C'était un rituel, même si elle ne mettait jamais le pied à l'intérieur. Un de ces jours, elle prendrait son courage à deux mains, elle descendrait du taxi et elle s'avancerait jusqu'à la porte.

« Voilà, fit-elle. C'est ici. Garez-vous où vous voulez. »

Quel bonheur à cette heure tardive de voir par les fenêtres : petits carrés dorés rayonnant de vie.

« Qu'est-ce que vous voulez faire ? demanda-t-il. Je coupe le moteur ?

– Non, pas besoin. Laissez-le tourner. »

La maison était la seule non éclairée. Jenny était peut-être sortie, ou peut-être ne vivait-elle plus ici. Cette idée paniqua Helen – ne plus avoir la possibilité de la contacter ; ne plus jamais coucher sur le papier ces choses qu'elle ne pouvait dire qu'à cette femme, à propos de leurs bien-aimés, de leurs chers disparus, de leur rupture qui vingt ans plus tard était devenue entre elles un rempart infranchissable.

Jenny avait cru pouvoir faire confiance à la femme du gardien-chef. Et pourquoi pas ? Inspirer confiance, le travail de Helen était fondé là-dessus. C'était son rôle d'apporter son soutien, de servir des verres et de serrer des mains, d'essuyer des larmes lorsque la vie devenait trop difficile, parce qu'elle comprenait, oui, cela ne la laissait pas indifférente. Elle savait quand tapoter un bras en murmurant : « Allez, ma belle, ce n'est pas pour toujours, il reviendra plus vite que tu crois », et comment les aider car elle connaissait la solitude, ses ruses et manigances.

Au lieu de quoi, Helen l'avait trahie.

« C'est bon, dit-elle au chauffeur. On peut y aller maintenant.

– C'est tout ?

– Oui. Je suis prête à rentrer chez moi. »

Le train avait du retard ; le bruit hypnotique des roues la fit sombrer dans le sommeil avant Truro. Elle rêva, encore, qu'elle le suivait dans la foule – elle voyait l'arrière de son crâne ; mais lorsqu'il se retournait ce n'était pas lui. Dans sa torpeur, elle voyait ses yeux, sous l'eau ou en pleine lumière ; elle le voyait assis en face d'elle à la table de cuisine ou à l'extrémité du lit, surveillant ses faits et gestes.

15

HELEN

Vous voulez savoir pourquoi je ne parle plus à Jenny Walker. Enfin plutôt, pourquoi elle ne me parle plus. Vous voulez savoir la vérité ? Vous dites oui sauf que vous savez très bien inventer. J'avoue que vos romans ne sont pas ma tasse de thé. En fait, je n'en ai lu aucun – même si je connais celui sur les frères dans le vieux navire qui sert de caserne, *La Flotte fantôme*, c'est vrai : une amie a bien aimé celui-là à sa sortie.

Je ne veux pas être impolie. Mais des mâles dominants, qui se battent, et cette testostérone à tout bout de champ – si vous cherchez à écrire un de vos récits d'aventure, je ne crois pas que ce qui s'est passé entre Jenny et moi soit pertinent, franchement.

Qui sait si c'était pertinent par rapport à ce qui est arrivé ? Au fil des ans, j'ai failli devenir folle à force de me poser la question. À force de me demander si Arthur et les autres ont disparu à cause de ce qu'il y avait entre nous.

Pour commencer, je dois vous dire que je n'avais jamais pensé épouser un gardien de phare. Je savais que ce métier existait, seulement pour moi c'était un job marginal pour ceux qui n'arrivent pas à trouver leur place dans la société, et il s'avère que j'avais raison. Il faut un caractère à part. Tous les gardiens de phare que j'ai connus avaient ce truc en commun : ça ne les gênait pas d'être seuls. Arthur n'avait besoin de personne pour lui tenir compagnie. J'ai trouvé ça attirant, quelqu'un qui sait rester seul. On ne peut jamais vraiment connaître un tel homme, parce qu'il garde toujours quelque chose en lui qu'il est le seul à connaître. À ce propos, ma grand-mère disait : ne montre pas toutes tes cartes – quelle que soit la personne avec laquelle tu es. Ne montre jamais toutes tes cartes, gardes-en une sous le coude. À mon avis, Arthur n'a jamais montré toutes ses cartes à quiconque, pas même à moi. Il était comme ça, c'est tout.

Je ne dirais pas qu'il se sentait seul. C'était quelqu'un de réservé, oui, ce qui ne signifie pas qu'il se sentait seul. Être solitaire n'implique pas de se sentir seul, et inversement : ce n'est pas parce qu'on est entouré de gens qui parlent constamment et exigent notre présence qu'on n'est pas l'être le plus solitaire qui soit. Une chose est certaine, sur les phares Arthur ne se sentait jamais seul. J'en suis convaincue. C'est une question qu'on m'a souvent posée : il ne se sent pas seul là-bas ? Non, ce n'était jamais le cas. En vérité, je dirais que c'est ici, à terre, qu'il se sentait seul.

Ce n'est donc pas étonnant que je me sois trompée. Je ne dis pas ça pour me justifier, et Jenny ne le ferait pas non plus. Rien n'est jamais tout noir ou tout blanc.

Arthur n'avait peut-être jamais envie de me retrouver. À la fin de son service, je voyais bien dès qu'il quittait le bateau pour poser le pied à terre que le phare lui manquait déjà. Être là-bas ne lui manquait pas, c'était le phare lui-même. La vie à terre, ce n'était pas pour lui.

Ce qu'on a traversé, Arthur et moi, bien sûr que ça en fait partie. J'ai éprouvé beaucoup de choses à ce sujet, des sentiments complexes. J'en ai voulu à Arthur. Il m'en a voulu. Nous nous en sommes voulu mutuellement, enfin, à quoi bon s'en vouloir quand quelque chose de ce genre arrive, n'est-ce pas ? Ce n'est pas la peine.

J'ai été tellement en colère après lui lorsqu'il a disparu. Je lui en ai voulu de s'en aller sans un mot. Il n'avait pas le droit de le faire. Il disait toujours que j'étais forte, et je le suis, sauf que parfois j'ai l'impression que j'aurais dû lui cacher cette facette de mon caractère.

Le jour où Arthur a été affecté à la Maiden, j'ai pensé qu'on allait être heureux. Le phare le rendait heureux, alors j'ai cru qu'on le serait aussi. Arthur était content parce que pour lui, c'était ce qui se faisait de mieux en matière de phare. Il avait travaillé au Wolf, au Bishop, à l'Eddystone, au Longships, dans tous les principaux phares de haute mer, mais c'était le Maiden Rock qu'il convoitait : grand, vieux, le genre de phare dont il avait rêvé gosse. Arthur disait que les « vrais phares » c'étaient les phares de haute mer – c'est ça qui faisait la différence. Ce ne sont pas les phares à terre qui font rêver les petits garçons, n'est-ce pas ? Ils veulent des bateaux qui fendent les flots, des brigands, des pirates, des frères d'armes, des ciels étoilés.

Au début, après la mort d'Arthur je me suis consolée en pensant qu'au moins c'était ainsi qu'il aurait voulu partir. Il n'aurait pas voulu mourir autrement qu'en mer. En un sens, c'est logique, et ça m'aide un peu à accepter ce qui s'est passé.

La Maiden le gardait toujours à l'œil. Ça vous semble bête ? Promettez-moi de ne pas le mettre dans votre livre. Les phares n'ont pas de personnalité ; ils ne pensent pas, n'ont pas de sentiments ni d'idées dangereuses ; ils n'éprouvent aucune rancœur envers quiconque. Ce genre de choses relève de la fiction – c'est votre fonds de commerce, pas le mien. Je vous raconte les choses telles qu'elles se sont passées, c'est tout.

Je n'ai jamais aimé l'air qu'avait cette tour. Certains phares ont l'air accueillant ; eh bien celui-là m'a toujours mise mal à l'aise. Je n'y ai jamais posé les pieds et je n'aimais pas ça non plus, qu'Arthur vive dans un endroit que je ne connaissais pas. Seulement on ne se pointe pas dans un phare comme ça ; on ne peut pas passer dire bonjour à l'improviste. Puisque Arthur était un homme réservé, ça lui allait très bien. Je crois qu'il appréciait le fait d'avoir son jardin secret. C'est peut-être le cas de tous les maris. Il leur faut quelque chose que leur femme ignore complètement.

Oh, tais-toi ! La chienne a besoin de sortir. Vous m'excusez un instant ?

Bon, ça y est. Pardonnez-moi. Je passe ma vie à attendre qu'elle ait fait son affaire. J'ai eu mon premier chien juste après avoir perdu Arthur ; j'avais besoin d'un autre battement de cœur près de moi, et j'étais habituée à avoir un compagnon silencieux j'imagine, ou du moins un compagnon souvent absent. Malheureusement, celle-là n'arrête pas de creuser des trous, je ne peux rien y faire, et le jardin lui appartient autant qu'à moi. Je ne jardinais pas avant ; ça m'a aidée aussi. Ça fait du bien de regarder grandir et s'épanouir ce qu'on a planté. Lorsqu'on a traversé une épreuve comme la nôtre, il faut se rappeler combien la vie est un éternel recommencement, contre vents et marées, malgré le gel et malgré les pattes des chiens. Il y a une certaine obstination là-dedans que j'admire.

Arthur a toujours été fasciné par la nature. C'était un petit garçon sensible, plein d'imagination. Pareil que vous, en un sens – côté imagination je veux dire. Ce n'est pas que vous n'êtes pas sensible. Je ne vous connais pas depuis assez longtemps pour savoir à quoi m'en tenir et, de toute manière, ça ne me regarde pas. Je suppose qu'il faut une certaine sensibilité pour être écrivain, pour entrer dans la tête d'un personnage et révéler son intériorité.

Son père avait une volière, c'est ainsi que ça a commencé. Le pauvre homme n'était pas bien, il souffrait de trouble post-traumatique après la guerre, un cas vraiment sévère, et les oiseaux l'apaisaient.

Arthur n'aimait pas parler de son père. Il n'aimait pas ou ne pouvait pas. Chaque fois que je l'interrogeais, il changeait de sujet ou me répondait qu'il n'avait pas envie d'en parler. Il y avait beaucoup de sujets que mon mari préférait éviter, ce qui est fort bien, jusqu'au moment où la personne avec laquelle vous vivez a envie de parler. Quand votre femme a envie de parler, avoir une conversation avec elle est la moindre des choses, non ? Comment avancer sinon ?

Je me dis parfois que nous aurions pu éviter tout ce qui s'est passé, toutes les péripéties, les drames et les rebondissements de la vie qui découlent d'une seule et unique décision : si Arthur n'avait pas vu l'annonce de Trident dans le journal, si nous n'avions pas acheté ce journal-ci ce jour-là… Si je ne l'avais jamais rencontré – parce qu'on s'est connus par hasard vous savez, dans la queue à la gare de Paddington alors que je n'avais pas assez de monnaie pour acheter mon billet. J'allais voir mes parents, à Bath Spa. Même à l'époque, alors que c'était quelque chose d'ordinaire, je n'imaginais pas une seule seconde qu'un homme puisse payer pour moi. J'ai pensé à Arthur pendant tout le trajet.

Nous nous sommes revus une semaine plus tard pour que je le rembourse. Nous avons pris notre temps ; ce n'était pas un coup de foudre comme on dit. Quelque part j'étais contente d'imaginer que mon père désapprouverait. Il était directeur d'un internat de garçons et il voulait que j'épouse un médecin ou un avocat, quelqu'un avec une « vraie » situation. Il ne me l'a jamais dit mais pour lui gardien de phare était un métier d'hommes disons « efféminés ». Je ne pense pas que mon père ait jamais mis le nez dans le moindre recueil de poésie. Vous voyez ce que je veux dire ?

Trident nous a offert un bon salaire et pour démarrer : la maison, les factures payées. Tout s'annonçait très bien. Arthur pensait s'intégrer sans difficulté et je croyais que ce genre de vie serait un bon sujet de conversation dans les soirées – avoir un mari gardien de phare je veux dire. Je n'avais pas compris que les soirées ne s'aventuraient pas beaucoup en dehors de Londres et qu'en aucun cas elles ne traversaient à la nage l'estuaire de la Severn pour émerger dans le canal de Bristol, sur les bords duquel nous avons passé la majeure partie de ces premières années.

Au début, le rythme de vie n'a été facile ni pour lui ni pour moi. Quand on est gardien remplaçant, ils vous envoient aux quatre coins du pays et vous ne savez jamais où sera votre prochain poste. Toutes les trois ou quatre semaines, vous vous retrouvez dans un nouveau phare. C'est parce que Trident veut vous donner autant d'expérience que possible, pour apprendre plus vite le métier. C'est aussi une façon de vous mettre à l'épreuve. Ils veulent savoir si vous êtes capables de vous entendre avec différentes personnalités, si vous savez vous adapter, si vous mettez du cœur à l'ouvrage et si vous êtes fiable. On blaguait avec Arthur en disant qu'il serait ballotté ici et là jusqu'à ce que son règne advienne – sauf que ce règne était sans cesse retardé jusqu'au jour où enfin il a obtenu la Maiden. Alors oui, c'était fatigant. Je ne suis jamais restée assez longtemps au même endroit pour m'installer véritablement, et Arthur s'absentait parfois très longtemps. C'était plus dur que ce que j'avais imaginé. Je sentais qu'il m'échappait déjà, à l'époque.

Cette période d'essai n'est pas aussi difficile pour tout le monde. Vince, par exemple, avait l'habitude de bouger tout le temps, de ne jamais rester au même endroit ; il a grandi en famille d'accueil et à mon avis il ne s'est jamais senti chez lui nulle part. Vince appréciait le côté aléatoire du métier, être affecté à tel endroit puis refaire ses bagages pour aller où l'on avait besoin de vous. On l'envoyait dans le Nord, puis dans le Sud, puis sur une île quelque part. La Maiden, c'était le premier phare de haute mer pour Vince. Le poste était dur pour un novice de toute façon, et quand on pense à comment les choses se sont terminées… C'est affreux. Un jeune homme qui avait toute la vie devant lui.

Ça ne m'étonne pas que Michelle Davies ne veuille pas vous parler. Ç'a été difficile pour elle après la disparition, parce que c'était la compagne de Vince et tout le monde disait que c'était lui le responsable, qu'il avait tué Arthur et Bill, qu'il avait préparé son coup depuis des semaines avant de se volatiliser. Chez Trident aussi, ils l'ont insinué. Ils n'avaient pas le droit de le dire officiellement, sauf qu'ils ont clairement encouragé les gens à le croire.

Michelle est mariée à présent. Elle a deux filles. Ça m'étonnerait qu'elle veuille revenir sur cette période de sa vie. Vince et elle étaient très amoureux. Il arrivait de Londres juste avant de prendre son service. Je le voyais dans le port, son magnétophone à la main, dégingandé avec une de ces moustaches extravagantes à l'américaine. S'il était devenu assistant, il aurait obtenu un logement de fonction.

Arthur ne disait que du bien de Vince : un garçon sympathique, bien élevé, les pieds sur terre. Ceux qui prennent un mauvais départ dans la vie ont souvent un mal de chien à le surmonter parce que les gens se méfient toujours d'eux ; c'est triste.

On a reproché à Trident d'avoir engagé un homme avec un casier judiciaire, mais ils prenaient toujours des gens qui cherchaient à se réinsérer dans la société, et personne ne trouvait à redire là-dessus à l'époque. Gardien de phare, c'est le métier idéal pour ceux qui ont l'habitude de vivre enfermés. Souvent, ce sont aussi des gens très disciplinés, puisqu'ils sont rompus aux emplois du temps stricts et sévères. Ce n'était pas tant inhabituel dans un phare d'être avec un délinquant ou un ancien détenu. Le problème, c'est que si quelque chose tournait mal, ce qui a été le cas, il était facile d'en faire un bouc émissaire. Michelle n'a pas pu se défendre. Elle n'a pas pu prendre la défense de Vince parce que cela allait à l'encontre de ce que Trident voulait entendre et laisser entendre. Ça contrecarrait leur ligne directrice. Voilà pourquoi elle ne veut pas vous voir, à mon avis. Elle ne veut pas remuer le couteau dans la plaie et se souvenir de tous ces trucs horribles qu'on a dits sur Vince. Les gens ont perdu leur sang-froid quand ils ont appris qu'il avait fait de la prison. On a tout entendu sur lui : que c'était un assassin, qu'il avait tué dix personnes ; que c'était tueur en série, un violeur, un pédophile. Je peux vous assurer qu'il n'était rien de tout ça.

Nul besoin d'aller en prison pour savoir qu'on a fait quelque chose de mal. Nous sommes tous responsables de nos actes jusqu'à un certain point, non ? Ce que j'ai fait. Ce qu'Arthur a fait. Ce que Bill a fait. Ce n'est pas parce qu'on ne nous a pas enfermés derrière les barreaux qu'on ne méritait pas de l'être.

Michelle m'a confié un jour que Vince avait fait beaucoup de choses dans sa vie qu'il aurait voulu oublier. Maintenant que vous êtes au courant pour Arthur et moi, je peux vous avouer que c'est pareil pour moi.

16

DEUX JOURNAUX

Daily Telegraph, avril 1973

L'UN DES DISPARUS DU MAIDEN ROCK SORTAIT DE PRISON

Alors que les espoirs s'amenuisent de retrouver les trois hommes disparus du phare de Maiden Rock en décembre dernier, nous venons d'apprendre que le plus jeune d'entre eux, Vincent Bourne, pourrait avoir joué un rôle dans cette disparition. M. Bourne, gardien remplaçant, avait vingt-deux ans lorsque entre Noël et le nouvel an il s'est volatilisé du phare de haute mer tout comme ses collègues Arthur Black et William Walker. Or il est apparu hier que M. Bourne, avant de travailler pour Trident House, a séjourné en prison, et ce à plusieurs reprises, pour incendie volontaire, voies de fait, coups et blessures, violation de propriété, vol, incitation à la violence ainsi que tentative d'évasion.

Sunday Mirror, avril 1973

UN DES GARDIENS DE PHARE AVAIT UNE INFÂME VIE SECRÈTE DE CRIMINEL

Un ancien codétenu du solitaire gardien de phare Vincent Bourne DÉVOILE le lourd passé judiciaire de ce dernier. « *Les pires actes qu'on peut imaginer, il les a commis*, révèle notre source, *il est capable de tout.* » Célibataire, Vince a disparu du Maiden Rock voici quatre mois avec ses deux collègues. Les trois hommes demeurent, depuis, introuvables. « *On n'aurait jamais dû le laisser s'approcher de ce phare*, poursuit notre source, *je ne sais pas ce qui s'est passé, mais c'est lui.* »

17

MICHELLE

Leur histoire n'avait pas duré longtemps, songea-t-elle en se penchant pour refaire son cinquante-sixième lacet de la journée. « Ne bouge pas », ordonna-t-elle à sa fille qui lui agrippa les cheveux en retour. Souvent, Michelle ne savait même plus de quels cheveux il s'agissait ; elle avait tout au plus conscience des petits poings colériques qui s'accrochaient et si ça faisait mal c'étaient sans doute les siens.

« Arrête de les défaire maintenant, ajouta-t-elle. S'il te plaît. »

Les filles s'éloignèrent pour jouer au jeu de l'échelle, ou du moins pour renverser le contenu de la boîte sur le tapis et donner le dé à manger au chien. Michelle resta dans le couloir à observer le téléphone.

Il avait déjà appelé une fois ce matin ; hier aussi, et la semaine dernière. « Je ne suis plus la petite amie de Vinny », lui avait-elle répondu. Ce qui revenait à enfoncer une porte ouverte, puisque Vince n'aurait plus jamais de sa vie de petite amie – enfin, de sa vie, il n'était plus en vie, n'est-ce pas ? Ou si ? La pire des incertitudes était celle qui durait, lorsque le doute s'infiltrait en elle pour ne plus la quitter.

Dan Sharp pensait peut-être pouvoir élucider le fond de cette histoire, mais Michelle était sceptique. Cette histoire lui semblait sans fond, comme la mer. Pourquoi et comment Vinny avait disparu, autant de mystères qui ne seraient jamais résolus. Et si Dan Sharp s'attendait à ce qu'elle lui dise que Vinny était tout ce qu'il n'avait jamais été, toutes les choses pour lesquelles les gens l'avaient détesté, eh bien, la réponse était non. Elle avait une famille à présent. En rentrant à la maison, son mari n'apprécierait guère de la trouver en train de parler à un inconnu, en train de faire revivre un homme qu'elle avait aimé à dix-neuf ans, le seul homme, en vérité, qu'elle eût jamais aimé.

Cet écrivain ferait mieux d'aller voir ailleurs. Il n'avait aucune idée de là où il mettait les pieds, à sonder les souvenirs de gens qui n'en avaient pas envie. Il devrait s'en tenir à ses thrillers. L'année dernière à la bibliothèque Michelle en avait emprunté en cherchant *Un amour de tortue* pour ses filles. Roger avait décrété que c'était nul, mais de toute façon il n'aimait pas la voir lire. Il disait que ça lui donnait de drôles d'idées.

« Maman ! »

En moyenne il ne fallait pas plus de deux minutes à l'une ou l'autre de ses filles pour se plaindre. De quoi s'agissait-il cette fois ? Tricherie, bousculades, Fiona baissant sa culotte pour s'asseoir fesses nues sur le plateau du jeu ? Michelle pénétra dans le salon, consola la plus jeune et s'efforça de chasser

Vincent Bourne de ses pensées. C'était un autre monde, et elle n'y vivait plus. Et même si elle l'avait voulu, elle ne pourrait en aucun cas y retourner.

Les gens lui en parlaient à peine désormais. Le mariage avait aidé ; elle ne portait plus le même nom de famille, aussi avaient-ils du mal à la reconnaître et ne pouvaient plus dire, « Ah, c'est vous, vous connaissez toute l'histoire alors », ce à quoi elle répondait toujours de la même manière. Non, elle ne savait rien, pas plus qu'eux. Malgré tout, ils l'observaient avec ce petit air entendu, comme si elle savait en vérité pourquoi ces hommes avaient disparu, même si naturellement elle ne pouvait rien dire. C'était son homme après tout. Son secret.

« Maman, un gâteau.

– Qu'est-ce qu'on dit ?

– S'il te plaît. »

Les enfants étaient une barrière de protection, mais guère plus. Cette barrière l'empêchait de ressentir trop de choses. De souffrir. Sauf le matin au réveil lorsqu'elle ouvrait les yeux et que la barrière n'était pas encore érigée. Le jour était aussi vide qu'une page blanche et elle voyait Vinny dans son esprit, aussi clairement que sur une photographie. Vingt ans qu'ils ne s'étaient plus enlacés. Elle n'arrivait pas à le croire. Comment pouvait-elle se souvenir si précisément des choses ? Elle n'en avait jamais parlé à Roger. Il était jaloux de toute façon ; les relations passées ne l'intéressaient pas, et surtout pas celle-ci.

Comme elle quittait la cuisine, le téléphone sonna. Michelle s'immobilisa, verres de lait à la main, son haut maculé de taches de peinture. C'était encore lui sûrement.

Elle aurait pu lui dire certaines choses. Elle en avait envie parfois, juste pour s'en libérer. C'était quand elle ne dormait pas la nuit, car dès que le réveil sonnait, que les filles se levaient, qu'il fallait préparer le petit-déjeuner et les sandwichs de Roger et accompagner les filles à l'école, elle se ravisait.

Michelle décrocha.

L'écrivain parla en premier, et aussitôt elle le coupa.

« Je vous ai dit de me laisser tranquille, s'exclama-t-elle en serrant le combiné. Je n'ai rien à vous dire sur Vinny. Si vous continuez je vais appeler la police. »

18

JENNY

Le sable se mettait partout. Jenny n'aimait pas le sentir entre ses orteils, ça lui faisait crisser la peau à cet endroit ; et il y en avait dans le panier de pique-nique, et dans les sandwichs fromage-cornichons qu'elle avait préparés et soigneusement coupés en quatre ce matin-là, tout spécialement pour son petit-fils. Plus tard en rentrant à la maison elle en aurait dans les dents, et elle en trouverait dans son assiette pendant une semaine.

La plage lui rappelait une scène des *Dents de la mer*. Les enfants avec leurs chapeaux de soleil et leurs seaux pataugeant au bord de l'eau et frissonnant dans leurs serviettes. Jenny avait vu *Les Dents de la mer* un été à l'Orpheus, trois ans après la disparition de Bill, et Dieu sait pourquoi elle s'était infligé ça : ces calamités qui surgissaient de l'océan, mâchoires sanglantes grandes ouvertes.

Jenny n'aimait pas avoir peur. Elle avait l'impression de redevenir une petite fille redoutant le noir et les craquements dans l'escalier ; les ombres qui se rapprochaient de jour en jour dans le jardin de sa mère à Conferry Road. Quand elles étaient petites, Carol lui racontait des histoires de vampires et de loups-garous, et d'autres qu'elle inventait sur la créature fripée cachée sous le lit. Pour Jenny cette maison faisait déjà bien assez peur comme ça.

Pas étonnant que Carol soit partie dès qu'elle avait pu. Elle avait coupé les ponts. Jenny, plus jeune, était restée au bercail plus longtemps.

Hannah revint avec les glaces. « Désolée, fit-elle, elles ont fondu. »

Les cornets étaient verts et dégoulinants. Les petits-enfants mangèrent ce qu'ils purent avant de les jeter dans le sable. Jenny sentit ses épaules chauffer.

« T'y penses encore ? demanda Hannah.

– Non.

– Tu es parano.

– Et alors ? »

Jenny fixa le phare nappé de cette brume qui reste au-dessus de la mer après la tempête. Plus elle observait le voile vaporeux, plus la tour se dessinait. Comment ces deux scènes pouvaient-elles faire partie du même monde ? Cela la perturberait toujours : les enfants sur une plage, heureux en train de manger leurs glaces ; et cet endroit.

« Tu penses que cet homme t'espionne.

– Pas du tout. »

Jenny s'installa sous le parasol. Un couple passa non loin, la main de l'homme posée dans le bas du dos de sa compagne. Bill faisait pareil avec elle. Au début, du moins, quand il avait encore envie d'être auprès d'elle.

« Il faut que t'arrêtes de fermer les rideaux, maman. C'est pas bon pour la santé. Et allume des lumières dans la maison. J'en ai marre d'avoir l'impression d'entrer dans un mausolée en venant te voir.

– T'as qu'à pas venir. »

Hannah fit la moue. Puis elle dit, « Qu'est-ce qui t'inquiète en fait ? Il écrira ce que tu lui racontes, c'est tout.

– Comment ça ?

– Je ne sais pas, moi. À toi de me le dire. »

Jenny enfonça un doigt dans le sable. C'était frais sous la surface.

« Arrête de lui parler, alors, poursuivit Hannah.

– Impossible.

– Pourquoi ?

– Si elle lui parle, répliqua Jenny, moi aussi. » Pour rien au monde elle ne prononcerait le nom de Helen. Elle détestait ne serait-ce qu'avoir à y penser, elle détestait l'idée même que cette femme existe.

« Bon sang. » Hannah se leva d'un bond et se précipita vers Nicholas qui venait de tomber dans le trou qu'un autre enfant avait creusé dans le sable. Parfois Jenny regrettait d'avoir parlé de l'aventure de Bill à Hannah quand elle était adolescente. Elle aurait dû garder ça pour elle, au lieu de gâcher les souvenirs de Hannah qui voyait en Bill un père aimant et attentif. Mais au bout d'un moment, Jenny n'avait pas pu s'en empêcher. Elle ne pouvait en parler à personne d'autre, tant elle avait honte.

Vu de l'extérieur, le couple qu'elle formait avec Bill était parfait ; tous leurs amis les enviaient. Après sa disparation, il aurait été dommage de tout gâcher. D'ajouter de la tragédie à la tragédie.

Hannah revint avec un enfant en pleurs. Jenny eut un goût amer dans la bouche. En songeant à ce que Bill avait senti en mangeant les chocolats.

« Peu importe ce que fait cette conne », s'exclama Hannah en s'asseyant à côté de sa mère. Elle mit la main en visière pour se protéger du soleil. « C'est toi qui le connaissais, maman. »

Hannah posa la main sur la sienne, et Jenny eut peur de pleurer. Si Hannah savait, elle n'aurait plus personne. Elle avait voulu donner une leçon à Bill, c'est tout. Lui rappeler l'importance de la fidélité. Une goutte minuscule d'eau de Javel – « provoque des vomissements modérés en cas d'ingestion en petites quantités » – dissimulée sous le parfum de violette.

C'était sa faute. Elle n'avait fait aucun effort avec personne pendant des années ; elle s'était terrée chez elle à se réchauffer des plats au micro-ondes en regardant des jeux télévisés. Julia et Mark étaient certes prévenants, mais c'était Hannah sa préférée : plus elle grandissait, plus elle devenait une amie pour elle. Aux yeux de Hannah, sa mère était une victime innocente. Jenny ne voulait surtout pas qu'elle découvre que ses deux parents n'avaient pas été à la hauteur.

Ce Sharp allait insister jusqu'à ce qu'elle cède. Ou peut-être savait-il déjà. Peut-être que Helen le savait ; Arthur lui avait peut-être écrit. Le pire serait de devoir l'expliquer à Hannah. Elle en était incapable.

« Vous avez été mariés quatorze ans, dit Hannah. Trois enfants, maman. Helen l'a connu combien de temps ? Cinq putains de minutes. Elle peut dire ce qu'elle veut. Si replonger dans tout ça te bouleverse tellement, ne le fais pas. Franchement, des inconnus qui t'attendent devant chez toi dans des voitures ? Laisse tomber. »

Hannah avait raison. Sauf que Jenny avait senti la veille, vraiment *senti* quelqu'un rôder dans la rue. Et effectivement, lorsqu'elle avait jeté un coup d'œil à travers les rideaux, elle avait vu une voiture à l'arrêt, moteur en marche. Elle était restée là, à l'observer. Personne n'en était descendu, personne n'était monté à bord. Et quelques instants plus tard, elle était partie.

Jenny se leva et secoua sa serviette. Le vent fouetta le sable qui lui picota la peau. Elle avait envie de rentrer, même si les enfants seraient avec elle ; elle allait devoir allumer le four pour cuire des côtelettes, éplucher des pommes de terre, et elle raterait au moins *Les Voisins*. Elle aida à rassembler les affaires, à appeler les enfants, à essuyer leurs pieds – et pendant tout ce temps, la Maiden se dressait derrière elle, sordide et terrifiante.

L'intrus ouvrait des portes qu'elle voulait maintenir fermées. Des portes qu'elle avait passé des années à verrouiller, car elle ne voulait plus jamais aller là où elles menaient.

Elle avait déjà perdu son mari. Elle ne perdrait pas sa fille aussi.

19

JENNY

Ça ne me dérange pas, de ne pas savoir. C'est bien même. Ma mère disait toujours, « Jennifer, tu ne sais rien. » Elle le disait méchamment, parce que c'était une femme méchante, mais en fait, ça m'a beaucoup aidée au cours de ma vie. Ils n'ont jamais retrouvé le corps de Bill, et tant qu'ils ne l'ont pas retrouvé, il reste une chance qu'il soit en vie. Et tant qu'il y a cette chance, il y a de l'espoir. Un espoir qui s'amenuise au fil des ans, sans disparaître complètement.

Jusqu'au jour au Trident House me montrera la dépouille de mon mari, je n'accepterai pas qu'il soit mort. À quoi bon ? Il a disparu par magie. Il pourrait bien revenir de la même manière. Surprise ! Comme Paul Daniels, le magicien à la télé. Son retour serait aussi inexplicable que sa disparition.

Les écrivains sont censés avoir l'esprit ouvert, non ? Eh bien. Voyons voir.

Vous vous souvenez que je vous ai parlé du mauvais pressentiment de Bill. Il avait cette capacité à percevoir les choses ; il avait ce don. Il était branché sur une autre fréquence, moi aussi. Ce n'est pas surprenant à mon avis, il suffit de penser à la façon dont sa mère est morte. C'est pour ça qu'il s'est mis à croire – ou du moins qu'il a voulu croire – que la vie ne se résumait pas à la peau et les os qu'on nous donne à la naissance.

Quand on a commencé à se fréquenter, il me laissait des messages. Il en mettait dans mon pupitre à l'école pour me donner rendez-vous. On devait se cacher à cause de maman. Carol était déjà partie à l'époque, donc j'étais seule avec maman à la maison. Elle verrouillait la porte dès que je rentrais et refusait de me laisser ressortir. Il y avait un arbre dans le parc avec un trou dans le tronc où il me déposait des cadeaux. Un sachet de bonbons au citron, une bague en plastique qu'il avait achetée au marché. Parfois je me dis que je pourrais encore trouver un des petits mots de Bill, sous mon oreiller ou posé près de la bouilloire. La maison où on habitait, lundi, seize heures trente, il me retrouverait là-bas.

Je ne suis pas en train de dire que Bill se la coule douce sur une plage quelque part. Je dis que si un truc surnaturel me l'a pris – enfin, disons emprunté –, eh bien un truc surnaturel pourrait tout aussi bien me le rendre. C'est possible, et ça me suffit.

Les gens qui disent n'avoir jamais vécu de phénomènes inexplicables, je n'ai pas confiance en eux. Il faut être sacrément fermé, et c'est du gâchis de vivre une vie en passant son temps à seulement prendre en compte ce qu'on a sous le nez sans jamais croire en quoi que ce soit d'autre.

Il faut regarder au-delà. Élargir un peu son esprit au besoin.

Vous avez déjà entendu parler de l'homme argent ? C'est une légende à Mortehaven. Moi, personnellement je ne l'ai jamais vu. Mais j'en connais plein qui l'ont croisé. Des gens fiables qui vous disent la vérité, c'est sûr. Ils l'ont vu se balader en plein jour, genre la chose la plus naturelle du monde.

Mon Dieu, vos éditeurs sont gâtés avec vous ! Parce qu'il était couleur argent, pardi. Ses cheveux, ses vêtements, même sa peau était argentée comme celle d'un poisson. Et ce qui est bizarre avec lui, c'est qu'en plus de son aspect physique, il apparaissait dans des endroits où il n'aurait pas dû avoir le temps de se rendre. On aurait dit qu'il arrivait à se dédoubler. Certains pensaient qu'il allait travailler parce qu'il portait une mallette, argentée elle aussi. D'autres le voyaient en bas de la rue principale, puis ils partaient en voiture et quelques minutes plus tard ils le retrouvaient planté devant eux au milieu d'une côte ou au bord de la falaise, à cinq ou six kilomètres de là. Pat du restaurant Seven Sisters m'a dit qu'elle l'avait vu sur la plage une fois en train de lui faire signe, et si on connaît Pat on sait qu'elle n'est pas du genre à mentir. Il était loin, il portait un petit sac argenté, et elle a eu l'impression qu'il voulait qu'elle le suive, parce que plus elle s'approchait, plus il marchait vers la mer, et il a continué de marcher jusqu'à ce qu'il disparaisse dans les flots. Ça s'est arrêté là.

Je suis chrétienne, vous avez raison, et je crois que plus on y réfléchit, plus on se rend compte que tout se rejoint. Le paradis, l'enfer, c'est surnaturel, non ? Les anges, les diables. Les buissons ardents. Les mers qui s'ouvrent pour laisser le passage. Si vous avez confiance en Dieu, il faut avoir l'esprit ouvert par rapport à ce qui peut advenir dans Son Royaume.

Les livres ne disent pas tout. Faut pas croire que la science a toutes les réponses. Prenez la Création par exemple. Les scientifiques remontent jusqu'au Big Bang, eh bien, ils ne peuvent pas aller au-delà parce qu'ils sont bien incapables d'expliquer pourquoi tout ce qui a provoqué le Big Bang était là pour commencer. Toutes les particules, les atomes et tout ce qui a explosé, ça ne venait pas de nulle part. C'est pour ça que beaucoup de scientifiques sont croyants, disait Bill. Ils savent mieux que personne qu'on n'a jamais rien sans rien.

Ma mère croyait aux deux. Dans ma maison d'enfance, il y avait des croix et des psaumes partout ; dès qu'on tournait les yeux on voyait un petit Jésus ; impossible d'y échapper. Maman allumait des bougies et fermait les rideaux, c'était quasiment une chapelle chez nous. On avait aussi des carillons, des attrape-rêves, et elle consultait parfois des chamanes. Il y en avait un qui s'appelait Kestrel. Il venait à la maison, il posait une main sur la tête de maman, des sons incompréhensibles sortaient de sa bouche et ensuite ils montaient tous les deux à l'étage. Il avait deux grosses plumes croisées tatouées en haut du dos. Je m'en suis rendu compte un matin en descendant dans la cuisine en chemise de nuit parce qu'il était là à faire du pain grillé à croire qu'il vivait avec nous.

Quand j'avais neuf ans, la Vierge Marie est apparue dans notre jardin. On l'a trouvée un jour allongée face contre terre. Maman a dit qu'elle était tombée d'un camion à l'église et qu'elle l'avait ramenée à la maison pour veiller sur nous. Parce qu'on avait besoin d'être protégées, Carol et moi. Le fait qu'elle soit tombée d'un camion, c'était une façon de parler, maintenant je m'en rends compte, ce n'est pas exactement ce qui s'est passé sauf qu'à l'époque j'ai tout de suite imaginé les portes d'un camion qui s'ouvrent et une madone grandeur nature qui tombe sur le trottoir. Elle avait la joue abîmée sur un côté, là où elle avait atterri. Maman avait l'intention de la nettoyer pour la mettre dans la maison, et elle ne l'a jamais fait. Donc j'ai fini par sortir et la remettre debout. À partir de ce jour-là, tous les soirs j'ouvrais mes rideaux dans ma chambre et je la voyais là, debout comme une vraie personne. Je me faisais peur en imaginant qu'elle se déplaçait d'un bout du jardin à l'autre, puis qu'elle venait vers moi, un peu plus près chaque jour.

Même si maman se disait croyante, elle ne croyait pas au même Dieu que moi. Disons que la Vierge Marie en plâtre n'était pas la seule à s'être pris une beigne.

En vivant avec elle j'ai appris la différence entre le bien et le mal. On ne peut pas toujours voir la différence avec nos yeux ; il faut la sentir, vous savez, là. Pour moi, le monde est fait d'ombre et de lumière et tout tourne autour de ça. Il doit y avoir de la lumière pour que l'ombre existe, et vice-versa. C'est une histoire de contrepoids. Tout dépend de quel côté penche la balance : plus on a de lumière, plus l'ombre a du mal à s'installer. Le truc avec la lumière divine, c'est qu'elle est facile à trouver. Il y a peut-être des moments dans la vie où on a l'impression que la lumière s'allume, mettons quand on reçoit une bonne nouvelle ou quand un truc bien nous arrive ; pour moi c'est pareil qu'appuyer sur un interrupteur. Ça éclaire le temps que ça dure, seulement ça ne dure pas toute la vie. Contrairement à la lumière de Dieu.

Bill était le seul à qui je parlais de ce genre de choses. Le jour où on s'est fiancés, maman lui a dit qu'elle était bien contente qu'il se charge de moi, parce qu'elle avait eu son content. Sinon, elle ne lui a jamais plus adressé la parole, je crois. À ma fête de mariage elle s'est enfermée à l'étage au pub avec une bouteille de Jameson, à pleurer parce que je partais.

Et pour finir je suis partie. Elle s'est endormie dans les toilettes et je l'ai laissée là, la tête sur le distributeur de papier hygiénique. Depuis, je ne lui ai plus parlé. Je ne sais pas si elle est vivante ou morte. J'ai autre chose à faire que penser à elle. Après la disparition de Bill, elle n'a pas essayé de prendre de mes nouvelles même si elle a été au courant, c'est sûr, puisque tous les journaux en parlaient. Je ne voulais pas qu'elle me trouve de toute façon. Je suis mieux sans elle. C'est dur de dire qu'on est mieux sans sa mère, mais c'est la vérité en ce qui me concerne.

Je ne laisserai jamais mes filles me détester comme je déteste ma mère. Je ne serai jamais la mère qu'elle a été. Enfin, une mère – c'est un mot sacré et elle n'avait rien de sacré. Elle m'a mise au monde, c'est tout, après quoi elle s'en est lavé les mains.

C'est le destin qui a mis Bill sur mon chemin. Je serais dans un foyer ou à la rue s'il n'y avait pas eu Bill et les Phares et Balises. Vous comprenez maintenant pourquoi il n'aurait jamais quitté cette tour de son propre chef ? Nous avions parcouru un tel chemin pour en arriver là. C'est pour ça, j'en suis sûre, que c'est autre chose qui s'est passé.

Je sentais si ses démons prenaient le dessus. Il arrêtait de manger, de dormir. Il se réveillait à cinq heures du matin ; je l'entendais déglutir dans le noir. Il restait allongé, immobile. Si je disais quelque chose, si je faisais, « Bill, chéri, tu dors ? », il ne répondait pas, et c'est pour ça que je savais qu'il avait des idées noires.

Quand il me parlait, et ce n'était pas souvent, je l'écoutais. Il n'avait jamais connu ça. Son père et ses frères se moquaient toujours de lui, et s'il y a bien quelque chose que Bill déteste, c'est qu'on se moque de lui. Il aurait été un autre homme s'il avait eu sa mère. Et pourtant, je n'aurais pas voulu d'un autre homme, enfin, voilà un problème sur lequel je ferais mieux de ne pas m'attarder.

Vous croyez aux coïncidences ? Évidemment. Il y en a une énorme à la fin de *La Proue de Neptune* avec les deux personnages qui se croisent dans le même hôtel. Quelles sont les probabilités ? Vous auriez pu trouver une autre solution, mais vous avez choisi celle-là. Vous et moi, on n'est peut-être pas si différents après tout.

Attendez, j'en ai une autre pour vous. Vous savez sans doute que la lanterne était allumée la nuit précédant la disparition de Bill – la nuit du 29. Les journaux en ont beaucoup parlé à l'époque, parce que ça signifie que ce qui s'est passé a eu lieu le lendemain matin avant l'arrivée du bateau de Jory Martin. En d'autres termes, il y avait quelqu'un là-haut, au moins l'un d'entre eux, au moins *quelqu'un* pour allumer la lumière et l'entretenir toute la nuit. Et par hasard ils se seraient volatilisés juste avant la relève ?

Je ne crois pas à ce genre de coïncidence. La seule chose qu'on se dit, c'est si seulement cette relève était partie plus tôt, si seulement le gars avec son bateau était sorti malgré le temps, et c'est encore plus cruel. Bref on revient à la case départ : est-ce qu'on croit ou non aux coïncidences ? Est-ce que le monde fonctionne aussi simplement que ça ? Ou est-ce qu'il y a autre chose ? Pour moi, la réponse est claire.

Tous ceux qui connaissent un peu le fonctionnement des relèves dans un phare savent que le jour de la relève ils sont tous scotchés à la radio, ils ont hâte de savoir si le bateau pourra approcher ou pas et ils n'arrêtent pas d'en parler. Mais ce jour-là, impossible de les contacter. Ils n'ont pas cessé de les appeler depuis la côte, personne n'a répondu. À en croire l'ingénieur, la tempête avait endommagé le système, sauf que je n'y crois pas une seconde.

Une radio qui rend l'âme pile au moment où trois hommes disparaissent de la surface de la Terre ? Il faudrait être stupide.

En fin de compte, les gens ne continueraient pas de parler du Maiden Rock s'il n'y avait pas un truc qui cloche là-dedans. Rien de surnaturel. On n'en parlerait plus si c'était la mer, la responsable, à croire Helen, ou le remplaçant qui a perdu les pédales.

Certains ont dit qu'ils avaient vu des lumières dans le ciel la nuit avant que Bill disparaisse. Des lumières rouges qui flottaient au-dessus du phare avant de s'éloigner à toute vitesse. Des capitaines de navire disent avoir vu un gardien leur faire signe depuis la coursive extérieure, alors qu'il n'y a plus personne là-bas depuis des années. Ou les oiseaux – vous en avez sûrement entendu parler. Des pêcheurs jurent avoir vu trois oiseaux blancs perchés sur les rochers à marée basse ou en train de survoler le phare par gros temps. Les gars qui s'occupent de la maintenance à présent le disent aussi. Ils ont installé une plateforme d'atterrissage hélico au-dessus de la lanterne pour atteindre le phare plus facilement. Et les oiseaux restent là à les attendre ; ils n'ont pas peur du bruit des pales et du vent, ils les regardent, c'est tout.

Voilà pourquoi l'histoire du mécanicien me titillait. Tout le monde dit que ce n'est pas ce qui s'est passé – qu'il n'y avait personne d'autre qu'eux là-bas. Trident n'en a pas tenu compte, comme tout le reste. Ils ont dit que c'était aussi farfelu que les capitaines qui croient avoir vu un fantôme. Mais tout est question de point de vue. Je vous l'ai déjà dit, pour moi tout est possible.

Je repense au pressentiment de Bill. Aux lumières dans le ciel, aux oiseaux, à la radio, à la coïncidence. C'est peut-être un truc auquel je n'ai pas encore pensé parce que ma mère le disait bien : je ne sais rien. Tout ce que je sais, c'est que je ne sais rien de rien.

20

8 Church Road
Towcester
Northants

Helen Black
16 Myrtle Rise
West Hill
Bath

18 juillet 1992

Chère Helen,

Est-ce qu'on peut se voir ? C'est important. Mon nouveau numéro de téléphone est ci-dessous. J'ai besoin de te parler en personne. C'est au sujet de Vince et de ce qui s'est passé. Appelle-moi si tu peux. S'il te plaît.

Michelle

V

1972

21

ARTHUR

Chanson triste

Vingt-trois jours au phare

À terre, Helen et moi faisons la vaisselle à tour de rôle et quand c'est à moi je me débarrasse de cette corvée aussi rapidement que possible. Ensuite parfois, on regarde un épisode de *Paul Temple* à la télé, ou si le temps est clair je marche jusqu'à la falaise, ce n'est pas loin et je regarde la tour et elle me manque.

Ici la vaisselle c'est un rite, une tâche que j'accomplis en prenant mon temps ; je n'ai rien d'autre à faire. Je m'y emploie parfois clope au bec, et de temps en temps l'un des deux autres se précipite cendrier à la main pour récupérer la cendre qui menace de tomber. Sinon, elle tombe dans l'eau, ce qui m'oblige à vider la bassine et à recommencer.

Malgré les cigarettes, nous prenons au sérieux la propreté. Aucun de nous n'y fait vraiment attention à la maison, en partie parce que la plupart du temps ce sont les femmes qui s'occupent de ce genre de choses (ce n'est pas le cas de Helen, mais c'est ce que j'apprécie chez elle), et en partie parce qu'à terre cela n'a pas d'importance. Dans un phare il n'y a pas beaucoup d'espace, donc il faut que ce soit impeccable. On pourrait manger par terre dans n'importe quelle pièce ici, sur n'importe quelle surface. Voilà pourquoi si je laisse tomber ma cendre dans l'eau de vaisselle je vide volontiers la bassine et je recommence. C'est agréable de passer une demi-heure à la fenêtre devant la mer lisse et argentée comme du papier aluminium. Ici, il m'est arrivé plusieurs fois de laver deux fois de suite la vaisselle parce que c'est tellement agréable.

« Tu aimes la poésie ? » demande Vince qui fume assis à table en jouant au solitaire. *Supersonic Rocket Ship* passe sur son magnéto.

« Ça dépend.

– Il paraît qu'il y a un poème pour tout ce qui se passe dans nos vies.

– C'est sans doute vrai.

– Ou pour les fois où il n'y a pas grand-chose d'autre à faire.

– C'est ça, pas grand-chose d'autre. »

Il s'attend à ce que je le charrie. Au phare, si on parle de ses rêves on se fait vite taxer de cucul la praline. Avec Vince, c'est différent. Ses trucs, ce sont : le rock, l'écriture, les clopes. Les Kinks, Deep Purple, Led Zeppelin, T. Rex. Bill et moi, on se moque de la musique ; pour nous, écouter *I'm Sorry I Haven't A Clue* sur Radio 4, ça nous suffit. On ne capte pas très bien, mais entendre la voix de Barry Cryer nous rappelle qu'il existe d'autres gens sur Terre qui vivent d'autres vies. Voilà pourquoi je n'ai pas toujours envie de l'écouter, seulement même si c'est le cas je ne vais pas aller dire à Bill d'éteindre le poste. Je change de pièce, c'est tout.

« Alors, qui tu aimes ?

– Dylan Thomas, sans doute. "N'entre pas sans violence dans cette bonne nuit."

– Connais pas.

– Tu devrais le lire.

– Il y a beaucoup de chanteurs qui sont poètes, fait-il. Davies et Bowie par exemple. La mélodie c'est juste une partie, les mots pourraient se lire tout seuls.

– Bob Dylan.

– Absolument.

– Tu as déjà lu Walt Whitman ? *Exhalé du berceau sans fin balancé... exhalé du minuit de septembre.*

– Ça veut dire quoi ?

– Pas grand-chose sans le reste du poème. Et encore, c'est toi qui comprends ce que tu veux.

– Ma copine à la maison, dit Vince. Je lui ai écrit quelques vers.

– Qu'est-ce qu'elle en a pensé ?

– Les filles adorent la poésie. » Il sourit. « Et c'est pour ça que ça m'attire, si tu vois ce que je veux dire. J'inventais des trucs dans ma tête au début. Les nuits en taule, ça passe lentement. Je laissais aller mes pensées et je les reliais ensuite, parfois ça sonnait bien. Je crois que ça aide de coucher sur le papier ce qu'on a dans la tête. Quand on le voit écrit, c'est moins lourd à porter.

– Ils parlaient de quoi, tes poèmes ?

– Il faudrait que je boive un coup pour en parler.

– Tu ne veux pas m'en montrer un ?

– Peut-être, dit-il. Parce que c'est toi.

– OK.

– C'est de la merde sans doute. Je délire mais je pense que tu comprendras ; c'est pour ça justement que tu comprendras. Je n'aime pas refouler les choses. C'est pas bon de faire ça.

– Non.

– Il faut laisser sortir.

– N'hésite pas, Vince.

– Merci, chef. Pas la peine d'en parler à Bill, d'accord ?

– Des poèmes ?

– Ouais.

– Entendu.

– C'est pas son truc.

– Qu'est-ce que tu en sais ?

– Je le sais. Il me défoncerait. Pas exprès ; il pourrait pas s'en empêcher, c'est tout. »

Vingt-quatre, vingt-cinq, vingt-six jours

Les soleils se lèvent, les lunes aussi. Les lampes s'allument et les lumières s'éteignent. Les étoiles glissent sur l'écran de la nuit, ballets d'antiques figures, la Grande Ourse inclinée, le Cancer à l'envers, le Scorpion et les autres signes du Zodiaque. Vagues en cavalcades, remous et écume puis le calme et le calme ; mer infinie d'humeur changeante qui murmure et siffle sa chanson triste, sa chanson intérieure, sa chanson perdue qui s'estompe, jamais longtemps, pour revenir avec le ressac ; et au beau milieu de ces flots notre Maiden tel un chêne centenaire ancré dans le récif.

Mer agitée, beau temps, graisser le mât de la corne de brume et nettoyer les lentilles. Même si la viande en boîte ne sent pas très bon, elle a plutôt bon goût, et je photographie le ciel et la mer avec le Nikon parce que rien ne les sépare. Un avion de chasse passe au loin, à hauteur de la lanterne ; je fais un signe de la main au pilote, qui ne me verra pas.

Dormir, ou essayer. Dans l'humide pénombre, les avions à nouveau, sauf qu'ils ne passent pas, me dit Bill, il n'y en avait qu'un. J'ai besoin de dormir. Comme je ne dors pas, les heures deviennent des jours sans même que je le remarque, les jours des nuits. Les barrer sur le calendrier pour ne pas se perdre : c'est aujourd'hui, c'est demain, c'est le minuit de septembre de Whitman.

Vendredi. Un bateau s'approche et contourne le phare ; les passagers crient, « Hé, il y a quelqu'un là-haut ? » Ils sont fous de sortir en mer à cette époque de l'année, emmitouflés avec chapeaux et écharpes, mais s'ils trouvent un pêcheur volontaire pour les emmener, bonne chance à lui. Pour les touristes, nous sommes une curiosité : « Vous serez chez vous à Noël ? » crient-ils encore. À cause du bruit des vagues qui se brisent sur les rochers, je ne sais pas si c'est une question ou une affirmation, et quoi qu'il en soit, seul l'un d'entre nous rentrera. Bill est prêt ; il sera prêt d'ici là.

Ça commence à se voir au bout d'un moment. Quarante jours pour Bill. Il va avoir besoin de se dégourdir les jambes et de serrer dans ses bras sa femme et ses enfants. Ça se voit, lorsqu'un ami est sur le point d'oublier tout ça, lorsqu'il oublie qu'il y a une vie dehors, que cette paroi qui nous entoure n'est pas le bout du monde. Bill se raidit ; il perd son sens de l'humour – c'est là qu'on sait que ça fait quarante jours. Ça fait toujours quarante jours.

✦

Vingt-huit jours

Une bande de peinture blanche sur le sol devant le stock de fioul doit être refaite, je m'y emploie soigneusement pendant une heure, redessine une ligne plus parfaite qu'avant. Après quoi, je nettoie les pinceaux sur la plateforme jusqu'à ce qu'ils soient comme neufs. Je pense souvent aux peintures qu'il faut refaire dans la maison, à terre, mais ça ne m'intéresse guère, et Trident envoie quelqu'un de temps en temps pour s'en occuper. Ici, je suis à l'affût des tâches à accomplir même si ça peut très bien attendre. Je m'empresse de réparer et améliorer tout ce qui me tombe sous la main.

Avant de rentrer aux Phares et Balises, Helen et moi vivions dans un studio à Tufnell Park. Le dimanche matin je sortais acheter le journal et lui rapportais une brioche de la boulangerie au coin de la rue. Elle la mangeait au lit, les draps enroulés autour de ses jambes, et ensuite nous les secouions pour enlever les miettes, buvions du café noir, puis partions nous promener dans Hampstead Heath. Je me demande à quoi aurait ressemblé notre vie si nous étions restés là-bas. Helen serait plus heureuse. Elle ne se dirait pas qu'elle avait renoncé à ses rêves au profit des miens parce que c'est ce qu'elle pense, et à plusieurs reprises elle s'est plainte en disant que si elle avait épousé un soldat ç'aurait été pareil.

Nostalgies et regrets m'assaillent pendant le quart de nuit. On m'a raconté un jour l'histoire d'un gardien qui s'était entiché d'une fille de sa ville natale. Ils avaient eu des hauts et des bas pendant tout l'été et le gars ne savait plus à quoi s'en tenir jusqu'au jour où un bateau s'est approché du phare et elle était à bord, debout à la proue au milieu des cordages et des gilets de sauvetage, lui criant qu'elle l'aimait. Moi et les gars avec lesquels j'étais, on s'est tous pissé dessus de rire, parce que c'est comme ça qu'on réagit avec tout ce qui concerne les sentiments, l'amour, et cetera. Seulement au fond de moi j'éprouvais autre chose.

Certains ont du mal à formuler ce qu'ils ressentent. Moi aussi.

J'ai pensé faire pareil pour Helen, sauf que l'effet ne serait pas le même en arrivant à terre. En plus, je ne connais pas de marin en qui j'aurais suffisamment confiance pour lui demander de venir me chercher. À force d'y réfléchir, l'idée a fini par me paraître dingue. Le genre de choses qu'on fait à vingt-cinq ans, pas à cinquante. Au bout d'un moment, on a vécu trop de trucs. L'eau a trop coulé sous les ponts.

De retour à l'intérieur pour me laver. Dans le salon Vince écoute sa musique. Je lui crie que le vent se lève. Il n'entend pas, et ce n'est pas suffisamment important pour prendre la peine de le lui répéter. On se lave dans la cuisine : un grand seau en fer-blanc et un gant de toilette ; les pieds dans l'eau en caleçon, je me savonne aussi vite que possible. Ça n'a rien d'agréable, il faut juste le faire. Je me sèche et m'habille et me dépêche de faire du thé parce que j'ai froid et que mes cheveux sont mouillés.

Mon plus ancien souvenir est lié aux cheveux mouillés. Ma mère me séchant les cheveux dans une serviette en frottant rudement, avec ce pragmatisme bourru des mères impatientes et attentives qui crachent sur leurs doigts pour essuyer les bouches sales. Plus tard, elle a fait pareil avec mon père. C'était un enfant, j'ai donc cessé de l'être. J'ai grandi, je l'ai dépassé.

Avec la double paroi, le seau est trop lourd pour le vider par la fenêtre donc je monte sur la coursive pour le faire là-haut, et lorsque je le penche par-dessus la balustrade une bourrasque souffle du nord-ouest et me déséquilibre. Je manque de lâcher le seau et m'imagine en train d'implorer les copains de me pardonner pendant les fêtes – désolé les gars, on ne peut plus se laver –, mais je me suis rattrapé ; je suis juste trempé. Mon pull, mon pantalon.

Le vent est glacial, mes doigts rougis et craquelés au bord du seau. Je me dépêche de rentrer, me débarrasse du seau et descends dans la chambre me changer.

Bill dort, rideau ouvert ; il est tourné sur le côté et je distingue son oreille et son épaule musclée. Bill m'a toujours semblé plutôt frêle – menu et leste, comme un pickpocket dans le métro. Depuis peu, il forcit. Ou est-ce qu'il a toujours été ainsi ? Parfois on ne voit pas les gens tels qu'ils sont. La proximité est trompeuse et on peut facilement prendre quelqu'un pour ce qu'il n'est pas.

Il ronfle doucement. Je me dis que je passe beaucoup de temps avec des hommes que je ne fréquenterais jamais en temps normal. À terre, je n'ai pas beaucoup d'amis. Je n'ai pas cette facilité. Les gens vont et viennent ; le temps manque ; j'ai du mal à créer des liens. Ici on n'a pas le choix. On apprend à vivre ensemble, enfermés dans une tour exiguë. Les hommes deviennent des amis, les amis des frères. Pour les enfants uniques, c'est le paradis. Petit, j'entendais « enfants ludiques » ; et j'ai attendu d'avoir quatorze ans pour comprendre mon erreur en le voyant écrit correctement dans un formulaire médical.

Je prends rapidement un pull dans mon casier, mais je n'ai plus de pantalon propre. Bill ne m'en voudra pas de lui en piquer un. Nous avons à peu près la même taille, sans ceinture ça ira. Mon pantalon va mettre une éternité à sécher sur la cuisinière.

Après avoir enfilé celui de Bill, je mets les mains dans les poches sans même y réfléchir. Et je sens quelque chose que je crois reconnaître. Sans vraiment savoir au début de quoi il s'agit.

Quand j'ai demandé Helen en mariage, je n'avais pas assez d'argent pour lui offrir une alliance. Du moins, pas celle qu'elle méritait, un saphir serti de deux diamants de chez Hatton Garden. Il m'a fallu cinq ans et un prêt conséquent pour pouvoir la lui offrir. Quelques semaines plus tôt, elle avait vu dans un marché aux puces en dehors de la ville un collier qui lui plaisait. Rien d'exceptionnel. Une chaîne en argent avec un pendentif en forme d'ancre. Ça m'avait coûté dix livres. L'alliance qu'elle porte à présent était bien plus chère, mais c'est ce collier qui a toujours le plus compté pour elle.

Helen a cessé de le porter et pense que je ne l'ai pas remarqué. Seulement je remarque tout chez elle, tout ce qui a changé lorsque je rentre à terre.

J'aurais dû y aller en bateau, me dis-je en tripotant le pendentif dans ces derniers instants d'une vie et d'une femme qui étaient miennes ; j'aurais dû aller la retrouver et lui crier mon amour depuis la proue. Pour qu'elle sache.

Sur le palier, à la lueur moite du jour, je sors le collier de la poche du pantalon de Bill et l'observe ; puis je me retourne vers lui, m'efforçant de saisir ce qui serait évident pour tout autre homme mais qui pour moi est une tromperie impossible, un mensonge trop dévastateur, une suite d'événements qui se sont déroulés à mon insu.

Les constellations ont changé. Le ciel m'est tombé sur la tête. Cet homme que je croyais mon ami.

22

BILL

Homme argent

Les requins n'expriment rien. C'est pour ça qu'ils font peur. Ce sont de froides torpilles de graisse, incisées aux branchies, les mâchoires pleines de dents. Massifs et dentus, voilà. Des aiguilles dans un bol de lait caillé.

J'en ai vu un, une fois. J'étais assis en bas à pêcher et tout à coup il était là, un gros losange gris se dirigeant droit sur moi ; il m'a fait penser aux comprimés que Jenny me donne quand je ne peux pas dormir. J'ai remonté ma ligne vite fait. En fin de compte il a tourné autour du phare deux ou trois fois avant de disparaître. Je croyais que c'était un requin pèlerin mais selon Arthur c'était un grand requin blanc. Arthur sait mieux que moi. Dans les autres phares ils l'ont vu aussi.

En rentrant à terre, j'ai raconté ça à Jenny et elle m'a saisi les épaules, l'haleine avinée. Elle a dit, « Bill, promets-moi de ne plus jamais pêcher sur la plateforme. » Puis, le soir venu, elle a tenté sa chance, l'air à la fois triste et frivole.

Ce que je ne lui ai pas dit, c'est que je n'ai pas ressenti de la peur en voyant ce requin ; j'ai ressenti de l'admiration. S'il avait une famille, il l'avait abandonnée. S'il avait une femme, il l'avait déjà mangée à cette heure.

Quarante-cinq jours au phare

La tempête nous arrive en milieu de semaine. Parfois je vois le mauvais temps s'annoncer, de gros nuages qui foncent sur la tour et la mer qui s'apprête à se déchaîner, et d'autres fois la pluie et le vent nous tombent dessus de nulle part. Je prends mon petit-déjeuner dans la cuisine et tout à coup des paquets d'eau se brisent contre la fenêtre.

« Putain », lâche Vince, d'ordinaire imperturbable, sauf que j'ai remarqué qu'il vient d'allumer sa cigarette au mégot de la précédente. Même volets fermés, le vacarme est assourdissant. Il pleut des trombes d'eau et la mer devient blanche ; on pourrait croire qu'on y a mis trop de lait. Le phare tremble, vibre de tout son long ; bizarre impression d'être pris dans un courant électrique se propageant de la plante de nos pieds jusqu'au sommet de nos têtes. Les lames se fracassent sur nous à quatre-vingts kilomètres-heure. J'ai du mal à croire que nous resterons debout.

Arthur lit un vieux numéro du *National Geographic*. Il n'est pas inquiet. Avec ce qui lui est arrivé, il y a peu de chances qu'il s'affole. Voilà pourquoi je ne me sens pas coupable. Helen ne devrait pas se sentir coupable non plus. Il a déjà connu le pire.

D'habitude quand la mer se déchaîne, Arthur essaie toujours de nous rassurer en parlant de ce que les ingénieurs ont appris avec la tour de Smeaton, de tous les phares qu'ils ont construits au fil des siècles qui n'arrêtaient pas de tomber jusqu'à ce qu'ils sachent enfin comment s'y prendre, qu'ils apprennent à faire des assemblages à queue-d'aronde, des ossatures métallique et qu'ils encastrent le granite directement dans le récif.

Seulement, au lieu de me sentir rassuré, je me sens méprisé. J'ai l'impression d'être le novice qu'il a hissé sur la plateforme l'autre jour. Arthur sait tout. Qu'est-ce que je sais, moi ?

Aujourd'hui il ne pipe pas un mot. Il continue de lire le *National Geographic*, ne lève les yeux qu'une fois pour dire oui s'il te plaît à Vince qui lui propose une tasse de thé. Le magazine doit dater de 1965 au moins. L'horloge continue d'avancer. Onze heures quatre. On fume nos clopes et le temps passe.

Midi. Je monte voir le gardien-chef, qui est de quart cet après-midi. La corne de brume est assourdissante. Tu parles d'un boulot de con, s'occuper de cette corne au bout de son mât ; on pourrait croire que ça changerait du train-train à part que tout ce qu'on fait c'est rester sur le seuil de la porte à appuyer sur un piston pour actionner la charge – qu'est-ce qu'il y a de plus ennuyeux ? Lorsque la visibilité est mauvaise, celui qui est de quart est obligé de s'asseoir pour appuyer sur ce putain de piston toutes les cinq minutes pendant des heures d'affilée. Et les autres sont obligés d'entendre, en mangeant, en essayant de dormir, les détonations douze fois par heure. Trident nous fournit des bouchons d'oreilles, tout comme aux familles qui sont dans les phares à terre, et ça ne change rien. On ne peut rien faire avec ce barouf. On n'arrive même pas à réfléchir.

Ça se complique si je dois sortir sur la coursive pour descendre le mât et mettre de nouvelles charges. Je n'aime pas être là-haut avec la mer qui s'agite et le vent qui siffle si fort que ça me fait mal aux oreilles. J'entends encore le vent tourbillonner dans ma tête quand je rentre à terre, il soupire et craque même par beau temps, ou qui geint en rafales. Arthur aime ça. Il aime être sur la coursive, assister à tout ça. Mais là, il est dans la lanterne sur l'une des chaises de cuisine, le pouce sur le piston.

« C'est bon, Bill ? »

La corne de brume mugit. BURRRRRRRRRR.

« Je t'ai apporté du thé », dis-je en posant la tasse à ses pieds. Il ne porte pas de chaussures et ses chaussettes sont dépareillées. Il ne me remercie pas. Il continue de fixer la mer.

« Qu'est-ce qu'on mange ce soir ? » demande-t-il au bout d'un moment.

Je m'immobilise devant l'escalier. Mets les mains dans les poches.

« Tourte à la viande.

– Le temps s'y prête.

– Ça serait encore mieux à terre. »

Arthur allume une cigarette. « T'en as plus pour longtemps, vieux.

– Treize jours. »

Treize jours jusqu'à ce que je la revoie. Ses cheveux qui sentent le clou de girofle. La première fois que ses lèvres ont touché les miennes, on aurait dit un flocon de neige traversant la lumière du phare.

« Qu'est-ce que tu vas faire en rentrant ? me demande-t-il.

– Boire une bière. Dormir dans un vrai lit. »

BURRRRRRRRRRR.

« Tu diras bonjour à Helen pour moi, d'accord ?

– Comme d'habitude. »

Le gardien-chef caresse du pouce le piston. « Il y avait quoi dans ton paquet ?

– Quoi ?

– Le paquet de Jenny que Vince a apporté.

– Toujours les mêmes choses. Une lettre. Des chocolats. »

Je fumerais bien mais je n'ai pas apporté mes cigarettes et Arthur n'est pas d'humeur à partager. Il devient bougon avec le mauvais temps. Sonné. À moitié là. Le vieux schnock qu'il est.

« Je me sens coupable du coup, dis-je. C'est pour ça qu'elle le fait.

– Jenny est une épouse dévouée. Helen ne ferait jamais ça. »

BURRRRRRRRRRR.

« Ne ferait jamais quoi ? »

Je sais tout ce que Helen fait. Ou tout ce que j'aimerais qu'elle fasse, et ce qu'elle fera pour moi, dans peu de temps, le jour où elle aura accepté qu'elle ne lui doit absolument rien.

« L'épouse dévouée, dit Arthur. C'est pas à moi que ça arriverait. »

Il verrait peut-être, s'il me regardait en cet instant, mais il ne regarde pas.

Helen dit qu'il ne la regarde jamais. Si elle était avec moi, je ne cesserais jamais de la regarder. C'est déjà ce que je fais. En douce. Quand Jenny ne peut pas me voir. J'observe l'Admiral, j'attends que la porte s'ouvre, que Helen sorte en tapotant son sac à main pour s'assurer d'avoir ses clés. Elle jette un coup d'œil dans ma direction ; c'est sa façon de me dire bonjour, qu'elle ne m'a pas oublié ; elle veut qu'on se retrouve aussi vite que possible. Puis Jenny m'engueule depuis la cuisine parce que j'ai oublié de surveiller le bébé qui vient de faire tomber ses œufs brouillés par terre.

Depuis qu'Arthur est mon gardien-chef, il a tout ça sous les yeux. Selon Helen, ils ne se touchent plus. Ne se parlent plus. Et pourtant, il ne s'est jamais douté de rien.

Il y a des sentiments auxquels on ne peut pas résister. C'est ce que j'ai dit à Helen la première fois, lorsqu'elle se tenait devant la machine à laver avant qu'on se quitte. J'ai dit, Je ne peux pas m'en empêcher. Ça n'a rien à voir avec Arthur et s'ils n'étaient pas mariés il n'y aurait aucun problème. Mais ils le sont. J'étais encore en culottes courtes qu'ils étaient déjà mariés. Mon père s'asseyait encore au bout de mon lit en tripotant sa ceinture.

« Jenny pourrait être plus indépendante, dis-je. Comme Helen. »

C'est un défi de prononcer son nom à haute voix devant lui. J'ai envie de le répéter.

« Tu aimes les femmes indépendantes, Bill ?

– C'est mieux que le contraire.

– Ah bon ?

– La fois où on est sortis à Mortehaven. » J'enfonce le bouchon, juste pour voir. « C'était l'anniversaire de Helen. Elle portait la robe bleue qu'elle avait achetée à Londres. On avait pris une baby-sitter et on s'était retrouvés au Seven Sisters pour manger des fruits de mer.

– C'est moi qui lui ai acheté cette robe.

– Elle lui allait bien.

– C'est encore le cas.

– Helen n'aimait pas le vin. Ce qui n'a pas empêché Jenny de le boire. Quand on est revenus chez nous, Jenny pleurait. Elle disait qu'elle se sentait moche et conne à côté de Helen. Je lui ai répondu que si elle n'avait pas autant bu, elle ne se sentirait pas aussi mal.

– Elle est protectrice.

– Elle est alcoolique.

– Pourquoi est-ce qu'elle boit ?

– Qu'est-ce que j'en sais ? Quoi qu'il en soit, elle ne me rate jamais. À la maison, je ne sais jamais à quoi m'attendre.

– Elle non plus, répond Arthur.

– Comment ?

– Helen m'a dit une fois que c'était comme si un inconnu rentrait à la maison.

– À propos de moi ? »

Le regard d'Arthur croise enfin le mien. Il tire sur sa cigarette jusqu'au filtre, où le goût est amer et âpre. « Non, fait-il. À propos de moi. »

BURRRRRRRRRRR.

« Le thé va refroidir, dis-je en reculant.

– Va dormir, Bill. » Il écrase sa clope et se lève pour recharger la corne.

Quarante-six jours

Encore deux heures avant mon quart. Je sens un drôle de truc dans mon ventre, ou peut-être n'est-ce qu'une version plus prononcée de ce qui est déjà là, cette nausée qui me donne l'impression de ne plus savoir où je suis : ni sur terre ni en mer, ni chez moi ni ailleurs, entre les deux mais je ne sais où ; je flotte, c'est tout. Helen me dit de ne pas penser à ce qui fait mal. Parfois je ne peux pas m'en empêcher.

Je lui raconte des choses dont je n'ai jamais parlé à ma femme.

J'avais douze ans quand je l'ai vu. J'étais côté passager dans la voiture de ma voisine, Mme E. Son fils était dans ma classe, un petit con comme on n'en fait plus. J'avais encore les cheveux mouillés après avoir nagé. Je pensais à la boîte en cuivre dans laquelle mon frère planquait les cigarettes, dans l'armoire à fusils du vieux. J'en piquerais une et la fumerais en douce dans la véranda avant leur retour.

En bas de la colline, la route tournait avant de descendre vers Mortehaven. Pour prendre le virage Mme E a freiné au point de s'arrêter presque, et un homme a traversé la route devant nous. Son allure était tellement étrange que c'est resté gravé dans ma mémoire. Ses cheveux étaient argentés et il portait une mallette ; il avait même des lunettes de soleil alors qu'on était en février et qu'il faisait un froid de canard. Il était habillé à l'ancienne, ça m'a frappé. On était au début des années cinquante et son costume, argenté pareil que ses cheveux, était manifestement d'une autre époque, les années vingt peut-être. Même avec mon « cerveau d'abruti » comme mon père prenait un malin plaisir à dire, je l'avais compris. Il semblait détendu mais déterminé ; on aurait dit qu'il savait qu'on l'attendait quelque part et qu'il avait tout son temps.

L'homme a tourné dans une route adjacente. On a continué de rouler. Mme E conduisait la Sunbeam façon petite vieille, en clignant des yeux et en gigotant, le nez collé sur le pare-brise. Cinq minutes plus tard, ce qui correspond à un bout de chemin en voiture, j'ai été abasourdi de voir le même homme traverser la rue devant nous au niveau de la poste. Encore une fois de gauche à droite. Avec les mêmes cheveux bizarres, le même costume, les lunettes et la mallette. Il a surgi devant nous de nulle part, Mme E a dû donner un coup de volant pour l'éviter et a klaxonné, en vain. Il ne nous a pas vus. Il n'a pas vu la voiture, il n'a pas du tout compris qu'il avait failli se faire renverser. Il a poursuivi mine de rien.

Impossible qu'il soit arrivé là avant nous. Même en voiture, en bus ou à vélo il n'aurait pas pu nous doubler – aucun véhicule ne nous avait doublés –, et il n'y avait pas d'autre chemin pour aller jusqu'à Mortehaven. Il n'avait pas pu marcher ; il aurait à peine eu le temps de franchir la colline. À moins qu'il ait eu un jumeau habillé comme lui, à pied comme lui ; c'était possible même si je savais au fond de moi que non. Le truc, c'était qu'on avait vu le même homme et vécu *le même moment* : il avait traversé de gauche à droite, la tête dans la même direction, la mallette se balançant de la même manière, le soleil d'hiver se reflétant dans ses lunettes, il avait même fait un nombre de pas identique, comme s'il marchait sur une autre surface qu'une route, une surface invisible, superposée à la rue principale, façon photo mal développée.

Mme E s'est tournée vers moi et a dit, « Bon sang, c'était quoi, ça ? »

C'était *quoi*. Pas qui.

Je n'ai toujours pas de réponse à cette question.

Je n'en ai jamais parlé à mon vieux. Ni à mes frères. Au fil des semaines, j'ai peu à peu oublié cet inconnu à la mallette. Je n'en ai même pas parlé lorsque Mme E est morte soudainement en sortant acheter le *Valley Echo* pour son mari. Le marchand de journaux a dit qu'elle s'était approchée de la vitrine comme si elle avait reconnu quelqu'un dehors. Le journal est tombé par terre.

J'y repense seulement maintenant, vingt-trois ans plus tard, alors que je me trouve dans un phare avec *Coronation Street* à la télé et Vince qui deux étages plus bas prépare un affreux gratin de chou-fleur. On a trop de temps ici pour penser. Voilà une chose que le vieux n'avait pas envisagée. Ça dépend des gens : il y en a qui se laissent emporter par leurs pensées, hanter par des fantômes.

Mauviette, pisse-au-lit ; plus vite tu iras dans un phare, mieux ça vaudra.

La lune luit à travers la fenêtre. Étrange lune. Étranges pensées. Les lunes ici brillent tellement que ça fait mal aux yeux. Elles brillent plus que toute autre chose. On pourrait imaginer que la lune c'est le soleil et le monde entier serait à l'envers.

Cette fois c'est moi qui porte un costume d'argent. C'est moi qui traverse la route ; je sens la forme de la mallette, le poids mystérieux de ce qu'elle contient, et je me tourne vers la voiture, vers le garçon sur le siège passager d'une Talbot Sunbeam, et je lui dis,

Cours.

« Bill ? »

Arthur est à la porte. Couteau de cuisine à la main.

« Désolé. Je me suis endormi. Putain. Quelle heure il est ?

– Sept heures. » Il pointe la lame vers moi. L'acier brille. « Tu peux m'aider si tu veux. »

23

VINCE

Symboles de magie noire

Quinze jours au phare

Gardes-côtes de Hart Point, appel général, vous me recevez, à vous ?

Hart Point, Tango, sur l'autre canal. Hart Point, Foxtrot, sur l'autre canal. Hart Point, Lima, sur l'autre canal. Hart Point, Whiskey, sur l'autre canal. Hart Point, Yankee, sur l'autre canal.

Tango, Tango, bonjour de Hart Point, vous me recevez, à vous ?

Hart Point, ici Tango, on vous entend haut et clair et il fait très beau cet après-midi d'ailleurs, vous me recevez, à vous ?

Bien reçu, Tango, merci et il fait effectivement très beau ici aussi aujourd'hui. Hart Point à Foxtrot, Hart Point à Foxtrot ; bonjour, vous me recevez, à vous ?

Foxtrot, Foxtrot à Hart Point, bonjour tout le monde, on vous entend très bien, à vous.

Roger, Foxtrot. Ici Hart Point à Lima, est-ce que vous me recevez, à vous ?

Lima à Hart Point, on vous entend haut et clair, bonjour tout le monde, ici Lima à Hart Point, rien d'autre à signaler, merci, à vous.

Merci Lima. Whiskey, ici Hart Point à Whiskey, vous m'entendez ?

Whiskey, Whiskey à Hart Point, on vous entend, Steve, à vous.

Merci Ron. Hart Point à Yankee, Hart Point à Yankee ; est-ce que vous me recevez, s'il vous plaît, à vous ?

Yankee, Yankee à Hart Point, ici Vince, content de vous entendre, la liaison est bonne sur les deux canaux, je vous entends impeccable, merci, à vous.

Merci Vince. Plein de bonnes choses à tout le monde. Hart Point terminé.

✦

Seize jours

J'ai piqué quelques chocolats à Bill. Pendant qu'il regardait la télé hier soir. J'avoue que je jette un coup d'œil dans leurs réserves de temps en temps, pour voir s'il y a un truc qui m'intéresse, et s'il y a un peu de rab, c'est pour moi. Même si Bill le remarquait, je crois qu'il s'en ficherait. Il ne parle pas très gentiment de sa femme.

« Tu verras quand tu auras passé la moitié de ta vie marié, me dit-il à chaque fois que je parle de Michelle. Ce n'est plus pareil une fois que tu lui as passé la bague au doigt. »

Dehors sur la plateforme avec ma canne à pêche ; peu probable que ça morde, enfin on ne sait jamais, un lieu, un maquereau, ça serait bien, avec un peu d'ail comme Bill m'a appris à le faire, et du persil. Il y a peut-être un citron qui traîne quelque part. J'ai les doigts glacés en enlevant mes gants, ça me fait presque mal de prendre les chocolats mais ça vaut la peine.

Chocolat noir fourré à la crème mauve, goût légèrement salé qui reste sur la langue. Je me demande si j'aurai un jour une femme qui me prépare des trucs pareils, juste parce qu'elle sait le faire, juste parce qu'elle en a envie. Avant mon départ, Michelle et moi avons parlé de rester ensemble, sans aller voir ailleurs. J'y pense plus qu'elle : qu'est-ce que je peux bien fabriquer sur ce caillou avec deux autres types ? C'est elle qui est restée en ville avec les boîtes de nuit et ses cils de biche. En écoutant *Waterloo Sunset* je nous vois sur le Waterloo Bridge. Elle se tourne vers moi et me dit, « Je n'ai jamais connu un homme si bien sans pour autant le connaître. » Elle ne devrait pas s'inquiéter de ça. Personne ne sait. Pas même le gardien-chef ni Bill et je suis avec eux tous les jours. Mais ça va. Ce que je montre aux autres et ce que je suis sont deux choses séparées. N'est-ce pas pareil pour tout le monde ?

✦

Pêcher, ça revient à rester assis et attendre que ça morde, même dans le froid glacial avec mon manteau remonté jusqu'aux oreilles à me peler les miches. Je me sens minuscule au milieu de toute cette mer. Lorsque j'étais en prison, je rêvais d'eau; pas de bain ni de bruine, non, de piscines olympiques, d'océans à perte de vue. C'est quand on est privé de quelque chose qu'on en rêve.

Mieux vaut que le gardien-chef ne me voie pas sans harnais de sécurité, pourtant franchement c'est chiant; après, il faut s'asseoir sur le nœud et ça fait mal au cul. Chaque gardien-chef évalue le risque à sa façon: Arthur veut qu'on s'attache au harnais parce qu'une fois il a failli tomber à l'eau au phare d'Eddystone, et si la chance ne lui avait pas souri ce jour-là, il ne serait pas parmi nous pour raconter cette histoire.

Quoi qu'il arrive sur un phare, c'est le gardien-chef le responsable. Arthur m'a parlé d'un jeune gardien qui a disparu au large de l'Écosse. C'est le genre d'événement qui sert d'avertissement et si c'est arrivé à l'Eddystone, ça pourrait très bien se produire ici aussi. Le gardien-chef là-bas ne s'en est jamais remis. Le jeune gardien était sorti pêcher, il faisait beau et tout, pas un nuage dans le ciel et la mer était d'un calme plat. Il a dit au gardien auxiliaire qu'il partait pêcher et le gardien auxiliaire lui a répondu, « T'as bien raison, rapporte-nous quelque chose pour le dîner. » Le gardien-chef dormait à poings fermés dans sa couchette, au courant de rien; donc le jeune gardien est descendu là où je me trouve maintenant, il s'est assis comme moi, les jambes dans le vide au bord de la plateforme, et plus personne ne l'a revu. Le gardien auxiliaire est allé le chercher plus tard et la plateforme était vide. Évidemment, les gars n'en revenaient pas. Le gardien auxiliaire n'avait rien entendu ; pourtant, ils se sont dit que si le gamin était tombé à l'eau, il aurait dû encore y être en train d'appeler à l'aide. Sauf qu'il n'y était pas. Il avait tout bonnement disparu, avec sa canne à pêche et tout le reste. Il a fallu croire sur parole le gardien-chef et le gardien auxiliaire ; il n'y avait personne d'autre pour affirmer qu'ils n'y étaient pour rien.

Le gardien-chef a endossé la responsabilité. Parce qu'il se devait de le faire. Par la suite, les gars de l'administration ont trouvé des livres dans la couchette du jeune gardien, des bouquins sur les démons et les sciences occultes, toutes sortes de trucs flippants qu'il vaut mieux éviter. Des symboles de magie noire étaient dessinés dans la chambre, des pentagrammes et des cornes du diable gravés sur les murs. Ça me file des frissons rien que d'y penser.

Je remonte ma ligne et je rentre.

Mais avant, je vois une forme dans l'eau, une forme qui flotte et s'éloigne de moi. Je plisse les yeux ; ce n'est pas du bois flotté, ni une bouée ni un oiseau ; on dirait un banc de thons qui affleurent à la surface ou un sac en plastique, plusieurs sacs en plastique étalés. Ou est-ce plus gros que ça, plus solide, de la taille et de la forme d'un homme – à plat ventre, ou sur le dos les bras écartés ? Je ne sais pas. L'eau frémit. Je scrute, en vain, et bientôt il n'y a plus rien.

« Alors, qu'est-ce qu'on mange pour le déjeuner ? » Bill astique les cuivres entre la cuisine et la chambre. C'est le seul truc dont il faut toujours s'occuper : on a les mains crasseuses à force d'avoir fumé ou joué aux dames, et après on est trop crevés en montant se coucher et on oublie.

« Des algues et des chips, ça te va ?

– Déconne pas. »

Il frotte énergiquement même si la rampe est propre comme un sou neuf. Quand j'ai dit à Arthur hier que Bill avait l'air prêt à partir, il m'a regardé en coin et a bougonné, « Tu m'étonnes. »

« Je crois que j'ai vu un corps », lui dis-je.

Bill s'interrompt. « Quoi ?

– À l'instant.

– Où ?

– Où à ton avis ? Dans la mer, ducon. »

Bill frotte lentement ses mains l'une contre l'autre. « C'était qui ?

– Je ne sais pas, moi. Quelqu'un qui nageait.

– T'es sûr ?

– Non. »

Naturellement, en sortant, il n'y a plus rien – la chose avait disparu de toute façon avant même que j'en parle à Bill et je ne sais même pas exactement ce que j'ai vu, seulement que ça m'a foutu les jetons. J'ai envie de demander au gardien-chef quoi faire mais Bill me dit que ce n'est pas la peine, qu'il est dans son lit, qu'il est exténué et que ça commence à lui taper sur le ciboulot. Arthur est à cran – je n'ai pas remarqué ? Il n'a pas besoin de ça.

« Il avait des lunettes de piscine, dis-je.
– Qui ?
– Le nageur. Des lunettes rouges.
– Signale-le à la radio, fait Bill. C'est à eux de s'en occuper. Le type était sûrement mort depuis longtemps de toute façon. Il était mort, pas vrai ?
– Je ne sais pas. Je n'ai pas envie de raconter n'importe quoi. C'était peut-être un phoque.
– Avec des lunettes ?
– Je ne sais pas s'il avait des lunettes.
– En fait, tu ne sais pas grand-chose. »

Je pense au pistolet caché sous l'évier. Heureusement qu'il est là. Au cas où l'on aurait de la visite.

De retour dans la cuisine, Bill fait du thé, fort, avec deux grosses cuillerées de sucre. Avec toute cette mer, on finit par voir des trucs qui n'existent pas. C'est le gardien-chef qui me l'a dit. Si on regarde la même image longtemps, l'esprit fait surgir un objet pour perturber la vision, pour tester la concentration. C'est pareil que les mirages dans le désert, sauf qu'on est en mer. Des couleurs incroyables ; des taches et des tourbillons ; des formes qui bougent à la surface et disparaissent. Même par temps calme, l'eau remue et s'ouvre, noire et frémissante ; on dirait un sac-poubelle laissé là toute la nuit. On pourrait faire un trou dans le ciel et mettre le doigt dedans, pour toucher ce qu'il y a de l'autre côté. Ça serait moelleux et accueillant. Ça ne te lâcherait pas.

Quand tu es en mer tous les jours, ça prend ce qui est en toi et te le renvoie à la figure. *Le sang et les poils, le cri perçant d'un enfant; et mon ami dans mes bras, qui refroidit.*

« Bois », dit Bill.

Le thé chaud et sucré me donne la nausée. Ou bien c'est le cadavre.

« Arthur t'a déjà parlé du marin, là-haut dans le Nord ? » Bill allume sa clope avec son briquet. Je réponds que non, il n'a qu'à me raconter. « Le bateau du type s'est échoué sur les récifs autour du phare. Tout le monde à bord s'est noyé ; la cargaison a été perdue. Le marin a accusé Arthur. Il a dit que c'était la faute du phare. Son équipage était en mer depuis tellement longtemps, à scruter l'horizon vide, qu'en voyant enfin la lumière ils n'ont pas su dire si elle était loin ou pas. Les distances changent. » Il se tapote la tempe avec le filtre de sa cigarette. « Tu as l'impression que c'est plus loin que tu ne le crois et tout à coup tu es dessus.

– Tu crois que j'ai inventé ?

– Non. C'est juste qu'on ne peut pas toujours croire ce qu'on voit.

– Le gardien-chef a de l'expérience. »

Bill tire longuement sur sa cigarette. « Arthur n'est plus comme avant.

– Comment ça ?

– Ce n'est plus le même bonhomme.

– Je ne savais pas que tu le connaissais avant.

– Je ne le connaissais pas. C'est Helen qui me l'a dit.

– Il ne peut pas tout le temps être joyeux. Tu le serais, toi, après... ?

– C’est pas ça, coupe Bill. Je parle des gens qui commencent à déconner et que tu ne reconnais plus. C’est Helen qui le dit. Ça te tombe dessus, de la même façon que le putain de phare pendant le naufrage, tout à coup tu ne sais plus du tout qui tu as épousé. »

Il commence à neiger dans l’après-midi. Quand il neige dans un phare c’est bizarre parce qu’il n’y a rien pour se repérer. On ne voit pas les flocons s’amonceler sur le toit des voitures ni recouvrir les champs ; on ne sait jamais combien il en tombe : on les voit seulement dégringoler du ciel couleur d’os. La mer les avale en silence. L’eau, en dessous, reste immobile, grise et terne. Avant d’être gardien de phare, je croyais que la mer était toujours de la même couleur, je l’imaginais toujours bleue ou verte mais en vérité elle n’est quasiment jamais bleue ou verte. Elle prend un tas d’autres couleurs, principalement noir, marron, jaune, doré, et si elle est agitée, elle tire sur le rose.

Là-haut dans la lanterne, je note le relevé météo, j’inscris mes initiales et laisse le registre sur le bureau pour le prochain qui sera de quart. Le gardien-chef m’a appris à observer comment la mer fonctionne et comment la météo agit sur elle certains jours et d’autres non. NG pour neige, CC pour ciel couvert, PPSGR pour pluie passagère. Il y a tout un tas d’abréviations dans les premières pages. La rapidité avec laquelle le temps change m'émerveillera toujours. C'est comme le type qui crie et soudain s'endort, et la neige correspond à ce qu'il rêve.

Lettres pour décrire la météo. Crachin. Maussade. Éclairs. Rafales. Tonnerre. Rosée humide. Brume. J'aime la forme des mots, certains ressemblent au son qu'ils font. *Tonnerre*, on entend le rocher qui nous fonce dessus. *Brume* est lent et indolent. *Rafales*, c'est être pris de panique. C'est pareil pour ce qui vit dans la mer : on entend les cailloux qui s'entrechoquent sur la plage. Bigorneaux, moules, mollusques, bulots. Tous les deux ou trois mois, on nous apporte une pile de livres qu'on partage avec ceux des autres phares, une sorte de bibliothèque itinérante. Je lis tout.

Dans une famille d'accueil j'ai eu une mère qui était à fond dans les bouquins. À peu près la seule que j'ai connue qui faisait ça. Elle mettait un point d'honneur à nous lire des histoires et c'était surtout des mots qui n'avaient rien à voir avec ceux que je connaissais. Ceux que j'employais dans ma vie étaient courts, des mots durs genre *hé*, *putain* ou *connard* ; des briques à te balancer à la gueule.

Chaque fois que j'entendais un mot que j'aimais bien, un mot qui m'attirait, je l'apprenais par cœur. J'avais l'impression que plus je lisais, plus je libérais mon esprit, et si on a l'esprit libre, peu importe ce qui se passe autour de soi. En prison, j'avais un dictionnaire et j'ai découvert d'étranges petits mots que je trouvais superbes. Les oiseaux, il y en a plein. Goéland, cormoran. Courlis. Pipit. Lorsqu'on les prononce, c'est comme si le vent soufflait à travers leur plumage. En copiant les mots j'ai appris qu'en les regroupant et en jouant avec, il en sortait quelque chose de nouveau.

Pourtant, quand j'écris à Michelle je fais un blocage ; pendant mes moments de repos je m'assieds dans mon lit, je pose mon carnet sur ma couverture, stylo à la main, et je reste à me demander comment coucher tout ça sur le papier, sans savoir où commencer. E est pour excuse. T, pour tromperie.

Il est temps pour moi de lui dire la vérité.

Je la vois dans son appartement à Londres, en train de se gratter le mollet du bout des orteils tout en ouvrant l'enveloppe.

VI

1992

24

HELEN

La cathédrale était l'endroit parfait pour se retrouver ; il y avait beaucoup d'espace, donc on passait inaperçu. Dans les travées, le cloître, sur les sièges en velours rouge non loin du chœur, la pierre froide recueillait les chuchotements depuis des siècles. Aujourd'hui, ceux de Michelle et les siens s'y mêleraient en toute discrétion.

« Roger et les filles sont au café au coin de la rue, dit Michelle. Je ne peux pas rester longtemps. Je ne voulais pas venir avec eux. C'est eux qui ont insisté pour m'accompagner. Enfin, Roger.

– Il te croit où ?

– En train de lui acheter un cadeau d'anniversaire. Il va falloir que j'aille chez Debenhams après, pour lui choisir une cravate ou autre chose. »

C'était ainsi que ça se passait, songea Helen, après avoir traversé ensemble une épreuve : on rentrait dans le vif du sujet, sans parler auparavant de la pluie et du beau temps. Avec Michelle, elles ne se connaissaient pas avant. Elles s'étaient rencontrées après la disparition, à l'enterrement que Trident House avait organisé, une « cérémonie d'adieu », pour citer leur expression, plus pour la presse que pour elles. Dans les années qui avaient suivi, elles s'étaient fait signe lorsque l'une avait l'occasion de passer près de chez l'autre. Elles s'écrivaient quand la tristesse de l'hiver les submergeait et qu'il devenait urgent de parler à quelqu'un capable de les comprendre : des lettres auxquelles elles ne répondaient pas forcément, mais c'était les écrire qui leur faisait du bien.

« Merci d'être venue, ajouta Michelle. Et merci de m'avoir appelée.

– Je t'en prie.

– Je n'étais pas sûre que tu viendrais.

– Pourquoi ?

– Je ne sais pas, répondit Michelle. Jenny ne me répond jamais.

– À moi non plus. »

Michelle ouvrit son sac à main et en sortit un paquet de Polos. Dans l'emballage, tous les bonbons étaient cassés. Elle avait dû les faire tomber dans le magasin, se dit Helen, pendant que ses filles choisissaient un paquet de chewing-gums ou des cocas. Quel âge avaient les filles à présent ? Huit et quatre ans, quelque chose comme ça. Helen ne savait pas ce que c'était de voir son enfant s'épanouir, robuste, les bras et les jambes s'allongeant à vue d'œil, les cheveux hirsutes, et soudain il était aussi grand que vous.

Michelle lui tendit quand même le paquet.

« Merci, fit Helen.

– S'il te plaît, arrête de parler à Dan Sharp. »

Interloquée, Helen répliqua :

« C'est pour me dire ça que tu voulais me voir ? »

Un couple âgé prit place dans la travée devant elles. L'homme baissa la tête. Michelle se rapprocha de sa voisine ; et l'odeur de son shampooing envahit les narines de Helen.

« En partie, répondit-elle. Tu sais qui c'est, ce gars ?

– Pas vraiment. Il écrit sur les bateaux et les bombes.

– Sous un faux nom. »

Helen croqua le Polo. « Ça ne m'étonne pas. »

La femme devant elles se retourna et les tança du regard. Helen songea que son chignon ressemblait à un casque de moto.

Michelle murmura :

« Pourquoi un romancier voudrait écrire sur nous ?

– Je ne sais pas. Pourquoi écrire sur quoi que ce soit ?

– Il doit y avoir une raison.

– Il a dit qu'il aimait la mer.

– Il n'a qu'à y aller en vacances. »

Helen se demanda pourquoi elle était en train de défendre un homme qu'elle connaissait à peine ; et pourquoi elle avait envie de le faire. « Il cherche la vérité. Ça compte pour lui. »

Michelle rangea les bonbons dans son sac, qu'elle ferma.

« Chut ! » La femme les fusilla du regard.

Michelle fit signe à Helen de changer de place. Elles s'installèrent un peu plus loin, et Michelle observa l'autel. Helen remarqua qu'elle avait dû il y a longtemps se faire percer les oreilles.

« Tu crois en Dieu ? » demanda Michelle.

Les pieds du Christ étaient croisés, et couverts de sang. Helen songea que cette représentation était particulièrement sanguinolente. Celui qui avait créé ce Christ en croix avait exagérément planté les épines.

« J'ai essayé.

– Moi aussi. » Michelle fit tourner son alliance autour de son doigt. « Je suis jalouse quand je vois les gens qui viennent, et ils savent, n'est-ce pas ? Ils savent que ça va aller.

– Ils croient. Ce n'est pas la même chose.

– Ah bon ?

– C'est l'impression que ça me fait.

– Je sais que Vinny n'a pas fait de mal aux autres, affirma Michelle.

– Arthur non plus.

– En même temps, on n'en sait rien, pas vrai ?

– Si ça peut te rassurer, je n'ai jamais pensé que Vince était responsable. »

Michelle lui saisit la main et la lâcha aussitôt.

« Oui, fit-elle. Tu étais la seule. »

Elle rongeait ses ongles, remarqua Helen. Elle les avait vernis en rouge, mais ils étaient trop courts. Cela la ramena vingt ans en arrière, à l'adolescente anxieuse que Michelle avait été, traumatisée à la cérémonie d'adieu à cause des interrogatoires de la police et des journalistes qui n'avaient de cesse de la poursuivre dans la rue. Les gens ne changeaient pas tant que ça. Jenny se dirait la même chose à son sujet.

« Tu n'as pas peur de ce que dira Trident quand ils l'apprendront ?

– Je me fous de ce qu'ils peuvent dire, lâcha Helen.

– Ils te couperont les vivres.

– Et alors ?

– C'est différent pour moi, remarqua Michelle. Je ne suis pas toute seule. J'ai une famille. » Elle s'interrompit. « Je ne voulais pas...

– Ça va, ne t'inquiète pas.

– C'est juste que les filles sont encore petites...

– Je comprends.

– Ne me dis pas qu'ils ne t'ont jamais fait peur. Il ne fallait parler à personne et ne rien divulguer de leurs affaires, tu te souviens ? La menace était toujours là, même s'ils ne l'ont jamais clairement exprimée ; c'était évident.

– Si tu as raison, acquiesça Helen, notre seule chance d'être honnêtes, c'est de parler à Dan Sharp. Chez Trident ils ont toujours été trop contents de rejeter la responsabilité sur Vince, tu le sais très bien. C'était injuste depuis le début. Il sortait de prison, c'était le bouc émissaire rêvé. Du pain bénit pour tout le monde. Il leur suffisait d'admettre qu'ils avaient eu tort de l'embaucher, qu'ils n'auraient jamais dû le faire ; et qu'ils allaient en tirer des leçons. Mais c'est important de dire qui il était vraiment, non ? Je croyais que ça comptait pour toi. »

Michelle ferma les yeux.

« Pourquoi on est là, en fait ? » demanda Helen.

Après un silence, Michelle répondit, « Vinny m'a écrit une lettre. Juste avant qu'ils disparaissent. Un des gars envoyés au phare pour essayer de comprendre ce qui s'était passé me l'a donnée. Vince me disait pourquoi il avait été en prison la dernière fois. Je n'en ai jamais parlé à personne.

– OK.

– Ça le faisait passer pour pire qu'il n'était. Et il y avait déjà tellement de choses contre lui, ça n'aurait fait que retourner le couteau dans la plaie. Tu vois ?

– Oui. »

Elle lança à Helen un regard inquiet, empreint de douleur. « Il y avait autre chose dans cette lettre dont j'aurais dû parler, Helen. Quelque chose d'important. Ça aurait pu aider. Mais j'avais peur de parler. »

Helen attendit.

« Vinny m'a dit qu'un homme voulait sa peau. Il avait pensé échapper à son passé en étant gardien de phare, mais c'était tout le contraire. Cette personne savait exactement où le trouver. Vinny était une cible parfaite, isolé en pleine mer.

– De qui tu parles ?

– La victime. La victime de son dernier crime.

– Je ne comprends pas. »

Michelle regarda par-dessus son épaule, comme si son mari se tenait derrière elle, voire un responsable de Trident House. À l'entrée de la cathédrale, un bébé pleura.

« Cet homme travaillait pour Trident, souffla-t-elle. Vinny l'a découvert juste après avoir été embauché. Un copain lui a dit, Tu ne devineras jamais qui est entré aussi aux Phares et Balises. Pas en tant que gardien ; à un poste dans l'administration, mais sous le même toit pour ainsi dire. Il avait un drôle de surnom. Il se faisait appeler le Corbeau blanc. C'était son nom dans les gangs. Parce qu'il avait les cheveux blancs, depuis qu'il était gosse. Comment ça s'appelle déjà ?

– Albinos.

– Son vrai nom, c'était Eddie.

– Eddie s'est fait embaucher pour retrouver Vince ?

– Il a dû apprendre que Vinny travaillait pour Trident et se dire que c'était un bon moyen de le choper. Et ensuite, il s'est débrouillé pour y entrer lui aussi. »

Helen se sentit prise de vertige. C'était toujours le cas avec la disparition. Chaque fois qu'on lui faisait part d'une nouvelle idée, ou que les événements s'éclairaient d'un jour nouveau, ou qu'une alternative lui venait soudain à trois heures du matin avec une telle évidence qu'elle devait s'asseoir sur son lit, en sueur et déboussolée, et allumer sa lampe de chevet pour se ressaisir, l'histoire du phare se réécrivait dans sa tête. Les fragments se réorganisaient.

« Ce serait donc une histoire de vengeance ?

– Je crois.

– Et cet Eddie, qu'est-ce qu'il est devenu ?

– Il a quitté le service, répondit Michelle. Plus personne ne l'a revu. Mais je ne crois pas que ce soit Eddie qui a fait le coup. Il a payé quelqu'un. Il avait des gens partout. Des gens dangereux capables de faire ce genre de choses en passant sous les radars.

– Trident savait qu'ils se connaissaient ? Sûrement, non ?

– Si c'était le cas, ils ne m'en ont jamais parlé. Mais Vinny *savait* ce qui allait se passer. Il voyait des choses là-bas. Des trucs imaginaires qui n'étaient pas vrais, et il disait que ça arrivait parfois avec la solitude, sauf que là, c'était différent. Ensuite, quand ils ont disparu, plus j'y pensais, plus ça me semblait clair comme de l'eau de roche. Ce n'était pas la mer ou des espions ou je ne sais quoi. C'était cet homme, le Corbeau blanc. Eddie. Il est toujours aux affaires, et s'il apprend que j'ai parlé de Vinny, quoi que je puisse dire, il nous fera la peau, à moi et ma famille. »

Helen songea aux oiseaux que le père d'Arthur élevait. Son mari se souvenait qu'il grimpait au sommet de la colline tôt le matin, avant d'aller à l'école.

Ils se remettent sur pied, et ensuite ils s'envolent.

Elle revit l'espace d'un instant la fossette d'Arthur lorsqu'il levait les yeux du livre qu'il lisait et lui souriait.

Comment de tels détails restaient-ils en mémoire ? Elle ne parvenait jamais à se rappeler quel bus elle devait prendre pour rentrer chez elle du centre-ville, et ça, elle s'en souvenait.

« C'est facile de se sentir responsable, dit-elle prudemment. Moi aussi je me sens responsable. J'imagine que Jenny aussi. Nos histoires nous semblent toujours les plus significatives. Écoute, il y a au moins une dizaine de types comme le Corbeau blanc. Une dizaine de trucs qui peuvent nous laisser penser qu'on est plus responsables que ce qu'on croit ; qu'on est toutes responsables en un sens…

– Cet écrivain me suit, coupa Michelle. Ça fait tout remonter à la surface. Je retourne en 1973. Je ne peux pas revivre ça, Helen. J'avais dix-neuf ans, bordel, j'étais une gamine. J'ai pas compris ce qui me tombait dessus. J'ai perdu l'homme dont j'étais folle amoureuse. » Sa gorge se serra et sa voix se mit à trembler. « Vinny me manque. Tous les jours. Et Arthur te manque, et Bill manque à Jenny. Si j'avais eu votre âge, je ne me serais jamais remise avec quelqu'un moi non plus. Seulement il fallait que je passe à autre chose ; je ne pouvais pas renoncer à la vie. Je ne regrette pour rien au monde d'avoir eu les filles, pourtant c'est peut-être vrai qu'on n'aime jamais comme la première fois.

– C'est vrai, fit Helen.

– Je prends moins de risques si je me tais.

– C'est ce que Trident veut te faire croire.

– Qu'est-ce qu'un putain de bouquin peut changer ?

– Rien, peut-être. Sauf pour moi. »

Deux écoliers dans la travée d'à côté les observaient. Michelle chuchota : « Dis-le à Jenny plutôt. C'est pour elle que tu le fais, n'est-ce pas ?

– Évidemment, acquiesça Helen. Et crois-moi, j'ai essayé.

– Où est-ce qu'elle vit ? »

Helen le lui dit. « C'est Trident qui m'a donné l'adresse.

– La femme du gardien-chef a toujours ses passe-droits, je vois, dit-elle, sourire aux lèvres. Vingt ans, c'est long, pas vrai ? Nous sommes toutes passées à autre chose. Elle ne peut plus t'en vouloir. Ce n'était pas comme si…

– Bien sûr qu'elle m'en veut encore. »

Michelle lui prit la main. « Je vais t'aider, si tu veux.

– Je ne vois pas comment.

– Si tu m'aides. Fais attention, Helen. C'est tout. Fais attention à ce que tu lui dis. D'accord ?

– Entendu. »

Michelle consulta sa montre. « Oh mon Dieu, il est la demie. Il faut que je fonce chez Debenhams et que je me dépêche de revenir, sinon Roger va lancer un avis de recherche. »

Elle s'empara de son sac et de sa veste; puis les deux femmes se levèrent et s'étreignirent. Helen n'avait pas l'habitude de prendre les gens dans ses bras; ça ne lui était jamais venu naturellement et, par ailleurs, elle n'avait plus personne à étreindre désormais.

« Je suis contente de t'avoir vue, souffla Michelle.

– Moi aussi. »

Helen enfila son manteau et regarda Michelle s'éloigner dans l'allée avant de s'éclipser dans la lumière éclatante de l'après-midi.

25

HELEN

Il aurait été normal d'aller frapper chez ses voisins pour se présenter, ou de les aborder en les voyant sortir de leur voiture. En réalité, elle avait rencontré Bill et Jenny Walker à l'occasion d'un bal de charité dans la salle des fêtes de Mortehaven, alors qu'Arthur était de service au phare. C'était l'été et elle avait passé la majeure partie de la semaine à pleurer dans la salle de bains – du lundi au jeudi en tout cas : ça lui semblait un endroit sûr pour pleurer. D'habitude, tout se passait bien lorsque Arthur partait. La maison vide ne lui pesait pas, sauf que cette fois ç'avait été dur. Cela dépendait du moment de l'année.

Betty, la femme de Frank, était passée la voir avec un hachis Parmentier et lui avait demandé si elle serait d'accord pour aider au vestiaire. L'une des leurs s'était décommandée ; elles lui en seraient tellement reconnaissantes. Souvent, face à la pression d'autrui Helen se sentait incapable de refuser, et ça lui avait refait le coup ; instinctivement, elle avait eu aussi envie d'aider, cependant après le départ de Betty elle s'était demandé pourquoi diantre avoir accepté. Le vestiaire de la salle des fêtes était mal éclairé et mettre des tickets sur des cintres était certes ennuyeux mais utile. « Tu as rencontré les nouveaux voisins ? » s'enquit Betty. Non, pas encore. La voiture des Walker était arrivée hier, avec le nouveau gardien auxiliaire et sa famille, et ils semblaient avoir beaucoup à faire avec les bagages et les enfants. Helen aurait dû aller les voir. Ce n'était pas très aimable de sa part de ne pas l'avoir fait. En tant qu'épouse du gardien-chef, cela faisait partie de ses obligations ; elle aurait dû prendre les choses en main, proposer de les aider comme elle l'avait fait lorsque Betty avait emménagé.

Arthur ne décidait pas de ses tours de garde, mais hier la tour se dressait tel un obélisque féroce et effrayant. Tous les jours, sa lumière brillait sur l'infâme horizon et glissait vers elle. Elle croisait son œil étincelant avant de fermer les paupières.

Le bal fut un succès. Helen resta avec les manteaux, doux et parfumés. Elle sentait l'odeur masculine d'eau de Cologne, tiède et épicée, et les parfums de femmes aux effluves de fleurs et d'amour. Dès qu'elle avait un moment, elle fumait pour éviter de pleurer et elle effleurait les manches en velours suspendues autour d'elle, soigneusement alignées telles des lamelles de champignon. Il vint vers la fin chercher les manteaux que sa femme avait laissés au vestiaire.

« Vous êtes Helen, j'imagine », dit-il avant de se présenter.

Heureusement, il faisait sombre. Bill Walker était différent de ce qu'elle s'était imaginé, même si en vérité elle ne s'attendait à rien de particulier. Il était plus jeune et mieux habillé, avec un long nez qui lui rappelait l'un des cardinaux de Raphaël. Il la regarda. Plus personne ne la regardait ainsi depuis longtemps, et elle eut presque le sentiment d'être une autre femme. Tout ce qui avait pu lui arriver s'effaça.

« Les deux qui sont là, indiqua-t-il. Les boutons, oui ; non, celui d'à côté. »

Il finit par s'approcher pour les lui désigner lui-même. Curieusement, elle se sentit rassurée auprès de lui ; sa peau claire et lisse. Elle devait au bas mot avoir vingt ans de plus que lui.

Tels des spectateurs, les manteaux se rassemblèrent autour d'eux. Cela ne dura que quelques secondes, pas plus. Pourtant, vu le nombre de fois où elle avait revécu ce moment, on aurait pu croire que ç'avait été plus long.

« Ça va ? demanda Bill, car il avait compris.

– Oui », répondit-elle, car jamais elle ne… Elle ne saurait pas par où commencer ni même si elle devait commencer, avec quelqu'un qu'elle venait juste de rencontrer.

Sa femme était restée au bar ; elle ne viendrait pas spontanément, il allait devoir la chercher. Là, dans le vestiaire, ils dansèrent sur *A Whiter Shade of Pale*, comme s'ils étaient seuls au monde. Dans la pénombre, il l'attira à lui, ou elle se laissa aller contre lui, difficile à dire ; en tout cas, ils restèrent l'un contre l'autre, sa joue contre la sienne, et la pièce parut vibrer autour d'elle alors que le plafond s'envolait.

26

HELEN

Je ne sais pas ce qui m'a attirée chez lui. Si ce n'avait pas été Bill, ç'aurait pu être quelqu'un d'autre. À cette époque de ma vie, ç'aurait pu être n'importe qui.

Ça peut sembler égoïste, mais essayez de m'écouter jusqu'au bout. Si vous mettez ça dans votre livre, il ne faut pas qu'il y ait d'erreurs.

Est-ce que Jenny me croira ? Ça m'étonnerait. En tout cas, c'est une histoire dont je peux vous garantir la véracité. Je préfère qu'elle soit écrite une bonne fois pour toutes.

C'est ainsi qu'on s'est rencontrés, Bill et moi. Plus que de l'attirance pour lui, c'est ce que j'ai ressenti qui a compté : ça m'a fait du bien de me sentir désirée. Ce n'est pas une excuse. J'assume ce que j'ai fait ; c'était ma décision. Sauf qu'après avoir eu ce premier lien… je me demande si ce n'est pas trop de parler de *lien* ? N'est-ce pas une manière prétentieuse pour dire attirance ? Je n'étais pas spécialement attirée par lui ; il m'avait vue pleurer, c'est tout ; il avait vu une part secrète de moi, et ensuite ça m'a semblé logique qu'il voie le reste.

Je me sentais seule et triste. Ça faisait longtemps qu'un homme ne m'avait pas prise dans ses bras – ne m'avait pas touchée –, et il y a eu Bill. Avec lui, je me suis sentie jeune, désirée, lavée de toute incartade passée, même si l'incartade présente était la pire de toutes.

Est-ce que j'ai eu moi aussi des sentiments pour lui ? Non. Pas pour Bill. J'ai aimé qu'on soit prévenant avec moi. Qu'on m'écoute, puisque mon mari avait cessé de le faire.

Dans la mesure où l'on vivait dans les logements de fonction, on ne pouvait pas s'éviter. On était les uns sur les autres ; même quand les hommes étaient absents, les femmes étaient constamment collées ensemble. Impossible de s'isoler ne serait-ce qu'une journée, il y avait toujours quelqu'un qui désherbait devant sa maison ou vous appelait par la fenêtre pour vous proposer de boire un café ; donc si vous ne montriez pas le bout de votre nez au moins une fois par jour, on venait frapper à votre porte pour savoir si tout allait bien. Ce qui plaît à certains, mais pas à moi. J'aime ma porte d'entrée, et si elle est fermée c'est pour une bonne raison.

Parfois, lorsque Arthur était de service, Bill était chez lui, ou l'inverse, en fonction de la répartition des tours. Chaque homme faisait huit semaines au phare et quatre à terre, et ils alternaient tous les quatre, si on compte Frank. En un sens, c'était la situation rêvée. Quand je n'avais pas mon mari, j'avais une chance d'avoir Bill. Ç'aurait pu marcher à merveille… si ç'avait vraiment été une aventure.

Naturellement, Jenny a découvert le pot aux roses et elle a pensé au pire. Je ne sais pas comment elle l'a appris. Elle ne l'a jamais dit et je n'ai jamais posé la question. Elle a eu des doutes, j'imagine. Bill ne cherchait pas du tout à dissimuler ses sentiments pour moi, et pour être franche, je ne suis même pas certaine de ce qu'il ressentait vraiment. Je crois que Bill cherchait un moyen d'échapper à une existence dont il ne voulait plus. Pour lui, notre « aventure » était une chose au moins qu'il décidait lui-même.

Jenny m'a dit qu'elle savait le jour de la cérémonie. Elle a ajouté quelque chose de vraiment étrange ; elle a dit : « Il a eu ce qu'il méritait. » Moi aussi, en quelque sorte.

Un beau jour, Trident House a décidé que mon mari était mort, et ils ont organisé les funérailles. Ils ne m'ont ni consultée, ni demandé si j'étais d'accord, ni rien.

Vous avancez avec eux au fait ? Non, évidemment. Vous pourriez les appeler encore dix fois qu'ils continueraient de ne pas revenir vers vous. Trident va garder ses distances par rapport à ce que vous faites ; je ne pense pas qu'ils s'exprimeront beaucoup à ce sujet. Sans vouloir vous vexer, je pense qu'ils mépriseront tout ce que vous avez publié. Qu'est-ce qu'un homme comme lui sait d'un sujet pareil ? Voilà ce qu'ils vont dire. Et ils auront raison. Mais en vingt ans, vous êtes la première personne qui m'ait demandé ma version de l'histoire. Parmi tous les journalistes qui se sont jetés dans l'arène, pas un n'est venu frapper à ma porte pour écouter ce que j'avais à dire.

Trident préférerait gommer tout ce qui s'est passé. Pour autant que je sache, ils n'ont jamais donné d'interview, jamais rendu public aucun enregistrement, ni jamais joué la transparence d'une quelconque manière. De nos jours, ce serait différent – les gens veulent savoir. Mais à l'époque, il fallait surtout étouffer l'affaire. Malheureusement pour eux, on ne fonctionne plus pareil. Les sentiments et les souvenirs non plus. Parce qu'on ne peut pas les planquer au milieu d'autres dossiers dans une armoire. On ne peut pas faire taire les gens.

Le jour de la cérémonie reste gravé dans ma mémoire pour toutes les mauvaises raisons. Il faisait froid, on était presque au printemps, et il n'y avait pas un souffle de vent ; la plage de Mortehaven était plate et marron, parsemée de galets, et je revois encore la mer se brisant sur la grève ; il y avait de la vieille écume, on aurait dit de la mousse de bière. Des hommes en uniforme se tenaient devant des planches couvertes de fleurs. Ils avaient disposé des photographies d'Arthur et des autres face à nous, face à la terre. Un simulacre d'enterrement, puisqu'il n'y avait rien à enterrer.

Il pleuvait sans discontinuer. Je portais des talons parce que bêtement je m'étais dit que c'était une marque de respect vis-à-vis d'eux, et mes chaussures n'arrêtaient pas de s'enfoncer dans le sable. Le visage d'Arthur sur le panneau n'était pas le sien. Vous savez, comme quand on voit la photo d'une fille assassinée dans le journal et qu'on scrute son regard pour comprendre ce qui lui est arrivé, pour deviner ce qu'elle *savait* ou pas ? Bref, ce jour-là, j'ai regardé Arthur et j'ai compris que c'était son secret et que ça le resterait pour toujours. Les familles et les amis nous poussaient à nous « battre » – afin d'obtenir des réponses, des éclaircissements – mais pour se battre il faut affronter quelque chose, n'est-ce pas, et c'était épuisant pour moi. Ce n'était pas Trident House que j'affrontais. C'était lui ; c'était Arthur. Il ne voulait pas que je sache. On dit toujours qu'on est censés chercher des réponses pour ceux qu'on aime une fois qu'ils sont morts. Et s'ils préfèrent le silence ?

Après, Jenny s'en est prise à moi. Je ne pouvais pas lui en vouloir. J'essayais de l'aider avec le bébé parce que ses filles faisaient les folles sur la plage, et je voyais bien qu'elle manquait de sommeil et qu'elle avait pleuré, elle aussi, et tout à coup elle m'a flanqué une gifle. Le pire, c'était de voir les visages d'Arthur et de Bill sur les panneaux ; Arthur avait l'air de dire, Dieu merci, je n'ai plus rien à voir là-dedans.

En cet instant, j'aurais préféré être à sa place, même si je ne savais pas où il se trouvait. Enchaîné dans les cales d'un navire, déchiqueté par des oiseaux au fond d'une crique, n'importe quoi. J'enviais son absence. Ce n'est pas facile de disparaître. Franchement, je ne sais pas comment il a fait. Le problème, c'est que Jenny n'a jamais voulu connaître ma version. Vous pourrez penser que le problème vient de moi, et c'est ce que vos lecteurs penseront sans doute. Rien n'est plus détestable qu'une femme qui s'intéresse au mari d'une autre. Peu importe le rôle tenu par le mari : il s'est forcément fait piéger ou séduire… C'est frappant comme les hommes exigent d'avoir le pouvoir dans tous les aspects de leur vie sauf si ça ne les arrange pas ; dans ces cas-là ils sont bien contents de passer pour faibles et de laisser les femmes endosser la responsabilité. Jenny a continué d'aimer Bill et ça la regarde. Bill était un mari, un père, et ce que cela signifie dépasse ce que j'ai eu le privilège de connaître.

J'ai effectivement dansé avec Bill au bal de charité pendant qu'Arthur était au phare – c'est la vérité – et je me suis rapprochée de lui dans les semaines suivantes. Un jour chez eux, j'ai craqué et Bill m'a embrassée.

Un baiser rapide et anodin. Cela m'a semblé complètement inapproprié. Tout a basculé à partir de là. Je me suis demandé ce que j'étais en train de faire – ce n'était pas moi ; pas du tout – et ce que j'espérais en tirer. Il y avait du narcissisme là-dedans, je l'avoue. J'étais étonnée qu'un jeune homme puisse voir quelque chose en moi. J'avais été idiote et je regrettais mon erreur. J'aurais voulu que Bill regrette aussi.

Je lui ai dit qu'on ne pouvait pas continuer. J'ai pensé qu'il serait d'accord, sauf que sa réaction m'a choquée. Il est devenu hostile tout en jurant le contraire. Il m'a dit qu'il était amoureux de moi. Ces mots, il me les a presque crachés à la figure, comme s'il détestait se trouver dans cette situation sans pouvoir rien y faire.

Après ça, j'ai fait tout ce que je pouvais pour l'éviter. J'ai trouvé des excuses pour ne pas fréquenter Jenny et je me sentais soulagée lorsque Bill retournait à la Maiden, parce que du coup je ne le voyais plus. Lorsqu'il était à terre sans Arthur, son comportement me faisait peur. Il n'y a pas d'autre façon de le dire. Je le surprenais chez moi en train de soi-disant réparer une prise dont Jenny lui avait parlé, et après son départ je remarquais qu'il me manquait des choses. Des culottes, des savons, des chaussures, des bijoux... Je suis encore persuadée qu'il m'a volé un collier que j'aimais beaucoup, une chaîne qu'Arthur m'avait offerte en me demandant en mariage. Il n'y avait pas d'autre possibilité et naturellement je n'ai pas pu en parler à Arthur. Il a dû penser que je l'avais perdue ou que je ne voulais plus la porter.

Apparemment, Bill désirait tellement qu'on soit en couple que dans son esprit en tout cas c'est devenu réalité. Il parlait de vacances qu'on allait prendre ensemble. Des coins magnifiques qu'il allait me faire découvrir à son retour. De ses restaurants favoris dans lesquels il allait m'inviter.

C'était comme si, ce jour-là au lieu de lui faire comprendre qu'il fallait mettre un terme à tout ça – sans vraiment savoir ce que « tout ça » signifiait : un moment d'intimité sur fond de désarroi et qui ne constituait pas pour moi une infidélité à proprement parler –, je lui avais dit que j'allais quitter Arthur et refaire ma vie avec lui. Son comportement était sans gêne : il me prenait la main alors que

Jenny était dans la pièce, il glissait son bras autour de ma taille pendant que dans la cuisine je coupais le cake aux fruits que sa femme avait apporté. J'avais beau lui dire non, il refusait de me laisser tranquille. Et les coquillages ! Ces satanés coquillages qu'il me rapportait constamment, ceux qu'il sculptait au phare ; j'en avais plein la maison, dans mes tiroirs, partout où je pensais pouvoir les cacher parce que j'étais terrifiée que quiconque puisse les trouver. Je ne les jetais pas de peur que Jenny les reconnaisse dans la poubelle. Elle rajoutait souvent sa poubelle de verre au dernier moment. Je ne pouvais pas prendre le risque.

J'étais prise au piège. Il n'y avait pas d'issue. À moins d'avouer le moment de tendresse que nous avions partagé – et de toute façon cela aurait été la parole de Bill contre la mienne.

On peut toujours dire qu'un seul baiser suffit. Seulement j'aimerais que Jenny sache que ce n'était rien de plus. Bill et moi n'étions pas amoureux. L'amour, c'est pur, c'est beau, c'est tendre ; ça vient de quelque chose de noble, de bien intentionné, et non d'un sentiment de frustration, ni de chantage, de haine ou d'insatisfaction chronique. Bill ne m'aimait pas. C'est ce que je veux dire à Jenny, et j'ai essayé depuis toutes ces années. Je lui ai écrit, je suis allée la voir, je lui ai téléphoné, en vain.

Maintenant, vous êtes là. Et vous croyez que j'ai envie de savoir ce qui est arrivé à Arthur, que j'espère que vous repérerez quelque chose qui nous a échappé. Eh bien, non. Vingt ans, c'est plus qu'assez pour s'attarder sur ce qu'on ne peut pas changer. Je préférerais me concentrer sur ce que je peux changer.

Mon mari est mort, mais pas moi. Ni Jenny. Et ce que je partage avec elle, ce n'est pas quelque chose de mort, ça vit, et si c'est le cas alors ça peut changer, ça peut grandir, ça peut trouver une issue. J'en ai assez de la mort et du deuil; plus qu'assez.

Je vous ai déjà parlé du jardin. De cette capacité qu'a la vie de se renouveler encore et encore, malgré le froid. Voilà ce qui me fait espérer. Voilà ce que je désire.

27

JENNY

Ron avait dû laisser la Metro en prise : lorsqu'elle mit le contact, la voiture bondit comme un lapin effarouché. Elle n'avait pas conduit depuis un moment et se sentit fébrile au volant, le cerveau assailli de messages. Voyants, rétroviseurs, angle mort. Avant, elle conduisait sans réfléchir. Parfois l'entreprise tout entière lui semblait insurmontable.

Elle n'était pas pressée d'affronter la journée qui l'attendait, les six ans de son petit-fils. Jenny n'avait jamais aimé les grandes occasions, même si du temps de Bill cela restait supportable.

À présent, il n'était plus là, et elle se débrouillait seule aux réunions de famille, se mêlant aux gens qu'elle ne connaissait pas et dont elle percevait constamment les jugements silencieux. Se souvenaient-ils de ce qui lui était arrivé ? Les parents, oui. Elle avait été l'hystérique, celle qui alpaguait les journalistes et jurait devant les caméras. Elle avait besoin de sortir de la maison, lui répétait Hannah ; elle était restée enfermée trop longtemps ; elle commençait à « devenir bizarre ».

Elle alluma la ventilation ; l'air sentait le poisson, songea-t-elle. Elle devrait se servir de la voiture plus souvent. Mais où aller hormis chez ses enfants, ou au supermarché ? Inscris-toi à l'association de femmes, avait suggéré Hannah. Sauf que l'idée de faire du crochet en compagnie d'une bande de vieilles bonnes femmes la laissait de marbre. Elle voyait d'ici comment ça se passerait une fois qu'elles auraient compris qui elle était. Des commères qui ne feraient que jacasser.

Elle s'apprêtait à sortir du parking lorsqu'elle repéra dans son rétroviseur une femme, remontant la rue.

Jenny se tassa sur elle-même. Ce qu'elle faisait souvent. Chaque fois qu'elle apercevait au parc ou dans un magasin quelqu'un qu'elle connaissait, au lieu de s'approcher sourire aux lèvres avec un mot gentil comme d'autres le faisaient, elle se cachait derrière un réverbère ou au rayon papier toilette en attendant que la personne en question s'éloigne.

Sauf que cette fois, elle ne connaissait pas cette femme. En tout cas, elle n'en avait pas l'impression. Blonde, avec un chignon, elle portait un jean bleu et une grande veste. Jenny ne distinguait pas vraiment son visage.

Enfin, la taille et la carrure de la femme lui disaient peut-être quelque chose malgré tout ; oui, peut-être. L'odeur de poisson devint plus prégnante. Elle éteignit la ventilation.

La femme dépassa la voiture et s'arrêta devant le portail de Jenny. Elle sortit un bout de papier de sa poche et vérifia l'adresse. Puis elle frappa à la porte d'entrée et attendit, deux bonnes minutes, avant de s'approcher de la fenêtre du salon pour jeter un coup d'œil à l'intérieur. Jenny fut bien contente d'avoir fermé les rideaux.

La femme frappa derechef, et attendit encore : manifestement elle venait pour quelque chose d'important.

Toujours enfoncée dans son siège, Jenny enclencha la première et déboîta, sans vérifier son angle mort.

✦

Lorsqu'elle était petite il y avait des roulés à la pâte à tartiner et un jeu de chaises musicales ; maintenant c'était château gonflable et sculpteur de ballons dans la salle des fêtes du village, les trente gamins de la classe invités, et retour chez Hannah pour manger un gâteau aussi gros qu'une tapisserie.

Jenny s'écarta du groupe. Tandis que Hannah s'affairait autour des enfants, garnissant les assiettes en carton de parts de pizza margherita dégoulinante de fromage et de bâtonnets de carotte à la mine triste parce que restés trop longtemps dehors, elle évita les conversations. Les parents avaient l'air fatigué et tendu, plantés près des bols de Curly et lorgnant le gâteau Tortues Ninja lorsqu'il fut enfin allumé avec assez de bougies pour envoyer une fusée dans l'espace.

« Maman, tu peux aider à débarrasser ? »

Avoir quelque chose à faire soulagea Jenny : jeter les assiettes maculées de ketchup dans la poubelle noire de la cuisine. Dans la pièce voisine, des enfants se disputèrent. Elle entendit des pleurs, puis les choses s'apaisèrent et une porte se ferma doucement. Elle mit la bouilloire à chauffer.

D'abord, le moteur de la voiture qui tournait dehors. Maintenant Michelle Davies.

Vingt ans de plus, vieillie et fatiguée, mais elle sans aucun doute.

« *Pourquoi tu as fait ça ?* »

Une question pour elle ou pour Bill – peu importait en fait. En revanche, elle ferait mieux de faire gaffe : Hannah l'avait surprise en train de se parler toute seule la semaine dernière et lui avait dit d'arrêter. « Tu ne vas pas perdre la boule, maman ! Je n'ai pas de place chez moi, je te préviens, donc ça sera la maison de retraite et il n'y a qu'une seule porte de sortie. » Pourtant si elle ne formulait pas ces choses à voix haute, Bill ne l'entendrait pas et bizarrement, quel que soit l'endroit où il se trouvait, elle pensait qu'il l'écoutait.

Quand elle se concentrait, elle voyait clairement son mari, debout devant les placards de cuisine en train de sortir des tasses à café, un mince filet de fumée de cigarette s'échappant de son visage dissimulé telle une cheminée.

Elle le voyait comme il était lorsqu'elle l'avait perdu. Elle n'arrivait pas à l'imaginer vieux. Le visage humain changeait mystérieusement et spontanément, pas seulement parce que c'était inscrit dans les gènes ; simplement à cause de la vie aussi. À moins de savoir ce que la personne avait vécu, on ne pouvait pas prévoir de quoi les gens auraient l'air. Pour Jenny, Bill restait donc l'homme qu'elle avait épousé, avant qu'il ne disparaisse, avant qu'ils ne rencontrent Helen Black, avant qu'ils ne découvrent le terrible phare de Maiden Rock.

Elle remplit d'eau la tasse même si Hannah n'avait presque plus de Nescafé. C'était du jus de chaussette mais avec trois cuillerées de sucre ça irait.

Hannah passa la tête. « On coupe le gâteau dans deux secondes.

– Je ne me sens pas très bien, chérie.

– Qu'est-ce qu'il y a ?

– J'ai mal à la tête, c'est tout. Ça va aller. »

Hannah parut inquiète. « J'ai du paracétamol dans la salle de bains.

– Ça ira. Vas-y. Je vais m'asseoir cinq minutes. »

Jenny s'appuya sur le comptoir et refoula ses larmes. Un rien parfois la plongeait dans le désespoir : le manque de café, par exemple. Dans ces moments de difficultés triviales, elle avait l'impression que le monde lui-même se dressait contre elle, refusant de lui venir en aide.

L'aventure de Bill avait été pire que sa disparition. Au moins en disparaissant il avait été une victime. Même si, et Jenny ne cessait de se le répéter, il avait été une victime aussi avec Helen.

Tout avait démarré avec les tasses de thé. Tandis que Jenny remuait son café, *Joyeux anniversaire* résonnant dans la pièce à côté, le sac-poubelle s'affaissant contre ses jambes tel un clochard contre une porte cochère, elle se rappela la fois où elle était revenue à Masters un après-midi alors que Bill était à terre. Helen était assise là, maquillée et bien habillée dans leur salon ; Bill lui enlaçait les épaules sur le canapé, leurs tasses de thé froides devant eux. Par la suite, Jenny songea souvent au thé : ils avaient dû parler longtemps pour oublier leur thé. Le fait que ces tasses de thé aient refroidi la contrariait.

Plus tard, lorsqu'elle avait demandé à Bill pourquoi Helen était venue leur rendre visite, il s'était montré méprisant. Lorsqu'elle avait reposé la question, il lui avait crié que si elle passait moins de temps avec la bouteille elle serait peut-être capable de comprendre. La cruauté de sa réflexion la transperça comme s'il venait de la prononcer. Des jours durant, Jenny avait été incapable de le regarder, incapable de lui parler, et la séparation cette fois-là avait été difficile : à son départ pour le phare, elle ne savait plus quoi penser. Chaque fois qu'elle voyait Helen, elle l'évitait, parce qu'elle craignait de l'affronter et en même temps elle brûlait de le faire.

À la place de quoi, elle buvait et essayait de ne pas s'inquiéter, or plus elle buvait, plus elle se faisait du mouron, et vice-versa. Jenny s'était promis de ne jamais devenir comme sa mère. Cela avait commencé doucement, c'est ainsi d'ordinaire avec ce genre de choses. Au début, elle buvait seulement lorsque Bill était en mer, car elle se sentait moins seule, ou si les filles lui tapaient sur les nerfs, ou après la naissance de Mark parce qu'elle ne dormait plus. Et bientôt, un verre devint une bouteille.

Jenny regagna le couloir. La fête se poursuivait dans le jardin. À travers la baie vitrée, elle vit un groupe d'enfants autour d'une créature à pompons suspendue dans un arbre, qu'ils s'évertuaient à frapper avec des bâtons. Au bout d'un moment, des bonbons tombèrent en pluie de la créature éventrée.

Bill l'avait accusée d'être désagréable. Après ce que Helen avait traversé, ne devrait-elle pas pouvoir compter sur ses amis ?

Jenny ne comprenait pas pourquoi ce n'était pas *elle*, l'amie. Pourquoi lui ? Ils faisaient tout ensemble. Il n'avait pas d'amitié dont elle ignorait l'existence.

À partir de là, tout se compliqua quand Bill revenait à terre. Chaque fois que Jenny quittait la maison elle pensait qu'il se précipitait chez Helen ou que Helen venait chez eux. Dès qu'elle rentrait, elle vérifiait les verres pour voir s'ils étaient secs, et le robinet de la salle de bains, qu'elle laissait toujours mal fermé, et elle reniflait l'air en quête de parfum. Helen portait toujours Eau Passionnée, les seuls mots français que Jenny connaissait, et encore, car une fois à l'Admiral elle avait vu le flacon sur la commode ; elle s'en était mis un peu, elle qui ne portait jamais de parfum, et s'était sentie une nouvelle femme. Ce qui lui faisait le plus honte, c'était qu'elle s'était rendue à Exeter quelques semaines plus tard et s'en était acheté un flacon. Elle avait voulu se sentir comme Helen. Pour voir comment c'était. Mais lorsque Bill était rentré à terre et qu'elle était allée le chercher au bateau, la première chose qu'il lui avait dite, c'était : « Qu'est-ce que c'est, cette odeur ? Ça ne te va pas », et elle n'en avait plus jamais remis.

Une voiture se gara devant chez Hannah. Jenny entendit claquer une portière. Une vague de panique lui monta à la gorge. Elle saisit la balustrade et fila à l'étage.

Quelques instants plus tard, en regardant par la fenêtre de la chambre de Hannah, elle se rendit compte qu'il ne s'agissait que d'un parent venu en avance chercher son enfant, celui qui pleurait tout à l'heure.

Hannah a raison, pensa-t-elle, malheureuse. Je perds la boule.

La chambre de sa fille était un vrai capharnaüm, le lit défait, les affaires de toilette de son gendre étaient étalées sur le lit. Bill ne laissait jamais ses affaires en bazar, lui. Être gardien de phare lui avait appris un certain nombre de choses, par exemple plier ses chaussettes et les ranger dans un tiroir au lieu de les laisser traîner sur la moquette semblables à deux rats écrasés sur la chaussée.

Si seulement elle pouvait décrire la douleur qui l'avait poussée à commettre cette chose ignoble.

Elle avait voulu le secouer. Elle lui avait donné des enfants magnifiques et un foyer aimant, et pourtant il n'avait de cesse de lorgner ce couple et de les trouver, malgré ce qu'ils avaient traversé, mieux qu'eux ?

Carol avait mis de l'huile sur le feu. Dès qu'elle pouvait, elle rappelait à sa mère qu'elle avait élevé cette famille toute seule depuis que Bill avait commencé au phare, puis à l'arrivée de Mark, elle avait continué seule à laver les couches, réchauffer les biberons, se pencher sur le berceau à trois heures du matin, avec le Maiden Rock éclairant par intermittence la nuit noire.

Ces nuits-là, Jenny en pleurait de colère : elle ne savait pas ce qui était pire, que Bill veille sur la lanterne, éveillé comme elle – mais sans l'aider pour autant, sans soupçonner qu'elle était à bout et voulait jeter son enfant par la fenêtre, l'expédier telle une comète dans le ciel étoilé –, ou qu'il dorme. L'idée qu'il dorme l'aurait poussée au meurtre. Idem si elle songeait à Helen, et moins elle dormait, plus elle ruminait et plus elle pensait au pire. Elle ne ferma pas l'œil pendant des mois avec Mark. Et l'absence de sommeil la rendit dingue.

Après tout, ce n'était pas Helen qui avait élevé sa famille, n'est-ce pas ? Ce n'était pas elle qui lui avait donné des enfants et repassé ses vêtements. Elle ne lui avait pas préparé un rouleau glacé pour ensuite le consoler lorsque les ondes le reprenaient et qu'il avait la boule au ventre à l'idée de repartir.

Et pourtant, Helen trouvait normal de lui écrire ses putains de lettres – elle ne le faisait pas pour Jenny mais juste pour se sentir mieux, elle. Dès que Jenny commençait à les lire – dès qu'elle voyait le nom de Bill sur le papier –, elle les chiffonnait et les jetait à la poubelle.

Je parie que plein d'hommes t'ont aimée, avait pensé Jenny à l'époque au sujet de Helen. C'est injuste que tu le choisisses maintenant alors qu'il est à moi et qu'il est tout ce que j'ai.

La robe de nuit de sa fille gisait en tas au pied du lit. Jenny s'assit et la toucha. Lorsque Hannah était petite, elle lui pliait sa chemise de nuit et la glissait sous son oreiller, puis embrassait son front moite pour lui dire bonne nuit. *« Tu viendras me voir dans deux minutes ? Vérifier que tout va bien. » « Oui, je viendrai. » « Dans deux minutes, maman, tu viendras vérifier. Promis ? »*

Promis. Comment Bill avait-il pu leur tourner le dos ?

Hannah n'allait pas tarder à comprendre que, loin d'être innocente, sa mère était un imposteur – qu'elle faisait semblant depuis toutes ces années d'être la victime quand c'était tout le contraire. Elle couperait les ponts avec Jenny, aussi froidement et irrémédiablement que Jenny l'avait fait avec sa propre mère.

« Maman ? » Hannah surgit dans l'encadrement de la porte.

Jenny sursauta. « Tu m'as fait peur.

– Je ne savais pas où tu étais. Ça va mieux ta tête ?

– Quoi ?

– Ton mal de tête.

– Ah, oui, beaucoup mieux.

– Les gens partent, dit Hannah, Dieu merci. » Un torchon sale gisait sur son épaule. « Greg prépare les sacs de bonbons. Tu viens ? »

Jenny détourna le regard. Elle s'efforça de ravaler ses larmes, en vain.

Elle avait seulement voulu faire peur à son mari. Elle n'avait pas voulu qu'il disparaisse à jamais.

« Ça va pas ? » Hannah pénétra dans la pièce. « Maman, qu'est-ce qui se passe ? »

Jenny posa la chemise de nuit sur ses genoux.

« J'ai quelque chose à te dire », souffla-t-elle.

28

Trident House
88 North Fields
Londres

Mme Michelle Davies
8 Church Road
Towcester
Northants

12 août 1992

OBJET : ALLOCATION ANNUELLE

Chère Madame Davies,

Vous trouverez ci-joint le chèque correspondant à l'allocation veuvage pour le trimestre courant. En espérant que cela réponde à vos besoins.

Nous tenons également à vous mettre en garde : nous avons appris que des tierces personnes s'intéressent à l'histoire du Maiden Rock. Inutile de vous rappeler que notre position demeure inchangée. Personne, ni nous ni celles et ceux ayant été affectés par la disparition, n'est autorisé à fournir le moindre détail à ce sujet. L'affaire, classée, ne saurait être rouverte.

Avec nos meilleurs sentiments,

[Signature]

Trident House, service des Phares et Balises

29

MICHELLE

Elle avait remarqué l'oiseau pour la première fois une semaine plus tôt, après être allée voir Jenny. Quel échec, ce voyage. Durant tout le trajet du retour elle avait passé son temps à se demander ce qu'elle allait encore raconter à Roger, lui qui avait dû prendre à contrecœur un jour de congé pour s'occuper des filles. Elle n'allait pas à nouveau lui faire le coup de l'amie malade qui n'en avait plus pour longtemps.

Il avait surgi sur la pelouse un après-midi pendant qu'elle pliait les chaises de jardin, et depuis il ne cessait de réapparaître un peu partout : sur le rebord de la fenêtre tandis qu'elle préparait le petit-déjeuner, sous le chêne, ou perché sur la cage des cochons d'Inde, en train de la fixer de son œil rond comme une bille. Il était toujours seul.

« Qui es-tu ? lui demanda-t-elle un jour. Va-t'en. »

Elle commença à le redouter, même si parfois elle restait longtemps sans le voir – c'était pire parce qu'elle le pensait enfin parti pour finalement le voir réapparaître au moment où elle s'y attendait le moins ; ça lui faisait l'effet d'un doigt qu'on lui aurait enfoncé dans les côtes alors qu'elle s'endormait.

Dimanche après-midi, Roger sortit avec les filles. Assise sur le canapé, Michelle lisait avec attention un article dans *Woman's Weekender* sur un couple victime d'une arnaque au prêt immobilier, lorsqu'un éclair blanc attira son regard. L'oiseau venait de se poser sur la pelouse. Il sautilla un peu et lorsqu'il l'aperçut, il s'immobilisa et l'observa, l'œil inquisiteur.

« Psssscchh », lança-t-elle en ouvrant la baie vitrée, mais l'oiseau ne bougea pas. Elle se précipita dehors et il finit par s'envoler pour se percher sur une branche au-dessus de sa tête. « Laisse-moi tranquille », lui cria-t-elle. De retour à l'intérieur, elle ferma les rideaux et s'efforça de se replonger dans son *Woman's Weekender*, sauf qu'elle savait que l'oiseau était là, elle *savait* même si elle ne pouvait pas le voir qu'il était dans l'arbre à l'observer.

Lorsque Roger rentra, les rideaux étaient encore tirés. Il s'exclama « Qu'est-ce qui se passe, bordel ? » Elle répondit que ce n'était rien, juste une migraine.

Le lendemain matin, l'oiseau se trouvait devant la fenêtre de sa chambre. Roger était parti au bureau. Heureusement qu'il n'était pas là pour la voir ouvrir la fenêtre et jeter un verre d'eau au volatile en étouffant un cri, ce qui provoqua un furieux battement d'ailes et l'arrivée précipitée de sa fille aînée, la bouche pleine de dentifrice, qui demanda, « Maman, qu'est-ce que tu fais ? T'as l'air d'un clown. » Michelle jeta un coup d'œil dans le miroir et son reflet la surprit : elle avait les cheveux en bataille et son maquillage de la veille avait coulé sous ses yeux.

« Allez, répondit-elle. Préparez-vous, les filles. »

En route pour le centre aéré, la chanson *Fire and Rain* de James Taylor passa à la radio. Michelle songea à la soirée au cours de laquelle elle avait rencontré Vinny, à ses lèvres lorsqu'il fumait.

Après avoir déposé les filles, elle prit la direction du supermarché, même si elle n'avait besoin de rien. Une fois sur le parking, elle posa la tête sur le volant.

La chanson avait réveillé une douleur en elle.

Février 1972. C'était Erica qui l'avait convaincue de sortir ce soir-là. Elle n'avait rien à se mettre, alors elle était allée dans le panier à linge sale récupérer un pantalon pattes d'éléphant qu'elle avait aspergé de Rive Gauche, le parfum de sa mère. Elle s'était fait plaquer une semaine plus tôt et n'avait aucune envie de festoyer. « Allez, ça va être sympa » avait dit Erica. En arrivant, elle avait songé qu'elle avait déjà trop vu de soirées comme celle-ci. Une fille vomissait dehors, dans un pot de fleurs, le bout de sa tresse lui tombant au coin de la bouche.

« Je te présente Vinny. »

Michelle avait entendu parler du cousin taulard d'Erica. Elle s'en voulut de ne pas avoir écouté plus attentivement. Les cheveux sombres, les dents mal alignées, Vinny dépassait tout le monde d'une tête. Elle était incapable de soutenir son regard. Lorsqu'il la fixait, elle se sentait comme humiliée.

Erica s'éloigna et il dit : « Michelle… Ça me rappelle la chanson des Beatles.
– Tu aimes les Beatles ?
– Je préfère les Stones.
– Je n'ai jamais aimé mon prénom, avoua Michelle. Ça me fait tellement pensé à *sea shell*, coquillage, et la mer me fait un peu peur. À cause de la profondeur, peut-être. » Elle parlait trop.

Vinny avait un beau sourire, chaleureux et sincère, qui luisait jusque dans ses yeux.

« Tu veux célébrer avec moi ? demanda-t-il.
– Célébrer quoi ? »

Il saisit une bouteille de cidre. « Allez, viens. »

Il faisait plus frais dehors sur les marches ; et la fille à la tresse avait disparu.

« J'ai trouvé un boulot aujourd'hui, claironna-t-il. Je vais être gardien de phare. »

Elle distinguait ses cils dans la pénombre. « Je n'ai jamais rencontré de gardien de phare.
– Eh bien maintenant c'est fait.
– Et moi qui parlais de la mer.
– C'est pour ça que j'ai voulu célébrer avec toi. »

Elle sourit. Le cidre était doux. « T'as pas une cigarette ? » demanda-t-elle.

Vinny fouilla les poches de sa veste. « C'est de l'herbe. » Lorsqu'il gratta l'allumette, elle aperçut ses paumes, et elle le trouva vulnérable.

« On ne dirait pas un vrai travail », remarqua-t-elle. Elle avait envie de rester là avec lui.

« C'est quoi un vrai travail ?
– Je ne sais pas. » Elle lui tendit le joint. « Un travail où tu ne te sens pas seul.

– Je ne me sentirai pas plus seul que maintenant.
– Tu te sens seul maintenant ? »

Il lui rendit son sourire. « Pas exactement. »

Au fond de moi, je serai toujours attirée par le mauvais garçon, songea Michelle. Les femmes sont peut-être toutes pareilles.

Sur le parking du supermarché, une Volkswagen klaxonna derrière elle. La conductrice baissa sa vitre. « Vous partez ? lança-t-elle impatiente. J'ai deux gamins à l'arrière. »

Michelle se souvint qu'elle était garée sur une place réservée aux familles.

« Désolée. Oui. Je m'en vais. » Elle enclencha la marche arrière et quitta le parking en sens interdit, ce qui lui valut de se faire traiter de sale conne par un cycliste outré. Arrivée au rond-point, elle mit son clignotant à gauche et vit derechef l'oiseau seul au milieu du terre-plein, qui la fixait.

✦

Elle se réveilla en pleine nuit. Ses orteils étaient glacés. Deux heures et demie.

Le corps de Roger était rassurant à côté d'elle, son dos massif oscillant au rythme de ses ronflements. Elle se leva et enfila sa robe de chambre, toute raide parce qu'elle l'avait fait sécher dehors au soleil.

En bas, dans le bureau de son mari, elle prit le dossier caché sous la table de travail. Roger l'avait encouragée à le jeter. « Pourquoi tu gardes cette merde ? » Il avait dit que ça prenait trop de place, ce qui semblait curieux vu le nombre de bibelots en acier chromé « antistress » qu'il collectionnait.

Michelle s'assit dans son fauteuil et ouvrit le dossier. Des lettres de Trident, toutes sur le même thème : *Nos plus profondes condoléances... nous sommes sous le choc, bouleversés... si nous pouvons faire quoi que ce soit.* Puis l'allocation de veuvage qui ressemblait plus à un bakchich : en échange de son silence, on l'indemniserait.

Et pour finir, leur verdict : *Nous avons mené une enquête interne... La prison change les gens... l'isolement... pas le meilleur endroit pour Vincent étant donné son état d'esprit.*

Son état d'esprit ? Vinny avait l'esprit le plus vif qu'elle avait jamais eu l'occasion de connaître, Michelle le pensait encore aujourd'hui.

Entretiens : 1973

Dans la lumière blafarde du plafonnier, Michelle se pencha sur les documents en lissant le papier du bout de l'ongle. Au moment de l'enquête, Helen avait insisté pour obtenir des retranscriptions de tout. Comme Trident était en position de faiblesse, ils redoutaient par-dessus tout qu'une proche endeuillée se confie à la presse.

Michelle relut ces mots d'il y a vingt ans, pourtant si vivants sur la page. Elle avait beau en connaître le contenu, la douleur n'en était pas moins forte.

Elle aurait voulu qu'on lui demande de parler de Vinny. Au lieu de quoi, c'était Pearl, sa tante qui l'avait élevé, qu'on avait interrogée. Michelle aurait pu leur dire comment était vraiment Vinny, plutôt que ce ramassis de mensonges. Qui en faisait un voyou, un moins-que-rien. Pouvoir lire aujourd'hui des choses positives à son sujet aurait adouci sa peine.

Dans tout ce que racontait Pearl, une seule chose la troublait. Elle s'y attarda jusqu'à ce que le sens des mots se brouillât. La déclaration de Mike Senner la perturbait encore aujourd'hui. Le pêcheur avait assuré être allé au phare une semaine avant la disparition pour ravitailler les hommes en eau potable. Il avait parlé avec Bill et Vince, qui avaient évoqué la visite inopinée d'un inconnu.

Pourquoi les enquêteurs ne s'étaient-ils pas penchés sur ce détail ? Ça collait. Et ça prouvait ce qui s'était produit, c'était sûr.

Le réveil sur le bureau de Roger indiquait quatre heures moins cinq. Ses paupières se fermaient ; le jour n'allait pas tarder à se lever.

À l'étage, elle grimpa dans son lit en faisant attention de ne pas déranger son mari. Une ombre glissa sur le mur, les phalanges des branches d'arbre se faufilant à travers les rideaux. Elle sentit le poids de l'homme qu'elle avait aimé, qu'elle aimait encore, son spectre assis à côté d'elle, aussi rassurant qu'un chien ; tandis qu'elle sombrait dans le sommeil, la présence s'évanouit.

VII

1972

30

ARTHUR

Le bateau

Helen,

Je ne t'écris jamais. Je ne l'ai jamais fait, je ne sais pas comment m'y prendre.

Les lettres de gardien de phare – tu n'avais pas trouvé un livre là-dessus une fois ? Une histoire d'amour sur laquelle tu étais tombée dans une gare, avant que je prenne ce poste.

Les gardiens qui écrivent des lettres à leur bien-aimée. L'absence renforçant les liens du cœur. C'est différent. Après l'avoir lu, tu as dit « Ça m'étonnerait que ce soit comme ça », et tu avais raison, ça n'a rien à voir, pas pour nous. Aurais-tu préféré que je t'écrive ? Est-ce que ça t'aurait arrêtée ? Je n'arrive pas à exprimer ce que j'ai dans la tête la plupart du temps. J'ai envie de te parler, ma chérie. J'ai tant de choses à te dire.

Cartes postales jamais terminées ; cartes postales jamais envoyées. Je les déchire et les jette à la mer pour les regarder s'éloigner en flottant. Dans une autre vie, où la chance me sourit, je vois les morceaux s'échouer sur la plage. Elle les trouve, les rassemble et les remet ensemble. Tout devient clair.

Trente-six jours au phare

« Qu'est-ce que t'as ? » lance Bill à Vince alors que nous nous apprêtons à avaler notre soupe au poulet du mercredi avec un morceau de pain rassis qui commence à moisir. La soupe en boîte se gélifie mais une fois réchauffée elle s'épaissit et ça va. « T'as l'air malade comme un chien.

– C'est un truc que j'ai mangé. J'ai l'impression que je vais crever. »

Bill tire sur sa cigarette et me sourit de toutes ses dents, à croire que tout ça n'est qu'une vaste blague.

« Quoi ? dis-je.

– Rien. Il faut bien que quelqu'un garde la forme. »

Vince remue sa soupe sans appétit. Je le comprends ; moi aussi je crève d'envie de manger de la viande fraîche, n'importe quoi de frais. Sur les îles dans le Nord on avait une basse-cour : certaines poules nous donnaient des œufs et d'autres finissaient dans notre assiette. En arrivant, nous repérions les plus faibles pour savoir qui allait bientôt remplir nos estomacs.

« J'ai mal au bide, se plaint Vince. J'ai l'impression d'avoir le ventre à l'envers.

– Tu vas rentrer avant que le temps se gâte, pas vrai Arthur ? » réplique Bill.

Je gratte du bout du pouce mon menton couvert de poils. J'imagine Helen m'observant avec tendresse, ou ce que je prenais pour de la tendresse mais qui relevait plus certainement du mépris. *Qu'est-ce que tu fais avec une barbe, Arthur Black ? Tu n'as jamais eu la barbe depuis que je te connais, et ça ne te ressemble pas, ça ne te ressemble pas du tout.*

Il fut un temps où elle ne me connaissait pas, et ça me ressemble peut-être après tout.

« Sauf qu'après il n'y aura plus que toi et moi, Bill. »

Il fait tomber sa cendre de cigarette dans son bol de soupe.

« Pas pour longtemps, réplique-t-il. Ils amèneront quelqu'un d'autre. »

En cet instant, alors que j'observe mon gardien auxiliaire, je me dis que j'aimerais envoyer valser les bols et les assiettes pour me jeter sur lui et effacer de sa bouche de traître ce stupide sourire.

« Non, dis-je. Ça ne va pas être long. »

Vince regarde dans le vide.

« Qu'est-ce que tu veux faire ? je lui demande.

– Ça va aller, fait-il en repoussant son assiette. Mieux vaut laisser tout le monde tranquille avant Noël.

– Je ne vais pas prendre ton putain de quart, je te préviens, si c'est ce que t'as dans l'idée, s'exclame Bill.

– Merci pour le soutien, mec.

– Une fois à terre, tu ne manqueras pas de soutien, le toubib s'occupera de toi.

– À t'entendre, on pourrait croire que tu veux ma peau, enfoiré. »

Bill hausse les épaules. « Je préférerais juste pas choper ta crève. Je me sens assez vaseux comme ça. »

Vince pose sa tête dans ses mains. « C'est peut-être un truc que j'ai cuisiné, marmonne-t-il.

– Si c'était ça… commence Bill.

– Nous serons tous malades…

– Très bientôt…

– Un jour tout au plus, dit Vince. Voyons si ça passe.

– Je prends ton quart, lui dis-je. Va te coucher. »

Après son départ, Bill lâche, « Appelle un bateau, Arthur. Il n'a vraiment pas l'air bien.

– À moi de décider. Ça sera terminé demain.

– Et si c'est pas le cas ?

– Alors on appellera quelqu'un.

– Pas si la putain de mer s'agite.

– Elle ne va pas s'agiter.

– Ce n'est pas ce qu'annonce la météo », rétorque Bill.

J'allume une cigarette. « La météo n'a pas toujours raison.

– Et toi, t'as toujours raison ? »

Avec les poules dans le Nord, mon gardien-chef m'avait montré comment m'y prendre le moment venu. Il avait pris la poule par les pattes et ordonné de lui trancher la gorge. Un geste sec de gauche à droite.

« Qu'est-ce que tu insinues, Bill ? »

Il m'observe un instant.

« Laisse tomber, finit-il par dire. C'est toi le chef, pas moi. Fais ce que tu veux. »

✦

J'ai ramassé ces dolomies à Flamborough Head. Mon gardien-chef à l'époque m'a pris à part un jour où nous n'avions pas grand-chose à faire et m'a dit, « Voilà une pièce, mon garçon, et du vinaigre, va voir ce que tu peux en faire. » Les pierres qui contenaient du calcium se corrodaient sous l'effet de l'acidité ; j'appris à classer les pierres en fonction de leur dureté, sur une échelle de un à dix, en les testant avec une pièce. Il me fit cadeau de son guide géologique, de son calepin, de ses notes. Entre-temps, il s'était mis à peindre et c'était sa façon à lui de me dire, à toi maintenant, ensuite tu passeras le flambeau à quelqu'un d'autre.

Pour Helen, ces pierres sont sinistres. Pour moi, c'est tout le contraire. Lorsqu'on touche une pierre qui est là depuis des milliers d'années, c'est comme si on tenait un morceau d'histoire entre les mains.

Elle prétend que je me sens mieux au phare qu'à terre et elle a peut-être raison. À terre, je suis en porte-à-faux. L'instabilité de cette vie me déroute. Les téléphones qui sonnent sans qu'on s'y attende. Les épiceries qui vendent deux laits différents ; je ne sais jamais lequel acheter. Les gens qui dans les magasins ou à l'arrêt de bus me racontent leur vie en détail. « Bonjour, Arthur, déjà de retour ? J'ai l'impression que je t'ai vu hier. Est-ce que Helen t'a dit que Stan, le mari de Laura, a fini par se faire enlever ses calculs rénaux ? » On me parle de la semaine prochaine ou d'une date en juillet et je sais que je ne serai pas là, mais j'acquiesce malgré tout, car cela n'a aucune importance. En ce sens, la vie à terre n'est qu'une transition : je suis là sans l'être vraiment ; comme si je me retrouvais habillé n'importe comment dans une soirée pleine d'inconnus sachant qu'il me faudra partir avant minuit.

À terre il faut que je fasse semblant d'être un homme que je ne suis pas, semblant de faire partie de quelque chose dont je ne fais pas partie. C'est difficile à expliquer aux gens normaux. Ça ne les intéresserait pas d'entendre parler de l'immensité du silence pendant le quart du matin, ou du ragoût qu'on fait soigneusement mijoter et auquel on pense toute la journée et même le lendemain. Le monde dans les phares est petit. Lent. Les autres ne peuvent pas prêter attention aux choses ; ils ne savent pas les faire lentement.

Ici, mon cerveau fonctionne différemment. À terre il s'engourdit en quelque sorte ; il n'est pas aussi affûté qu'il l'est présentement. Par exemple, quand je retourne en mer, je sais exactement combien doit peser mon sac et tout ce qu'il contient : chaussons, caleçons, serviettes, peigne, mouchoirs, gant de toilette, pantalon de travail, pantalon de repos, pulls, trousse de toilette, clopes, savon à barbe. Comme tout ça concerne ma vie au phare, je sais ce que pèse chaque chose séparément et ce que pèse l'ensemble, donc s'il me manque un truc je sais ce que c'est sans trop avoir à réfléchir. Il m'est déjà arrivé d'arrêter Helen sur la jetée pour lui dire que j'avais oublié mon coupe-ongles dans l'armoire de la salle de bains. Dans la vie ordinaire, je perds cette capacité. Il y a trop de choses dont il faut se préoccuper, et à quoi bon au fond puisque tout change constamment. On pourrait croire que le phare me demande moins d'efforts, ou que c'est à terre que je débranche. En vérité, les deux suppositions sont fausses.

Helen me déroute encore plus quand je rentre. Certaines nuits elle veut me parler et d'autres pas. Elle sort, je ne sais où.

Même si maintenant j'ai une petite idée. Bill n'est peut-être pas le seul. Elle en a peut-être plein qui se moquent de moi derrière mon dos et me traitent d'imbécile, incapable de garder sa femme.

Les imaginer ensemble m'empêche de dormir. Comment a-t-elle pu ? Et lui, que j'ai pris sous mon aile lorsqu'il est arrivé, à qui j'ai montré les ficelles du métier et offert mon amitié ; que j'ai apaisé après les peurs et les nausées de la traversée, et depuis tout ce temps – combien de temps ? – il n'était pas la personne que je croyais.

Penser à toi m'empêche de dormir.

Le sommeil est mon refuge, sauf qu'il me fuit. Sur ma couchette j'ai chaud puis froid, je transpire et frissonne, c'est la nuit et enfin l'aube et le temps entre les deux s'est évaporé.

L'un de nos groupes électrogènes a rendu l'âme. J'appelle le centre pour demander de l'aide et ils me disent qu'ils vont envoyer un type. En réalité, je ne veux pas de lui ici. Je ne veux personne de nouveau. Personne.

Vers seize heures une brume épaisse avance sur la mer : ils ont raté le coche. Je monte sur la coursive charger la corne de brume. Il fait un froid glacial dehors, et tout est anormalement calme.

Il y a une empreinte de pas sur la coursive.

Petite. Je cligne des yeux. Elle a disparu.

La brume a cet effet. Tout devient feutré et immobile. Je ne serais pas le premier gardien à affubler les éléments d'un caractère, étant donné qu'ils nous deviennent aussi proches que nos propres collègues, mais la brume a quelque chose de particulier. Elle étouffe la lumière et les sons ; elle rétrécit le monde jusqu'à ce que l'endroit où l'on se trouve soit le seul qui reste.

Même par beau temps, le soleil de décembre reste faible. En ce moment il est légèrement citronné ; on dirait de la crème qui a tourné. Les familles à terre installent leurs sapins de Noël, décorent de rubans et de bougies leurs maisons. Avec Helen, nous faisions cet effort auparavant. Plus maintenant. Nous garderons toujours le carillon d'ange, parce que c'est celui qu'elle avait gamine, et la guirlande autour du miroir. Je suis rarement à terre pour Noël. Il n'y a pas de raison qu'elle fasse ça toute seule.

J'écris BR et MAUS dans le relevé météo – MAUS pour maussade – puis relève la température et enregistre la visibilité, très mauvaise.

J'y passe beaucoup de temps, plus que les autres. Eux n'inscrivent pas grand-chose – dates, symboles, toutes les trois heures comme on nous le demande, rien qui leur soit vraiment personnel. Je ne sais pas pourquoi j'écris, ni ce que j'écris. C'est peut-être à toi que j'écris. C'est la brume ou les heures ou le caractère infini de tout cela.

Dehors, je ramasse une plume ayant appartenu aux oiseaux de Vince. « Arrête de dire que ce sont mes oiseaux, ce ne sont pas mes putains d'oiseaux », proteste Vince. Pour moi ce sont ses oiseaux, parce que c'est lui qui les a trouvés. J'observe la plume un moment avant de la lâcher. Elle flotte d'abord, prisonnière de la purée de pois, puis disparaît. Elle ne tombe pas, ne s'envole pas. Elle s'évanouit, c'est tout.

En me redressant j'entrevois une forme sur la mer émergeant de la brume. Trident a finalement envoyé quelqu'un. Sauf que le bateau arrive du large. Ce n'est donc pas la maintenance. Je plisse les yeux, en me demandant si la brume ne me joue pas des tours. Cependant mes jumelles ont vite fait de me confirmer qu'un bateau arrive à pleine vitesse. Sans hésiter, je remonte le mât de la corne de brume et je presse le piston pour déclencher la charge. Un son assourdissant retentit. Les coups sont censés partir toutes les cinq minutes, mais je retire aussitôt avant de ramener le mât pour recharger.

Le bateau ne semble pas entendre. Il fonce vers le phare, indifférent aux détonations et à mes bras que j'agite désormais en lui criant de virer de bord.

Je distingue mal dans les jumelles. Le mât semble grand. L'embarcation elle-même est compacte. Il y a une tête derrière le gouvernail, et je me dis que si je peux voir l'homme auquel elle appartient, il peut me voir aussi ; je crie donc à nouveau, « À tribord toute, à tribord toute ! »

Une nouvelle détonation retentit. Pourquoi continue-t-il d'avancer ? Ne voit-il pas mon phare ?

Je m'aperçois maintenant que sa voile est déchirée. Elle pend tristement telle une chaussette sur un fil à linge un jour sans vent. L'homme vient demander de l'aide ; il veut accoster. Je lui crie que je vais descendre préparer le treuil. Voyant qu'il ne réagit pas, j'utilise les pavillons pour lui faire passer le message. Il lève enfin un bras.

« Bonjour ! je crie. Je vous vois ! »

Il tient un bras levé, doigts joints ; on dirait une rame plutôt qu'une main. Si le bateau est petit, l'homme l'est aussi.

« Bonjour », je répète, sans hurler cette fois.

L'embarcation vire à tribord et la personne à bord remue désormais la main. Pas en signe de détresse mais comme pour saluer quelqu'un qu'elle connaît. Le bateau contourne le phare. Je l'observe qui s'éloigne, et en quelques secondes la brume l'absorbe. Il a disparu.

31

BILL

Mauvaise herbe

Cinquante-trois jours au phare

Sid arrive jeudi. Nous avons à peine fini de débarrasser le petit-déjeuner qu'Arthur nous signale que le bateau est en route avec le mécanicien pour réparer le groupe électrogène. Il paraît surpris, on dirait qu'il ne s'y attendait pas. Il y a toujours beaucoup de brume. Je ne pensais pas que Trident nous enverrait quelqu'un. Pourquoi Arthur ne s'interroge-t-il pas ? Cette semaine sa barbe s'est assombrie et ses yeux aussi. Certains gardiens restent si longtemps dans leur phare qu'ils se mettent à entendre les sirènes.

Nous crions pendant plusieurs minutes dans le froid maussade avant que le bateau soit dans la bonne position et que le nouvel arrivant s'attache au harnais. Je ne reconnais absolument pas le gars à la manœuvre ; son suroît cache son visage, mais il s'y prend bien et le filin reste tendu, le bateau à bonne distance ; ce n'est pas rien parce que la mer commence à tourbillonner autour du phare comme au-dessus d'un siphon. Ce sont les rochers qui me tuent, moi. Autant que la mer, autant que le ciel. Il n'y a aucun lien, aucun sentiment. Et si la vie se résume à ça, eh bien soit. Il n'y a ni paradis ni enfer ni bien ni mal, parce que l'univers s'en fout.

« Enchanté, fait le mécanicien. Je m'appelle Sid. »

Il tend la main. Il est plus grand qu'Arthur et moi, et baraqué. Franchement, si les types de l'administration devaient passer plus d'une nuit dans un phare en pleine mer, ils arrêteraient d'embaucher des gens qui sont deux fois plus grands que les autres. Sid est un peu plus âgé que les gus habituels. Il a un tatouage sur le bras, un crâne humain dans une mâchoire de loup. Ses cheveux sont épais et d'un blond très, très clair.

« Tu viens d'où ? demande Arthur une fois que nous sommes tous les trois assis dans la cuisine à fumer, tasses de thé chaud à la main.

– De partout. » Sid secoue son paquet de cigarettes vide et en pique une à Arthur. « Je ne reste jamais en place. On m'a dit que je devrais travailler dans les phares parce qu'ils vous changent tout le temps de place. Sauf que vivre ici, nan, sûrement pas. C'est beaucoup trop petit. »

Sid regarde autour de lui ; à croire qu'il n'a jamais mis les pieds dans un phare en pleine mer, que les petites tables et les chaises et les hommes vivant à l'intérieur lui paraissent drôles.

La plupart du temps, les gens qui débarquent savent qu'ils ne font pas partie de ce monde. Ils pénètrent dans notre monde, donc ils doivent rester à leur place. C'est pareil à terre lorsqu'on fait appel à un plombier et qu'il vient faire son boulot.

Pourtant Sid dégage quelque chose d'anormal. Je n'arrive pas à savoir quoi. Il a une voix aiguë pour un gars et encore plus pour un gars aussi grand que lui ; presque une voix de femme. Ça ne lui va pas, on a l'impression que ce n'est pas la sienne, d'autant qu'il a un accent du Nord prononcé qui me rappelle mon grand-père, celui avec des gros poings et un nez en forme de navet rabougri.

Tout chez Sid me rappelle quelqu'un. Il me rappelle un rêve que j'ai fait une fois.

« Moi, j'ai besoin d'espace, poursuit Sid. Je veux bien passer de temps en temps, mais vivre ici très peu pour moi. T'as du feu ? Merci. Putain, les gars, vous devez fumer comme des pompiers ; moi je fume quand je m'emmerde. Pourquoi vous n'avez pas de liquide vaisselle, hein ? Je croyais que les gardiens étaient obsédés par ce genre de trucs. Mais vous n'en avez pas. »

Le gardien-chef grimace. « Nous attendons le feu vert de Trident.

– Vous auriez dû le dire. Je vous en aurais apporté ; j'aurais pu en choper au Spar, ça vous aurait fait un petit cadeau de Noël en avance. Je l'aurais fait sans problème.

– Le savon fait l'affaire.

– Vous vous faites pas chier, les gars ? À rien foutre de la journée ?

– On a malgré tout deux-trois trucs à faire, remarque Arthur.

– Tu parles. C'est chiant.

– Pas si on est habitué.

– C'est pas moi qui m'y habituerais, mec. Ça serait ça, le problème. » Sid souffle de la fumée en direction de la colonne du contrepoids. « Imaginez si vous deviez encore remonter ce truc nuit et jour. En plus, ça vous bouffe de la place, non ? »

Arthur acquiesce, puis il raconte qu'avant les poids étaient fixés sur des chaînes à l'intérieur, et que le gardien de quart devait les remonter jusqu'à la lanterne pour faire tourner les lentilles avant de les laisser redescendre jusqu'en bas. Toutes les quarante minutes, telle une horloge. Ça aurait plu à Arthur, me dis-je, avant que tout ça soit électrifié; c'est son genre de truc: faire ce qu'on doit faire comme une bonne bête, comme mon père et son père avant lui. Voilà pourquoi Arthur est leur fils prodige chez Trident. Le plus ancien des anciens du service, celui qui n'a jamais dérogé à la règle. Arthur est la preuve vivante que la vie dans un phare fonctionne. Les hommes peuvent survivre, et bien. Tous les gardiens avec lesquels j'ai travaillé répètent qu'on apprend tellement avec lui. À croire qu'il est le Saint Graal qu'ils ont toujours voulu trouver.

En fait, il n'a rien à voir. Voilà pourquoi tout ce qu'elle peut me dire maintenant, qu'elle a soi-disant fait une erreur, je n'en crois pas un mot.

« C'est pas de la blague, le cancer, dit Sid en écrasant sa cigarette. Qu'est-ce qu'on s'éclate. Vous imaginez: je l'ai eu trois fois, moi. Je suis increvable. Je dois tenir du chat en moi pour avoir autant de vies. Il reste du thé ? Merci, deux sucres, tu peux y aller, vieux; ouais, deux, c'est bon. Je ne sais pas pourquoi je fais ce genre de boulot à deux balles, enfin je le fais, il faut bien que je gagne ma croûte. Montrez-moi quelqu'un qui a eu le cancer autant de fois que moi. Ça vous vide, c'est moi qui vous le dis. Les chiens l'ont aussi. Je savais pas. J'ai un pote qui a un chien qui l'a eu, et on ne soigne pas les chiens, donc il a crevé. Il est où, le troisième ?

– Le troisième ? répète Arthur.

– Ouais, l'autre gars.

– Il dort.

– À cette heure-ci ? Bah dis donc, il se croit en vacances ou quoi ?

– Il est malade.

– S'il est au lit malade, ça peut pas être si grave que ça. Vous n'avez qu'à lui dire que j'ai eu le cancer trois putains de fois et voyons si ça lui en bouche pas un coin. J'ai presque envie de me le rechoper une petite dernière, vous voyez. C'est un jeu pour moi maintenant. Puisque je gagne, j'ai envie de retenter ma chance pour voir comment je vais m'en sortir, combien de fois je peux le battre. L'hosto, ça rigole pas. Ils m'ont dit que j'étais coriace, comme les mauvaises herbes.

– Ma mère venait du Yorkshire. » C'est la première chose que je lui dis.

« Ah ouais ? » Il se tourne vers moi. Regard d'acier. « Et ta grand-mère, elle venait d'où ?

– Quoi ?

– T'as pas besoin de me raconter ta vie, vieux.

– Je me disais. À cause de l'accent.

– Bah tu ferais mieux de t'abstenir. Je l'ai dit, je viens de partout. Ça permet de voir la vie sous toutes les coutures. Vous avez déjà entendu parler du corbeau blanc ? J'ai un pote qui en a vu un au Maiden Rock. C'était au Maiden, c'est sûr, à cent pour cent. Pas une mouette, il s'y connaît mon pote, c'était un corbeau blanc. Il était là-haut sur la coursive et le putain d'oiseau a surgi de nulle part, il s'est posé juste à côté de lui et il s'est mis à le fixer avec son œil rond comme une bille. Complètement blanc, un putain de gros corbeau blanc.

– Il n'y a pas de corbeaux par ici, dit Arthur.

– Il y en avait un à l'époque. C'était il y a des années, tu parles. Je ne peux pas sentir les oiseaux. Ils ont l'air préhistoriques, vous trouvez pas, avec leur bec et leurs pattes et leurs ailes qui s'agitent tout le temps. Vous avez déjà essayé d'aider un oiseau quand il est dans la mouise ? Il fait que vous crier dessus, je vous jure, c'est terrifiant. »

✦

Je finis par emmener Sid au groupe électrogène. J'observe l'arrière de son crâne tandis que nous descendons l'escalier – le fioul, le pétrole et la réserve. Ses cheveux sont d'une couleur étrange, presque blancs, pas exactement, et pas blancs à cause de l'âge. J'ai l'impression d'être sur le point de capter quelque chose de profondément enfoui en moi, sauf que cela m'échappe au moment même où j'essaie de m'en saisir.

Le mécanicien est tellement baraqué que je ne vois pas comment nous allons tenir tous les deux en bas avec les batteries et toutes les machines, mais nous y parvenons malgré tout. Arthur m'a ordonné de rester avec lui. Je n'en ai pas envie. Je n'aime pas sa façon de me regarder, j'ai l'impression qu'il lit depuis toujours dans mes pensées.

« C'est qui le gars qui t'a amené ? »

Sid commence à vider le fioul. « De quoi ?

– Le gars du bateau. Qui t'a amené. Je ne le connais pas.

– Je ne le connais pas non plus, vieux.

– D'habitude c'est Jory. C'est notre gars habituel.

– Désolé de te décevoir. » C'est obscur en bas, plein d'ombres. « J'imagine que vous attendiez des petits extras, puisque c'est Noël dans pas longtemps.

– Parfois, ça arrive.

– Ouais, vous autres gardiens de phare, vous aimez bien vous prendre pour des putains de bienfaiteurs.

– Je ne dirais pas ça.

– Il paraît que tous les gamins à l'école vous envoient des cadeaux. » Les doigts de Sid travaillent vite ; il n'a pas l'air de faire attention à ce qu'il fait, il œuvre machinalement, comme quelqu'un qui mélange le contenu d'une casserole tout en parlant au téléphone. « Et l'église aussi. C'est quand même pas le Viêtnam ici, les gars, faudrait voir à pas trop vous apitoyer sur votre sort.

– Nous sommes toujours extrêmement reconnaissants.

– Ça dépasse les bornes, si tu veux mon avis. Et tu veux savoir un autre truc, Bill ? Un autre truc, c'est cette tendinite. T'as déjà eu ça ? Tu peux remercier ta bonne étoile ; je me suis réveillé un matin avec la main complètement paralysée, je ne pouvais plus du tout la bouger ; et pas seulement la main, mon poignet aussi et mon avant-bras jusqu'au coude, c'était complètement mort, j'avais l'impression d'avoir un sac de patates à la place du bras. Le médecin m'a dit...

– Le médecin du cancer ?

– Nan, un autre, ce toubib-là il m'a dit, Sidney, t'as une tendinite. Je lui dis, J'ai quoi ? Et il m'explique que c'est là où le nerf se coince au moment où il rentre dans la main, et qu'il faut le supporter jusqu'à ce que ça aille mieux, parce qu'il n'y a strictement rien d'autre à faire. » Il roule ses épaules en arrière, qui craquent. « Évidemment, j'ai pas pu travailler, et c'était chiant, même si c'était pas aussi chiant que le cancer, ça c'était vraiment quelque chose, mais au bout du compte le toubib avait raison et cette tendinite a disparu toute seule. En tout cas, ça m'est tombé dessus sans prévenir. Pareil que ce corbeau blanc que vous avez par ici.

– Il n'y a pas de corbeau blanc.

– Si tu veux. Mon pote sait de quoi il parle.

– C'est qui ton pote ? Je le connais peut-être. »

Sid sort le carburateur. « T'es marié, Bill ?

– Oui.

– Avec Jenny, pas vrai ?

– Comment tu sais son nom ? »

Il dévisse le flotteur. « Ça me fait penser à un nom d'âne.

– Je lui dirai, ça lui fera plaisir.

– Et comment ça va avec Jenny ? Il paraît qu'elle boit. »

L'odeur de fioul envahit mes narines. « Quoi ?

– Les gens parlent. » Son regard croise le mien. « À terre, je veux dire.

– C'est pas tes putains d'oignons.

– T'as raison. Je devrais pas fourrer mon gros nez partout. Je suis juste curieux de savoir pourquoi un homme et une femme ont envie de rester ensemble toute leur vie, tu vois. Ça me fascine. Moi, je suis pas marié. J'ai jamais eu envie. Pour moi, c'est ce qu'il y a de pire. »

Il faut que je parle, sinon je vais le frapper. Il faut que les mots occupent ma bouche, sinon je vais devoir me mordre le poing pour me retenir. Mon père disait, *T'es un garçon qui prend les coups, Bill; t'es pas un garçon qui en donne*.

« C'est merdique, quand même. » Sid s'empare d'une brosse métallique. « Rester avec quelqu'un tout ce temps. La vie, c'est long. Moi, j'en aurais plein le cul. Je suis plutôt solitaire.

– On passe beaucoup de temps séparés dans ce boulot.

– Ce qui n'est pas pour te déplaire, hein Bill ? »

J'ai mal à la tête.

« Désolé, dit-il. Ça m'intéresse, c'est tout. Les gens viennent toujours vers moi avec leurs problèmes.

– J'ai pas de problèmes. »

Sid a l'air plus jeune ici que là-haut. Ses mains tandis qu'il nettoie le flotteur sont lisses; elles ne ressemblent pas à celles d'un homme qui se salit les doigts de graisse pour gagner sa vie. Je n'arrête pas de penser à ses dents lorsqu'il a souri tout à l'heure, d'un blanc éclatant, les canines pointues. J'ai l'impression d'avoir avalé un sac de sable.

« T'arrêtes pas de dire ça, vieux, dit-il. Tu devineras jamais ce que je faisais avant ce boulot. Vas-y. Devine. Je parie que t'y arriveras pas.

– Tu as raison. Je ne sais pas.

– Je t'ai déjà donné un indice. » Il asperge le gicleur. « Les gens venaient me voir avec leurs problèmes. Une fois par semaine. Le dimanche. Putain, tu vas jamais à l'église ou quoi ?

– Tu étais *prêtre* ?

– Et alors ? J'ai pas l'air d'un saint homme ?

– Non.

– C'était il y a longtemps. Passe-moi le tournevis plat, tu veux bien ?

– Pourquoi ?

– J'en ai besoin.

– Pourquoi prêtre ?

– Je t'ai dit ça juste pour que tu puisses me dire ce que tu as sur le cœur.

– J'ai rien sur le cœur. »

Il s'essuie le nez sur son bras tatoué. « Et le sac ?

– Quel sac ?

– T'as dit que t'avais un sac de sable sur le cœur ou un truc comme ça, avec tout ce que tu gardes pour toi. »

Je le dévisage. De plus près.

« Tu n'aimes pas ta femme Jenny l'ânesse et tu as le béguin pour la femme du gardien-chef. » Sid fait tourner le tournevis dans ses mains. « Ouais, tu ne lui dirais pas non. Tu l'aimes depuis longtemps, pas vrai, depuis que t'es arrivé ici et que tu t'es rendu compte que ta femme en comparaison, elle avait l'air minable. T'éprouves des trucs tellement forts pour Helen que t'arrives pas à la regarder dans les yeux. Tu peux même pas la toucher. Même pour l'aider à porter ses courses ; t'as peur qu'il s'en rende compte. Eh bien, il est déjà au courant, mec. Il sait ce que tu veux, à quel point t'es mordu d'elle. Ça t'étonne ? Évidemment qu'il sait, abruti. Tu crois qu'il est vieux et à côté de la plaque, pas vrai, et qu'est-ce qu'un vieux schnock pareil va bien pouvoir te faire ? Moi, j'aimerais mieux ne pas le savoir. C'est un homme qui n'a rien à perdre.

– Bon sang, je ne sais pas qui tu es…

– Si, tu le sais. Tu sais très bien qui je suis. »

Sid tapote son index contre son pouce. On dirait le son d'une vieille ligne de téléphone qui se connecte.

« T'as raté le coche avec Helen, poursuit-il. Après ce qui leur est arrivé, elle est dévastée maintenant, pas vrai ? Elle s'en remettra jamais, et c'est pas avec toi qu'elle a vécu ça, c'est avec lui.

– Arrête de parler de Helen. Tu ne la connais pas.

– Toi non plus, espèce de barjo. Mais je te connais, moi. Oui, je connais tout de toi. Enfin juste ce qu'il faut, et c'est bien assez. »

Il s'essuie les mains et sourit derechef de toutes ses dents.

« Bon, c'est pas tout ça. Qu'est-ce que vous me préparez pour dîner ? Ça fait des lustres que j'ai pas bouffé un petit plat maison. »

32

VINCE

Toc-Toc

Dix-huit jours au phare

Quelqu'un vient se coucher. Ça ne veut pas dire que c'est la nuit. Il fait sombre. Ça ne veut pas dire que c'est la nuit. Ou c'est peut-être la nuit, c'est toujours possible. Bribes d'événements et de sons qui appartiennent au monde réel : une tasse de thé fumante ou l'odeur désagréable d'une boîte de raviolis Heinz. Nulle part où aller, terré au même endroit, malade comme un chien, l'estomac à l'envers, inquiet, j'attends et les jours passent et se ressemblent. En taule j'apercevais la lumière du jour par une fente dans le mur ; on ne veut pas trop te donner de lumière parce que la lumière est un luxe pour un homme au cœur sombre. Lorsque le ciel était dégagé je distinguais des étoiles, peut-être cinq ou six, et pour moi c'était et c'est encore ce qu'il y a de plus beau au monde. Allongé là avec un codétenu sur la couchette au-dessus de moi qui ronflait ou se grattait les couilles, je contemplais ces étoiles et finissais par m'endormir.

C'est pire pour les autres. Ils doivent se taper mon quart et nettoyer derrière moi. De mon côté, j'ai l'habitude de chier et de dégueuler dans des seaux. Bill et le gardien-chef, ils sont plutôt porcelaine et cuvettes en faïence ou en je ne sais quoi. Être malade ici ou en taule, il n'y a pas de grosse différence.

✦

Le gardien-chef entre. S'agenouille, sort une boîte de son placard. J'entends les pierres et les cailloux qui s'entrechoquent, *toc-toc*, doucement, froidement, régulièrement. Le temps passe.

✦

« Je t'ai dit que je lisais les lignes de la main ? » m'a demandé Michelle en sortant du travail. Nous avions rendez-vous à Charing Cross ; elle a surgi d'une station de métro bondée, parapluie suspendu au bras comme un gibier tout juste tué, m'a fait signe en souriant. J'ai pensé, comment j'ai pu réussir mon coup ?

« Tu crois pas à toutes ces conneries quand même ?

– Comment ça ?

– Les morts. Les vies antérieures.

– Je ne sais pas ce que je pense de ça. » Nous avons traversé Trafalgar Square. Des pigeons gris sur une colonne grise. « C'est ma mamie qui m'a montré comment lire les lignes de la main.

– Ah ouais ?

– Et elle m'a appris le tarot aussi.

– Les cartes là, avec les chèvres qui dansent la gigue ?

– Tu ne t'es jamais fait tirer les cartes.

– Bien sûr que non !

– Je te le ferai si tu veux. »

Elle ne l'a pas fait. On est rentrés dans son studio de Stratford Road et on a baisé. En me réveillant le lendemain matin, je me suis rendu compte qu'elle tenait l'une de mes mains dans les siennes et qu'elle l'observait.

« Alors ? ai-je demandé.

– Tu n'as pas de ligne de vie, m'a-t-elle dit.

– Et je devrais ? » Elle m'a dit que oui. J'ai répliqué que tant que j'avais une ligne de cœur, ça m'allait très bien. Celle-là tu l'as, a-t-elle répondu.

✦

À moitié éveillé, à moitié endormi, je me noie dans un demi-monde. Hier soir j'ai entendu la voix du gardien-chef à la radio. Il demande un médecin, c'est ça ? Arthur va s'occuper de moi.

Toc-toc.

Qui est là ?

Un homme émerge des flots et se dirige vers moi. Cheveux blancs, peau blanche ; ses pieds trempés sur la plateforme, les mains sur les barreaux de l'échelle d'accès. Le voici à l'entrée. Dans l'encadrement de la porte maintenant.

J'ai promis à Michelle que c'était terminé. Je lui ai écrit pour lui jurer que c'était fini, la violence. Plus de danger. Fais-moi confiance.

Il y avait un type en prison qui jouait tout le temps aux échecs. C'est lui qui m'a appris. Il disait que c'était comme être une des pièces, une des grosses pièces, disons un cavalier. Si on place le cavalier sur l'échiquier, c'est un élément du jeu et il fait partie de la stratégie. En revanche si on l'enlève, c'est juste un cavalier, il n'y a pas d'autre mot, il ne peut pas se faire bloquer ni bouffer ni manipuler; il ne fait même plus partie du jeu.

Il faut s'extraire de l'échiquier de temps en temps. Revenir à qui tu es – ton vrai toi qui ne fait pas semblant. On y arrive dans un phare. Il n'y a personne pour te tirailler dans un sens ou dans l'autre.

Quand ils viendront me chercher, je saurai. De quoi je suis fait. Ce que j'ai dans le ventre. Ce que je suis prêt à faire.

Mon secret dans la cuisine sous l'évier. Comme le gardien-chef et ses pierres, mon jardin secret. J'imagine le poids du pistolet, ses courbes aussi douces que celles de Michelle.

✦

Je flotte depuis des heures. À peine conscient du gardien-chef qui entre dans la chambre. Le craquement d'une couchette et le bruissement d'un rideau dans le noir profond, puis un murmure,

« Vince, tu m'entends ? Il n'y en a plus pour longtemps. »

Je dérive dans ces ténèbres, assez loin pour grimper en pensée au sommet de la tour, à moitié dans le ciel à moitié dans la mer ou pour me perdre quelque part à terre en quête de la lumière inconnue, inaccessible, avec le sentiment d'être mort.

✦

Dix-neuf jours

Un souvenir me revient, un jour parmi tant d'autres où nous n'avions plus de cigarettes. Je palpe une poche flasque telle une joue décharnée et je comprends, merde, on a tout fumé. Trois gardiens qui montent et descendent l'escalier, fouillent dans chaque manteau, chaque chemise, chaque recoin où une clope aurait pu être planquée en cas d'urgence. Je secoue toutes les boîtes et tous les pots, et pense à celle qu'on m'a donnée une fois et que j'ai cachée je ne sais où. Chercher les mégots dans la poubelle, récupérer les restes de tabac et les rouler pour en faire une petite flûte acceptable. Une ou deux bouffées qui valent la peine.

Fumer dans un phare, c'est plus qu'une habitude. Deux minutes et demie à nous seuls imparties. Cœur apaisé, âme apaisée. Et puis quoi ? Attendre que passe le bateau, demander qu'une équipe vienne, ce qui peut prendre des jours, et les heures s'étirent encore et encore et la mer se moque de nous, hommes minuscules aux désirs minuscules.

Puis Arthur trouve un paquet. Si ç'avait été Bill, il l'aurait gardé pour lui. Les clopes, contrairement aux boîtes de sardines, on n'est pas obligés de les partager. Mais le gardien-chef pose une cigarette à chacune de nos places – une par jour, pareil pour lui, pas une de plus ou de moins, et on attend cette clope comme on aurait attendu le Messie. On fume tous les trois après le dîner en silence ; le doux crépitement du papier, le bruit sourd de nos lèvres. Rien n'a jamais été aussi bon.

✦

Un cauchemar me réveille en sursaut, ou peut-être est-ce le drap trempé de sueur et emmêlé autour de mes jambes. Je grimpais et mes muscles m'ont lâché. Je suis tombé et me suis réveillé.

Quelqu'un d'autre, *toc-toc* – ça parle, au loin, au-dessus ou en dessous, je n'arrive pas à savoir. Une chose est sûre : quelqu'un d'autre est là parce que Bill et le gardien-chef articulent mieux ; ils parlent plus clairement au lieu de grommeler et de jurer comme d'habitude.

J'essaie de m'asseoir. Mon dos se décolle du drap froissé. Le sang me monte à la tête. Ça fait mal ; je me rallonge.

J'ai le ventre vide, et en même temps penser à manger me dégoûte. Penser aux chocolats que la femme de Bill a envoyés me dégoûte. J'ai mal aux orbites des yeux, aux orbites partout dans le corps, tous ces trous où un truc rond vient se loger. Il y a un seau par terre. Je ne sais pas quand je m'en suis servi pour la dernière fois ou s'il a été nettoyé depuis.

Ils ont fait venir un médecin, c'est ça. Je veux un médecin. Sauf que ce n'est pas un médecin, ce n'est personne ; je rêve d'aller sur la coursive respirer l'air frais et laisser le vent me remettre sur pied. Je n'irai jamais là-haut, je ne me lèverai jamais et je sens que j'ai soif, vraiment soif, j'ai besoin de sortir, il faut que je boive ou je vais mourir. Et si je meurs ?

Lorsque je me réveille à nouveau, il fait un froid glacial. Le mur est humide et gelé. Je remonte le drap et la couverture, froids aussi.

Rêves saumâtres dans lesquels je patauge, goût amer sur la langue. De retour là-bas. Je marche, le pâté de maisons est devant moi. Le bâtiment est différent. Difforme. Mon pote Reg est derrière moi, les autres aussi. Je ne les voyais pas ; je les sentais, j'entendais le frottement de leurs vestes au gré de leurs mouvements…

Cassons-nous. On ne va pas le faire.

Le rêve se poursuit mine de rien et le chien aboie à présent. Je vois ses dents. Ses gencives noircies et la plaie qui suinte quand il grogne.

Le sang et les poils, le cri perçant d'un enfant ; et mon ami dans mes bras, qui refroidit.

La fenêtre à l'extérieur de la chambre est un carré opaque. Je pense à BR pour brume.

Trois voix.

J'ai besoin d'eau. Je m'attends à entrer dans la cuisine et à me voir là avec les autres, le gardien-chef, Bill et moi, assis ensemble à fumer en jouant aux cartes ; c'est ma propre voix que j'entends depuis tout ce temps, et la version de moi-même qui pense à ça est absente. Invisible. Morte. Je suis mort quelque part là-bas, dans mes rêves.

Quand je finis par descendre, ce n'est pas moi que je vois.

C'est un grand type aux cheveux argentés.

Arthur dit, « Ah enfin ! »

Le grand type aux cheveux argentés me regarde, silencieux, et sourit.

VIII

Entretiens : 1973

33

HELEN

« Je peux le supporter. Peu importe ce qui s'est passé. S'ils sont morts, je peux le supporter. Je préfère le savoir. Vous nous le diriez, n'est-ce pas ? Si vous appreniez la vérité, vous nous le diriez ?

– Nous comprenons combien c'est dur pour vous, Helen. »

Elle détestait les entendre dire ça. Ils ne pouvaient pas savoir ce que c'était. L'idée de ne plus jamais voir Arthur lui semblait abyssale, tels un livre plein de pages vides, un train qui vous passait dessus, la marche que l'on croyait être sous son pied dans le noir et qui n'y était pas.

Le 2 janvier. Mardi matin. Midi moins le quart.

Quatre jours qu'ils étaient portés disparus. Lorsque Helen vit le Maiden Rock par la fenêtre du salon, elle eut l'impression de voir une voiture passer sans personne au volant.

« Avez-vous la moindre idée de ce qui a pu arriver à votre mari ? »

Assis en face d'elle, les enquêteurs apportaient de mauvaises nouvelles, n'apportaient pas de nouvelles, n'apportaient rien. Par moments, elle se disait qu'il s'agissait d'un jeu complexe, inconcevable, qu'ils jouaient par vice ou ennui, pour voir combien de temps ça leur prendrait, à ces gros lourdauds à terre, avant de les retrouver – lézards malins à se prélasser sur un rocher.

« Je ne sais pas. Ça n'a aucun sens. Les gens ne disparaissent pas comme ça, si ?

– Normalement non.

– Vous pensez qu'ils sont morts.

– Il est trop tôt pour tirer des conclusions.

– Mais vous le pensez. Pas vrai ? Moi, je le pense.

– Revenons un peu en arrière, si vous le voulez bien. La dernière fois qu'Arthur est entré en contact radio avec nous, il a annulé sa demande de mécanicien pour réparer le groupe électrogène.

– Oui.

– Pourquoi Arthur a-t-il annulé sa demande à votre avis, Helen ?

– Le groupe électrogène s'est remis à fonctionner.

– Et pourtant Trident ne leur avait envoyé personne.

– L'un d'eux a dû réussir à le réparer. Arthur peut-être. Ou Bill. »

L'homme griffonna sur son bloc-notes. Il y avait trop de questions. C'était une perte de temps, et ces gens ne connaissaient rien aux phares, ils ne savaient pas ce que c'était qu'être avec quelqu'un qui travaillait dans un phare.

« Arthur s'est-il comporté de manière anormale la dernière fois que vous l'avez vu ?

– Non.

– A-t-il parlé de quelqu'un en particulier, a-t-il mentionné un nom nouveau ou inhabituel ?

– Je ne crois pas.

– Nous cherchons à éliminer l'hypothèse selon laquelle Arthur et les autres auraient quitté le phare à l'aide d'un tiers. Quelqu'un avec un bateau. Est-ce le genre de chose qu'Arthur ferait ? »

Helen secoua la tête. Arthur était pragmatique et sensible ; il avait l'esprit ordonné. Lors de leur première sortie, il lui avait parlé du nom des étoiles. Cela n'avait rien de romantique ; il le savait, c'était tout. Bételgeuse. Cassiopée. Des noms qui ressemblaient à des billes dans un bol en verre. Il démontait et remontait des horloges pour le simple plaisir d'en admirer le fonctionnement et l'élégance du mécanisme. Il faisait des puzzles qui représentaient la mer et le ciel, car en tant que gardien de phare il avait appris à repérer les nuances les plus subtiles, là où elle ne voyait que du gris. Elle avait toujours trouvé ses épaules plus belles que toutes celles des autres hommes ; c'était peut-être curieux d'être captivée par ce détail, mais c'était comme ça. Avant elle était sortie avec quelqu'un qui n'avait pour ainsi dire pas d'épaules, et dont les vêtements semblaient toujours sur le point de tomber telle une chemise suspendue à un cintre trop petit. Au contraire sur les épaules d'Arthur, elle aurait pu faire tenir en équilibre deux paniers. Elle s'est sentie prête, alors, à se marier et à fonder une famille.

– Arthur avait-il des tendances dépressives ?

– Comment ça, des tendances ? Soit on est déprimé soit on ne l'est pas.

– Vous a-t-il dit qu'il se sentait abattu ? A-t-il perdu l'appétit, ou s'est-il mis à dormir plus que d'habitude ? A-t-il cessé d'interagir avec autrui ?

– Arthur interagissait rarement avec autrui.

– Donc il souffrait peut-être de dépression.

– Je ne pense pas. Nous n'en parlions jamais. »

Helen songea à son mari dans cette cuisine quelques semaines auparavant, debout près du four, là, *exactement là*, lui tournant le dos, et le souvenir était si vivace qu'il lui sembla palpable. Il avait étalé de la confiture sur du pain, et cela l'avait énervée de le voir laver le couteau, le sécher et le ranger avant de s'asseoir pour manger son pain. Elle n'avait rien dit : ces longues années de mariage lui avaient appris que si on n'avait rien d'aimable à se dire, il valait mieux se taire. Elle faisait les choses à sa façon lorsqu'il repartait ; lorsqu'il rentrait, elle s'énervait sans rien dire, parce que c'était ça le mariage, souvent.

– Puis-je vous demander ce que vous faisiez avant d'intégrer Trident ?

– J'avais un travail à Londres. J'étais vendeuse.

– Une vie bien différente, alors.

– J'imagine. J'ai passé plus de la moitié de ma vie aux Phares et Balises. Je pense encore à cette époque et comment ma vie a changé depuis tout ce temps.

– Est-ce que vous aimez vivre ici toute seule ? C'est très isolé.

– Je n'y pense pas beaucoup.

– Vous êtes à, quoi, six, sept kilomètres de Mortehaven ?

– Arthur disait que c'était comme si Trident ne voulait pas qu'on s'éloigne trop du phare.

– L'isolement peut avoir des effets néfastes, Helen. Nous devons le prendre en compte, pour les hommes et aussi pour leurs familles. Si Arthur était déprimé…

– Je n'ai jamais dit qu'il était déprimé.

– C'est néanmoins dans le domaine du possible.

– Pourquoi ? »

Les enquêteurs l'observèrent avec compassion.

« La solitude peut faire beaucoup de mal parfois. Particulièrement si la personne est vulnérable.

– Qu'est-ce que vous sous-entendez ?

– Il est trop tôt pour sous-entendre quoi que ce soit. Nous examinons toutes les possibilités. »

Elle avait déjà examiné toutes les possibilités. Bill avait parlé à Arthur. Il avait menti au sujet des sentiments de Helen et de la durée de leur prétendue histoire : un petit garçon en culottes courtes à la recherche de maman, voilà ce qu'il était. À l'idée qu'Arthur ait pu le croire, elle sentit quelque chose en elle s'effondrer.

– Le fait d'être enfermé peut avoir de graves effets. Ce n'est pas un état normal pour un être humain. Est-ce que M. Walker en souffrait, selon vous ? Ou M. Bourne ?

– Je ne les connais pas très bien ni l'un ni l'autre.

– Pourtant, vous êtes la voisine de M. Walker, vous devez donc tout de même le connaître.

– Pas vraiment.

– Êtes-vous amie avec sa femme, Jenny ? Ils sont là depuis combien de temps, d'ailleurs ?

– Deux ans.

– Et il n'y a jamais eu de désaccords de voisinage, de fâcheries ?

– Non.

– J'imagine que vous vous serrez les coudes toutes les deux en ce moment. »

Helen scruta la toile cirée sur la table. Jenny la lui avait offerte l'année dernière pour son anniversaire : des dessins couleur saumon qui représentaient la campagne du Devon émaillaient des recettes de soupes et de tourtes aux coques. Jenny adorait cuisiner. Elle concoctait des pâtés et toutes sortes de gâteaux spongieux et de friandises que Bill emportait avec lui au phare. Jenny était fière de ses talents de cuisinière, de mère, de son côté simple et ordinaire : tout ce que Helen n'était pas.

Quand Bill était de service, elle invitait parfois Helen à manger chez elle. Helen acceptait à contrecœur. Pendant le repas, elle parlait aux enfants tandis que Jenny garnissait les assiettes et remplissait les verres de vin avant de débarrasser. Les deux femmes n'arrivaient jamais à finir une conversation. Helen insistait pour faire la vaisselle, et se retrouver toutes les deux devant l'évier de la cuisine – l'une lavant, l'autre séchant au son de la radio – faisait naître une forme de confiance.

Pardonne-moi, Jenny. J'étais seule, je me sentais seule.

« Elle sera indemnisée, parce qu'elle est seule maintenant à élever ses enfants. Et vous le serez aussi, Helen. Trident House est très clair là-dessus. Nous ne lésinerons pas sur les moyens.

– Nous n'aurons peut-être pas besoin d'en arriver là. Ils peuvent encore revenir. »

Or ils en étaient déjà arrivés là. Le samedi matin lorsque les gens de Trident s'étaient engagés à bord de deux Vauxhall Victor dans le chemin sinueux menant au lotissement. Jenny et les enfants attendaient le retour de Bill. Les officiers s'étaient approchés de la porte et Helen qui observait de sa fenêtre avait tout de suite compris. Les épaules raides, les têtes baissées, les couvre-chefs scrupuleusement ôtés dès que la porte s'était ouverte. Jenny était tombée à genoux.

Helen savait ce que c'était quand la vie vous quittait. En revanche, elle n'avait jamais vu quelqu'un d'autre traverser ce moment-là. Elle se rendit compte qu'elle était incapable d'assister à ce spectacle, la douleur de Jenny exigeant qu'elle détourne la tête comme devant un accident de la route, par pudeur pour les victimes.

Bill avait dû avoir une crise cardiaque, songea-t-elle. Ou il était passé par-dessus bord en rentrant et s'était noyé. Ce qu'elle accepta sans broncher. Elle n'éprouva d'emblée qu'un soulagement égoïste.

Lorsque les officiers se tournèrent vers sa maison, tout se figea autour d'elle : le tic-tac de l'horloge, le ronronnement du frigo, le sifflet de la bouilloire dans la cuisine. Après avoir appris la nouvelle, elle s'était demandé si elle n'avait pas provoqué cet événement par sa seule volonté, afin de changer ou de révéler quelque chose, et c'est ce qui s'était produit.

« Ça va, Helen ? On peut continuer ?

– Excusez-moi un instant. J'ai besoin de prendre l'air. »

Dehors le vent sifflait et la mer, marron et agitée, était parsemée de crêtes d'écume blanche. Des nuages en forme de vagues traversaient le ciel à toute allure. Helen était sortie sans manteau, le froid mordant lui semblant nécessaire, le vent malmenant sa robe. Elle apercevait la Maiden, lointaine colonne qui abritait l'équipe d'urgence désormais. Trident avait pensé que les loger là, où ils pouvaient toujours voir cette affreuse tour, les aiderait à se sentir plus proches de leurs maris. En réalité cela n'avait fait qu'empirer leur situation. Les hommes ne pouvaient pas les voir. Et en ce qui concernait Arthur, sa vie à terre cessait d'exister lorsqu'il était au phare et elle, cela la gênait chaque jour de pouvoir le regarder. Elle aurait préféré ne rien voir du tout.

Reviens, songea-t-elle.

Inflexible, la sentinelle lui faisait face. Tous les phares étaient fiers, et la Maiden l'était plus que tout autre. Elle était fière d'avoir pris Arthur. C'était son jardin secret, loin d'elle, et la tour aimait ça. Helen se rappela des cailloux qu'il avait collectionnés et passé son temps à répertorier, alors qu'elle avait envie de le frapper et de lui crier, Regarde-moi, imbécile, regarde-moi ; tu ne vois donc pas que j'ai besoin de toi ?

Quand avait-elle commencé à l'aimer ? Elle ne s'en souvenait pas. Elle avait l'impression de l'avoir aimé toute sa vie, sans savoir à quel moment cet amour était né ni à quel moment il s'était éteint.

Pour finir, le réconfort de la Maiden, le phare lui-même, avait offert à Arthur ce qu'elle avait été incapable de lui procurer. Après l'épreuve qu'ils avaient essayé de traverser ensemble, elle s'était sentie vidée, sans plus rien à donner.

Des larmes chaudes lui montèrent aux yeux et gelèrent aussitôt. Elle se dit qu'elle avait connu pire. Toutefois, dans cet instant de chagrin inopiné, elle se demanda si c'était bien vrai.

Il était inutile d'expliquer tout cela à ces gens à l'intérieur. Comment auraient-ils pu comprendre ce qu'elle reprochait le plus à son mari, ses doléances les plus dures et les plus amères, dont elle n'avait jamais pu lui parler parce que face à son silence elle se serait sentie encore plus bâillonnée. Comment auraient-ils pu comprendre qu'elle n'avait pas été la seule à regarder ailleurs. Qu'il y avait eu une autre femme en quelque sorte. Un amour qu'elle n'aurait jamais pu égaler, auquel elle n'aurait jamais pu espérer se mesurer. Un amour qui lui avait pris Arthur, auquel il pensait lorsqu'ils étaient ensemble et dont il se languissait à chaque fois qu'ils se touchaient.

34

JENNY

« Je n'ai plus de lait, sinon je vous aurais fait une tasse de thé. Mais je ne peux pas sortir en acheter, n'est-ce pas, parce que je resterai ici jusqu'à ce que Bill revienne. Je ne partirai pas tant qu'il ne franchira pas le seuil de cette porte, et vous comprendrez que tout ça est une grosse erreur, car il ne va pas tarder maintenant, c'est moi qui vous le dis, et il faut que je sois ici à l'attendre. »

Jenny s'efforça de se détendre sur sa chaise et de s'arrêter de trembler. L'interrogatoire ne se déroulait pas comme dans les téléfilms policiers. Pour commencer, ils n'étaient pas dans un commissariat. Ils étaient dans sa maison, Masters, qui fleuraient bon le friand à la saucisse. Toute la matinée des inconnus étaient venus chez elle, franchissant allègrement la séparation entre privé et public – le seuil de sa porte d'entrée, celui de sa chambre. Les enquêteurs compatissaient tout en trouvant normal de manger dans de telles circonstances, et normal d'introduire chez elle des papiers gras tachés de beurre et de graisse de viande.

« Merci d'accepter de nous parler, Jenny. »

Le bébé se mit à pleurer. Dans le couloir, sa sœur se précipita pour le prendre dans ses bras. La porte d'entrée s'ouvrit. Jenny sursauta : c'était Bill. Non, ce n'était pas lui.

Fatigués d'attendre depuis le 12 décembre, des serpentins pendaient du plafond du salon. L'ange au sommet du sapin fermait un œil. Il préférait ne pas voir. Ils s'étaient disputés au sujet de l'ange. Il ne voulait pas d'ange, il voulait une étoile et elle lui avait sauté dessus parce qu'il ne faisait que la critiquer dans tout ce qu'elle faisait, malgré tous les efforts qu'elle fournissait, et ne pourrait-il pas tout simplement la laisser avoir ce qu'elle voulait ? Il savait ce que signifiait Noël pour elle. Jenny décorait la maison chaque année, même lorsque Bill était au phare. Et le matin de Noël elle l'imaginait dans la Maiden avec les cartes et les cadeaux qu'elle lui avait envoyés en novembre, prêt à les ouvrir. Les enfants chantaient à tue-tête des chants de Noël à la table de jardin, aussi fort que possible pour qu'il les entende. Et si le vent soufflait dans le bon sens, peut-être les entendait-il.

« Où se trouve Bill à votre avis, Jenny ? »

L'homme parlait d'une voix douce, à croire qu'il était sur le point de lui infliger quelque chose de douloureux.

« Je crois qu'il est en mer en ce moment même, au chaud et en sécurité sur un bateau.

– Les premières vingt-quatre heures après la disparition d'une personne sont cruciales. Nous en sommes à quatre-vingt-seize…

– Il est vivant.

– Vous croyez que votre mari et les hommes avec lesquels il se trouvait se sont échappés du phare ?

– Oui. Quelque chose a accosté là-bas et les a emportés.

– Vous faites référence à la personne dont Mike Senner a parlé dans sa déposition ? »

La femme avait un visage rond, les paupières lourdes, et semblait à la fois abattue et sur le qui-vive telle une chouette dans un zoo, indifférente aux visiteurs.

« L'atmosphère est mauvaise là-bas. Bill le disait tout le temps.

– Entre les trois hommes ?

– Non. Elle est mauvaise, c'est tout. On dirait que des mauvaises choses s'y sont produites.

– Des choses que Bill a faites ? Ou l'un des deux autres ? »

Jenny avala sa salive. Elle avait mal à la gorge. Tout le monde pensait que Mike Senner mentait, et c'était peut-être le cas. Tout le monde savait que Mike racontait des bobards pour se rendre intéressant, et elle savait bien que personne ne pouvait accoster au phare sans le feu vert de Trident. Mais il avait semblé si sûr de lui. Il avait juré avoir été le dernier à les avoir vus. Bill lui avait dit qu'un homme était venu les voir, c'était ce qu'il avait affirmé. N'était-ce pas important ? Ça comptait quand même, non ?

Si elle admettait croire aux propos de Mike, ils ne la rateraient pas. Ils fouilleraient ses réserves, ses poubelles. Ses factures.

« Ce n'est pas ce que je veux dire. Les choses restent coincées. Prisonnières. Il n'y a pas assez de place dans un phare. Ils sont les uns sur les autres.

– Est-ce que vous parlez de fantômes ?

– C'est pas ce que vous croyez. C'est juste une question d'atmosphère, d'atmosphère néfaste. C'est comme ça dans certains phares. Prenez celui des Smalls.

– Qu'est-ce que vous savez sur les Smalls ? »

Bill lui avait raconté ce qui s'était passé au phare des Smalls, au large du pays de Galles au siècle dernier. À l'époque, il y avait deux gardiens par phare, et au bout de quelques semaines l'un d'eux avait eu un accident là-bas et il était mort. Tout le monde savait que ces deux-là ne s'entendaient pas, alors celui qui était resté seul a eu peur qu'on l'accuse de meurtre s'il se débarrassait du corps. Il a donc décidé de prendre son mal en patience et d'attendre la prochaine relève. Le truc, c'est qu'au bout d'un moment il n'a plus supporté l'odeur. Il a donc construit un cercueil qu'il a accroché au sommet de la tour, mais à la première bourrasque la boîte s'est ouverte et le cadavre en décomposition s'est retrouvé là, les bras ballants. Chaque fois que le vent soufflait, les bras du macchabée heurtaient la lanterne.

On aurait dit que le cadavre faisait des signes. Qu'il disait au vivant, *viens*, lui enjoignant de le rejoindre. Ça a tourné à l'obsession. Le gars a perdu la tête. Les navires passant au loin voyaient cet homme qui faisait de grands signes ; ils n'ont jamais pensé qu'il y avait un problème, donc ils ne se sont jamais déroutés. Au bout du compte, le gardien vivant a fini par souffrir plus que le mort. Il avait été obligé d'entendre jour et nuit les coups contre la lanterne, comme si le cadavre lui demandait de rentrer. Le temps qu'il revienne à terre, il était en vrac, assailli par les cauchemars et le sifflement du vent.

La chouette se redressa, mais toujours avec cet air impassible.

« C'est une histoire intéressante.

– C'est tout ce que c'est pour vous ? Une histoire ? »

Jenny avait l'air folle, c'est sûr. Elle ne s'était pas coiffée depuis samedi, elle portait ses vêtements de la veille. La chemise de Bill. Elle avait son odeur. Une odeur d'écorce et de sueur.

« Helen votre voisine dit qu'ils se sont noyés.

– Elle peut dire ce qu'elle veut. C'est une menteuse. Vous verrez bien.

– Une menteuse ?

– C'est criminel de dire ça. En tant que femme du gardien-chef elle devrait se montrer plus loyale, au lieu d'insinuer qu'ils ne savaient pas ce qu'ils faisaient. Quand Bill rentrera, il sera content que j'aie continué de croire en lui, que je ne l'aie pas traité d'incompétent.

– Helen nous a laissés entendre que vous étiez soudées dans le lotissement.

– Nous l'étions.

– Vous l'étiez ?

– Vous allez répéter chaque putain de truc que je dis ?

– Deux horloges avaient cessé de fonctionner dans le phare. Elles étaient toutes les deux arrêtées à neuf heures moins le quart. Est-ce que cette heure signifie quelque chose en particulier pour Bill ?

– Non.

– Ni pour personne chez vous ?

– Non.

– Vous ne savez pas ? Ou ce n'est pas le cas ?

– Je ne sais pas. Les deux. L'un ou l'autre.

– Helen a suggéré qu'il n'y avait plus de piles.

– C'est vrai ? »

La femme a eu l'élégance de paraître mal à l'aise.

« Nous n'avons malheureusement pas pu vérifier cette information. Les deux piles étaient à leur place mais il est possible que leurs pôles aient été inversés. L'équipe de sauvetage envoyée par Trident a enlevé et remplacé les piles en arrivant. Et ensuite, il était impossible de savoir avec certitude si les piles initiales étaient en état de marche. »

Elle imagina Bill se débattant dans les vagues. Il ne savait pas nager.

« Il y avait quelque chose dans ce phare avec eux. Et n'allez pas me dire que c'est fou ; ce n'est pas fou peut-être, deux horloges fonctionnant parfaitement bien qui s'arrêtent net le même jour à la même heure ?

– Il n'est pas exclu qu'un des gardiens les ait arrêtées.

– Pour quoi faire ? »

On frappa à la porte. Un assistant apporta deux tasses remplies d'un liquide marron qui rappelait le prétendu jus de viande qu'il servait au restaurant-grill de Mortehaven. Bill s'était mis sur son trente et un pour y emmener dîner Jenny avant leur mariage.

L'odeur du café lui donna la nausée.

« J'ai besoin d'aller aux toilettes. »

Ensuite, dans le couloir elle croisa Carol, qui lui proposa de prendre le bébé dans ses bras, sauf qu'elle n'en avait pas envie. Si quelqu'un devait la toucher, ce serait Bill et personne d'autre.

Lorsqu'elle regagna le salon, le décor n'avait pas changé. Pour le restant de leurs vies, Noël se résumerait aux inspecteurs, aux friands à la saucisse, aux guirlandes et au sapin desséché. Hannah et Julia étaient chez une amie, pourtant elle ne pourrait les y laisser éternellement ; il allait falloir leur expliquer. Sept et deux ans, elles comprendraient l'essentiel : elles risquaient de ne plus jamais revoir leur père. Hannah se souviendrait peut-être de lui ; Julia probablement pas. Le bébé n'aurait aucun souvenir.

Il va revenir.

Si elle se le répétait suffisamment, ça deviendrait peut-être vrai.

Et s'il ne revenait pas ? Elle allait devoir survivre au quotidien, sachant ce qu'elle avait fait. Elle l'avait bien cherché. Elle avait ce qu'elle méritait.

« Nous envisageons la possibilité que les hommes aient planifié leur disparition.

– C'est ridicule. Bill ne m'aurait jamais fait ça.

– Est-ce qu'Arthur l'aurait fait à Helen ?

– Ça dépend.

– De quoi ?

– Je ne sais pas comment ça se passe dans leur couple, moi. »

L'homme avala une gorgée de café. Il écrivit quelques mots sur son bloc-notes.

« Est-ce que votre mari vous a déjà parlé de Vincent Bourne ?

– Bill n'aimait pas parler de ce qui se passait au phare quand il était à terre.

– Certains seront peut-être gênés d'apprendre que Vincent a fait de la prison.

– Il y a pire que le vol. Ce n'est pas comme s'il avait tué quelqu'un. »

L'homme l'observa un instant. Puis il lança un coup d'œil à la femme qui caressa le bord de sa tasse du bout de son ongle rose jambon.

« Avez-vous déjà rencontré le gardien remplaçant, Jenny ? »

Elle l'avait vu une fois alors qu'il rentrait à Mortehaven après avoir remplacé Frank. Petite vingtaine, dégingandé, épaules arrondies. Il avait une cigarette au bec que l'on voyait à peine sous sa somptueuse moustache. Il sentait le pull marin mité, imprégné de fumée et d'humidité, une vieille odeur qu'elle associait au phare parce que Bill sentait pareil lorsqu'il rentrait, et elle devait laver encore et encore ses vêtements et garnir ses tiroirs de sachets de pot-pourri pour qu'il s'en débarrasse enfin.

« Vous avez raison, M. Bourne a passé du temps derrière les barreaux ces dernières années pour de menus larcins, mais c'est pour un crime autrement plus sérieux qu'il y est retourné la dernière fois.

– Quoi ?

– Malheureusement, nous ne pouvons révéler cette information. Ce genre de détail pourrait influencer l'opinion publique et entraver l'enquête.

– Un détail, vous dites ? Si Vince s'est fait coffrer pour un crime qui a peut-être mis Bill en danger, je n'appelle pas ça un détail, moi. C'était quoi ? Dites-moi. Je suis sa femme. J'ai le droit de savoir.

– Nous ne pouvons pas affirmer que le crime de M. Bourne ait quoi que ce soit à voir avec la disparition, ou que cela ait mis en danger qui que ce soit.

– Mais c'est possible ? »

Le duo prit un air désolé. On aurait dit qu'ils regrettaient autre chose que la disparition elle-même. Ils se concertèrent un instant, puis lui révélèrent ce qu'avait commis Vince.

Il fallut un moment à Jenny pour digérer l'information ; c'était comme se rendre compte à la fin d'un téléfilm qu'on n'avait rien compris depuis le début. La vérité sur Vincent Bourne ondoya en elle tel un pavillon à la poupe d'un navire, rouge flamboiement solitaire.

Elle n'était pas la seule à avoir un secret.

35

PEARL

« Je vous ferai savoir que j'ai failli y laisser ma peau, à venir ici, une femme de mon âge dans l'état où je suis. Ils m'ont mis sous anticoagulants pour mon cœur, mais ça fait que me donner le vertige, et je suis tout le temps gelée ; regardez, je tremble ! On dirait que j'ai des mains de fantôme, on voit carrément au travers. C'est les effets secondaires. Au point où j'en suis, je préférerais encore avoir une autre attaque, je vous jure.

« Voulez-vous boire quelque chose, madame Morrell ?

– Si vous avez une petite eau-de-vie, je dirais pas non. Et c'est pas madame, c'est mademoiselle. Vous pensez sans doute que parce que je suis une femme je devrais avoir un mari, c'est ça ?

– Je ne me suis pas posé la question.

– Eh bien, pour ne rien vous cacher, j'en ai eu un, jadis. On a fait un beau mariage et tout le tintouin. Et après il s'est barré. Un matin il est sorti acheter du lait et il est carrément jamais revenu. On entend toujours parler de ce genre de trucs. Eh ben moi je l'ai vécu. Il a même pas été foutu de m'embrasser sur la joue avant de partir. Et vous croyez que je vais garder mon alliance après ça ? Sûrement pas. Me laisser avec le bébé de cinq mois qui me criait dans les oreilles nuit et jour, non merci. J'ai cru le voir faire le plein dans une station-service en 1968 ; il y avait une pouffiasse à l'avant. Ça vous dérange si je fume ? »

L'homme lui tendit un cendrier très chic en verre, typique de ce style d'établissement. Pearl n'avait jamais séjourné dans un hôtel comme le Princess Regent, avec sa chambre spacieuse, son lit gigantesque et ses oreillers en plumes, sa salle de bains attenante et ses petits-déjeuners… œufs et bacon, hareng fumé et pancakes, ça la changeait de ses habituels crumpets et des clopes qu'elle fumait en regardant par la fenêtre de sa tour les voitures passer sur l'autoroute 406.

« Merci d'avoir fait le déplacement, mademoiselle Morrell.

– Vous me payez la chambre jusqu'à la fin de mon séjour, hein ?

– Trident House se doit de prendre en charge les familles étant donné les circonstances.

– Je ne vous le fais pas dire. Je voudrais pas être à leur place. Même si franchement je ne suis pas surprise par tout ce qui se passe. C'était sûr que ce garçon allait mal finir. Il était abonné à vie aux problèmes. Et vous êtes là, vous vous cassez la tête à résoudre un mystère sauf que pour moi il n'y a pas de mystère. Tout le monde parle de mystère, tu parles, en recevant votre appel, j'ai tout de suite compris.

– Comment ça ?

– Je savais que ça allait se produire. Peut-être pas exactement ça, je vous l'accorde, c'est plutôt original ce qui s'est passé. Mais je savais que ça allait se produire.

– Quoi donc ?

– Vous êtes payés pour le savoir, non ? J'en sais fichtre rien, moi. Je ne savais même pas qu'il était rentré aux putains de Phares et Balises. En sortant de taule, c'est pas lui qui m'a appelée ou qui est venu me rendre visite, l'espèce d'ingrat. Je savais même pas qu'il avait été libéré. C'est seulement parce que Erica connaissait une fille avec qui il s'était mis. C'est pour ça qu'on a su.

– Il avait une petite amie ?

– Contre toute attente.

– Comment s'appelle-t-elle ?

– Erica pourra vous le dire. Erica, c'est ma fille. Elle voulait venir mais je lui ai dit non. C'est moi l'adulte. C'est moi qui suis responsable de ce dégénéré, que ça me plaise ou pas.

– Qu'avez-vous pensé quand vous avez appris que Vincent allait travailler dans un phare ?

– J'ai été choquée qu'ils l'aient embauché après ce qu'il a fait. Ensuite j'ai compris qu'il avait dû leur mentir. Vinny a toujours su mentir.

– Trident a considéré que son profil correspondait à ce poste.

– Alors là, elle est bonne celle-là ! Ça les a pas gênés, le crime qu'il a commis ? Ça les a pas repoussés ? Eh bien, ça aurait dû. Ils s'en fichent ou quoi, des gens qu'ils mettent dans les phares et des pauvres types qui se sont retrouvés coincés avec lui ? Je regrette pour ces gars, vraiment. C'est la faute de mon neveu s'ils ne sont plus là. Et ça me coûte de dire ça, de dire que c'est mon neveu, parce que si j'avais le choix, n'importe comment, je préférerais ne pas être liée à lui. Mais si vous m'aviez demandé il y a un an comment tout ça finirait, j'aurais dit un truc comme ça.

– Vous pensez que Vincent s'en est pris aux autres ?

– Évidemment. Il n'est pas né de la dernière pluie. Il a été à l'école de la rue, et la taule lui a enseigné le reste.

– Comment décririez-vous votre neveu ? Avec vos propres mots.

– Quels autres mots vous voulez que j'utilise ? Un cauchemar, voilà ce qu'il était, depuis sa naissance. Ma sœur s'en sortait pas avec lui ; elle est six pieds sous terre maintenant. À cause de lui.

– Quel âge avait Vincent lorsque sa mère est morte ?

– Treize ans. Écoutez, avant de vous apitoyer sur son sort, sachez que la vie n'est pas toujours rose. Il valait mieux qu'il sache au plus vite à quoi s'en tenir, surtout après s'être retrouvé tout seul. Ce garçon avait le diable en lui. Je l'ai dit à Pam dès que je l'ai vu. Ce bébé, il a un truc qui cloche, Pamela. Il avait vraiment un truc mauvais dans les yeux. Quand il a commencé à marcher, il s'est mis à la frapper. Fort. Elle avait des bleus, des yeux au beurre noir et tout. Il lui donnait des coups de boule ou il lui flanquait des coups de pied. Et il ne mangeait jamais rien ; il ne dormait pas non plus, il passait ses nuits à hurler pour l'empêcher de fermer l'œil. Pam a perdu la tête. Il a été placé à droite à gauche. Il avait quel âge à l'époque ? Deux-trois ans, un truc comme ça. Il marchait en tout cas. Les services sociaux sont venus et Pam, ça l'a secouée, ça c'est sûr ; enfin, elle n'était pas en état. Elle n'a jamais voulu de lui, pour commencer. Donc c'était d'autant plus difficile. Moi au moins Erica je l'ai désirée ; j'étais contente d'avoir un bébé. Avec Vinny elle a essayé de s'en sortir, et elle a été dépassée. Il avait le diable en lui.

– Vous dites qu'il a été placé ici et là : est-ce qu'il revenait chez sa mère entre les différentes familles d'accueil ?

– C'est arrivé quelques fois. Il n'y avait pas que Pam qui s'en sortait pas avec lui, il y avait les familles d'accueil aussi ; ils n'arrêtaient pas de le renvoyer parce qu'il leur pourrissait la vie. Et je me disais, qu'on la laisse tranquille, cette pauvre fille ! Elle a dit qu'elle ne voulait pas de lui, qu'on lui foute la paix. Ça ne faisait qu'empirer son état.

– Empirer ?

– Elle se droguait. Pour finir, elle a fait une overdose. Je suis à peu près sûre qu'elle l'a fait exprès. Je ne peux pas lui en vouloir. C'était pas la faute de Pamela ; c'était celle de Vince. Vince et son père.

– Il est où son père maintenant ?

– Aucune idée. M'en fous.

– Il n'a pas participé à l'éducation de son fils ?

– Vous rigolez ou quoi ? Je n'ai jamais vu ce sale parasite et il peut remercier sa bonne étoile. Je l'aurais étranglé si je l'avais eu devant moi. Je lui aurais tordu le cou comme à une dinde de Noël. Pam ne l'a vu qu'une fois. Elle ne voulait pas de Vinny si vous voyez ce que je veux dire.

– Pas vraiment.

– C'était un type dans une ruelle un soir qui l'a coincée contre son gré. Vous y êtes maintenant ?

– Je suis désolée.

– Pourquoi ? Vous n'y êtes pour rien. »

La femme qui posait les questions s'appuya contre le dossier de son siège. Ils avaient dû se dire, vas-y toi, avec la vieille. Tu es une femme, tu sauras t'y prendre. Elle sera moins rude avec toi.

L'homme se pencha en avant, mains entrecroisées sur la table.

« Pourquoi avez-vous accepté de vous occuper de Vincent après la mort de votre sœur ?

– Les sœurs, c'est soudé. La dernière fois que j'ai parlé avec Pam, elle m'a fait jurer. Elle a dit, “Pearl, promets-moi que tu t'occuperas de lui.” C'est pour ça que je crois qu'elle avait déjà décidé d'en finir. On aurait pu penser qu'avec deux gosses, ils m'auraient donné un endroit digne de ce nom pour vivre, pas vrai ? À dire la vérité, c'est aussi pour ça que je l'ai fait ; j'ai pensé que si j'acceptais de prendre Vincent, j'aurais un meilleur logement. En fin de compte, jouer les bons Samaritains, c'est plus ce que c'était.

– Quand est-ce qu'il s'est fait arrêter la première fois ?

– Bonne question. Il devait avoir quatorze, quinze ans ? Il piquait des voitures, ce genre de trucs. Vinny avait été mis en garde plein de fois, mais qu'est-ce que je pouvais y faire, moi ? Je ne le contrôlais pas du tout. Sans rire, j'ai été bien contente qu'il se fasse coffrer. La maison de redressement c'était parfait pour lui parce qu'il était incapable de vivre dans le monde normal, même les familles d'accueil ne s'en sortaient pas avec lui. Ça a dû lui plaire aussi, vu le nombre de fois où il y est retourné.

– Il est resté combien de temps à la maison de redressement ?

– Quelques mois à chaque fois. À part la dernière fois. Il y est resté un peu plus d'un an et soit dit en passant j'ai trouvé qu'il s'en sortait bien pour ce qu'il avait fait. Glen, le mari de Rita, s'est pris six ans parce qu'il n'a pas fini la salle de bains d'un riche client qui vivait là-haut à Hampstead Heath. On aurait pu croire qu'ils avaient assez de fric pour embaucher quelqu'un d'autre avec la baraque qu'ils avaient, non ? Au lieu d'en faire tout un pataquès.

– Il était violent avec vous ?

– Glen ?

– Non, Vincent.

– Il n'avait pas intérêt.

– Vous n'avez donc jamais été témoin d'actes de violence de la part de Vincent ?

– J'avais pas besoin. Les bleus de Pam, c'était bien suffisant, non ?

– Si Vincent s'en est pris aux hommes avec lesquels…

– S'il les a tués, vous voulez dire ?

– En admettant qu'il soit impliqué, qu'aurait-il fait ensuite selon vous ?

– Aucune idée, mon vieux. Tout ce que je sais, c'est que Vinny avait un surnom en prison. Houdini. Vous avez entendu parler de lui ? Le roi de l'évasion ? Ils l'appelaient Hairy Houdini à cause de sa moustache, c'était horrible ce truc mais il l'adorait. Ça plaît à certaines femmes il paraît. Moi, toute cette broussaille autour des babines, je trouve ça dégoûtant. Quand j'ai vu mon mari à la station-service il avait une longue barbe au menton, on aurait pu y cacher un bol de corn flakes. J'ai regardé cette pouffiasse sur le siège passager et je me suis dit, T'as qu'à te le garder, ma vieille. »

L'homme fit la moue. Pearl alluma une autre Rothmans.

« On l'appelait Houdini parce que lui aussi savait s'y prendre en matière d'évasion. Pour un garçon sans éducation, il en avait là-dedans. Du coup je me dis que son père aurait pu être n'importe qui. On a pensé que c'était un pauvre type, et en fait c'était peut-être quelqu'un d'autre, c'était peut-être quelqu'un de la haute, un qui a fréquenté une de ces grandes écoles très chic, un avec une baraque de rêve, qui s'est juste lâché une nuit et c'est Pam qui en a eu l'honneur. Vous savez le point commun là-dedans ? L'arrogance. Tel père, tel putain de fils. Vinny disait que pour réussir il faut avoir du talent et aussi croire que t'es le meilleur et convaincre les autres que tu l'es. C'est une arnaque. Et lui, c'est un arnaqueur. Il embobinait tout le monde. Il s'est peut-être évadé du phare.

Il en serait tout à fait capable. Et il ferait croire aux gens exactement ce qui l'arrange. Nous mener sur une fausse piste par exemple. Je crois pas une seconde que Vinny soit mort.

– Où est-il, dans ce cas ?

– Aucune idée. Il n'y a que les trois gardiens qui le savent. Seulement Vinny connaissait des gens qui auraient pu l'aider et le couvrir ensuite, et maquiller tout le truc. »

L'homme sourit, comme satisfait de ce qu'elle venait de dire.

« Ce type, par exemple, qui était au phare avec eux. Le mécanicien. »

Le sourire s'effaça.

« Il n'y avait pas de mécanicien.

– Si. Le pêcheur qui est allé là-bas a dit qu'il l'avait vu.

– Le témoignage de Mike Senner n'est pas fiable, et c'est pourquoi nous n'explorons pas cette piste.

– Pas fiable ? Qui c'est qui dit ça ?

– Trident House. Tous les enquêteurs qui travaillent sur ce dossier.

– Putain, vous êtes complètement largués, en fait !

– C'est une simple question de logique, mademoiselle Morrell. Il est impossible d'accoster sans autorisation au phare de Maiden Rock, surtout quand la météo n'est pas bonne. L'administration sait tout ce qui se passe sur ses phares.

– Et pourtant, ils ne savent pas ce qui s'est passé sur celui-là.

– Nous refusons de gaspiller nos ressources pour un témoin qui n'est pas fiable.

– Et s'il a raison ?

– Aucun mécanicien n'a été envoyé au phare. Aucun bateau n'a quitté le port. Aucun pêcheur n'a fait la traversée. Personne n'a vu cet individu ni à Mortehaven ni ailleurs.

– C'est pas à moi de vous donner les réponses, mon vieux. C'est vous qui êtes censés les trouver. Peu importe j'imagine, étant donné que ça ne fait que renforcer ce que je viens de vous dire. Ce mécanicien ou ce type en tout cas s'il n'était pas mécanicien, il faisait forcément partie de la bande de Vinny. Et si mon cœur était plus vaillant, ce sale môme entendrait parler du pays. C'est quand même fou, non ? Avant que je vienne ici, Erica m'a dit que Vinny espérait par-dessus tout rompre avec les gens qu'il avait connus avant et tout recommencer à zéro, quelque part où il ne verrait pas toujours les mêmes tronches à chaque coin de rue. Vinny disait qu'il se ferait la malle un de ces jours. Et voilà-t-y pas qu'il l'a fait, ce petit morveux.

IX

1972

36

ARTHUR

Machines

Helen,

Je l'ai vu aujourd'hui. Tu crois toujours que je ne te raconte jamais rien. J'imagine ton visage en ce moment, en train de lire ces mots. Voilà pourquoi je ne te raconte rien.

Parfois, je me fais penser à mon père. Traumatisé par les bombes et les explosions. En me regardant dans la glace, je vois un homme mort. Des cris transpercent la nuit. Ma tête se volatilise en mille morceaux.

Trente-huit jours au phare

La brume est toujours là, chiffon enfoncé dans la bouche. Il est dix-sept heures passées lorsque Vince se lève.

« C'est qui, lui ? » dit Vince, et Sid répond :

« Tu me reconnais pas, mon pote ? Ils m'ont pas envoyé ici pour la chiasse et la rigolade. »

Vince est encore plus faible qu'avant ; je lui conseille de manger mais il ne peut pas, il ne fera que vomir, dit-il. Je coupe malgré tout une tranche de pain et comme nous n'avons plus de beurre j'étale dessus une noisette de gras froid qu'on a récupéré après avoir fait cuire un rôti il y a trois semaines.

Bill fume cigarette sur cigarette. Il a son foret sur la table et le coquillage sur lequel il a cessé de travailler. La pointe du foret est fine et coupante.

Cet après-midi je l'ai surpris à fouiller dans la chambre, il retournait les poches du pantalon que je lui ai emprunté et remis en place.

« Tu cherches quoi ?

– Rien. »

Il a remis le pantalon dans son placard et s'est précipité vers l'escalier, me bousculant presque au passage.

C'est comme ça qu'il se comporterait si je les surprenais ensemble ? Le visage empourpré, la main dans le sac.

Vince s'écroule sur une chaise. « On est quel jour ? »

Je ne sais pas quel jour on est. Tout ce que je sais, c'est que j'ai vu ton bateau voici deux lunes : l'embarcation à la voile déchirée et le signe de la main. Tu viens pour moi. C'est pour ça que j'ai annulé le mécanicien. Je ne voulais pas qu'ils interfèrent, qu'ils envoient quelqu'un ici susceptible de te faire fuir.

Sid exhale de la fumée. Il dévisage Vince froidement, sans sourciller, tel un reptile. « Tu ressembles à un gars que je connais, fait-il. T'aurais pas de la famille dans le Nord, des fois ?

– Non, répond Vince en tripotant le pain.
– Je t'ai peut-être croisé ailleurs alors. »
Vince frissonne. « Aucune idée, murmure-t-il. Je vois à peine vos visages.
– Mange, lui dis-je. Et retourne te coucher.
– J'ai besoin d'un seau.
– Je t'en apporterai un.
– Pour vomir.
– Je sais. »

L'heure du dîner. L'inconnu me regarde par-dessus son assiette, ses yeux d'un bleu acier, mince couche de glace sur un pare-brise en janvier.

J'ai vu ton bateau et le lendemain à l'aube Sid est arrivé. Deux choses qui se produisent en même temps, liées sans l'être, il y a un livre là-dessus, *Collision des entités*. Je l'ai lu dans la lanterne un magnifique jour de printemps alors que la lumière de l'aube se réfléchissait dans les lentilles et devenait violette et verte, orange et rose, un kaléidoscope psychédélique. Ça peut prendre des jours, des années, des millénaires : un message qui vient des étoiles et qui arrive sur terre des siècles plus tard. Je n'ai jamais parlé de toi à quiconque. Tu es timide, tu dois me faire confiance. Tu m'as fait confiance. Je t'ai déçu.

J'aimerais te dire que je regrette.

« Qui c'est qui a cuisiné ? » demande Sid.

Je repositionne mon couteau et ma fourchette de part et d'autre de mon assiette. « Moi.

– Tu aurais dû plus aérer ta pâte. Elle est un peu caoutchouteuse.

– C'est les saucisses qui sont caoutchouteuses.

– Non, c'est la pâte.

– Tu parles, il suffit de faire un trou dans la pâte et de mettre la saucisse dedans.

– C'est les saucisses qu'ont l'air trouées.

– C'est des putains de saucisses en boîte, intervient Bill. Fais pas chier. »

Bill s'empare de son assiette pour monter à la lanterne s'occuper de la corne de brume. Il a les lèvres pincées. Il a peut-être chopé la crève de Vince. Pensée fugace : on va tous être malades et demain matin on sera morts.

Sid continue de manger. Je l'entends mâcher la pâte. Une fois Bill parti, quelqu'un dit, « Il a peur de moi. » Est-ce Sid qui a prononcé ces mots, ou moi ?

« C'est un empoisonnement alimentaire. » L'inconnu s'essuie les doigts avec un sopalin. « Ton collègue. Il a mangé ce qu'il aurait pas dû.

– Quoi ?

– Les chocolats qui étaient pour Bill. Sauf que c'est pas Bill qui les a mangés. »

Il sourit, et une idée se glisse dans mon esprit. Rapide et soyeuse, telle une loutre plongeant dans l'eau.

« Tu pigeras, fait Sid. Un vieux de la vieille comme toi, t'as déjà tout pigé, pas vrai ? T'es trop intelligent. Ça sera dommage quand ils n'auront plus besoin de gardiens de ta trempe. Qu'est-ce que tu vas devenir ? Trente ans c'est long pour un homme qui n'a rien d'autre dans la vie que sa jolie femme. Je parie que tu te demandes de temps à autre ce que tu ferais sans elle. »

À le regarder, j'ai l'impression de me tenir au bord d'une falaise. De pénétrer dans une pièce où je ne suis pas censé être. Je ne peux pas ne pas voir ce que j'ai sous les yeux. La noirceur est sur nous, en nous, le chiffon s'enfonce un peu plus.

« Qui es-tu ? »

Des détonations brisent à intervalles réguliers le silence. C'est l'appel solitaire de la corne de brume, tel le chant des baleines dans les entrailles noires de la mer. Les questions se répètent sans réponse.

« Je serai parti demain matin, mon pote. T'inquiète pas de ça. » Puis il se tourne vers l'horloge au mur et dit, « Neuf heures moins le quart. C'est l'heure de se coucher. »

Je répète : « Neuf heures moins le quart.

– C'est l'heure à laquelle je me couche et à laquelle je me lève. » Il se penche en avant. Ces dents. « Ç'a toujours été pareil et c'est pas demain que ça va changer. Jour après jour, je commence et je finis à la même heure. Même pas besoin d'y penser. »

En arrivant à minuit dans la lanterne, je vois Bill, le pouce sur le piston, la tête baissée vers la poitrine. Il ne m'entend pas arriver. Je m'approche dans son dos, suffisamment près pour voir la peau rose derrière ses oreilles que Helen a touchée du bout de ses doigts. J'ai envie de lui demander comment il avait pu penser s'en tirer en toute impunité.

Le sang afflue en moi ; il afflue dans mes organes, mon cœur, mes veines, un sac plein de sang.

« Bill. »

Il sursaute et le coup part malgré lui.

BURRRRRRRRR.

« Merde. Qu'est-ce qu'il y a ?

– Tu dormais.

– Désolé.

– Tu me sers à rien si tu dors pendant ton quart. »

Je pourrais me jeter sur lui. Mais tu es là.

« Quelle heure il est ? »

Il se lève. Manque de tomber. Il est aussi paumé qu'une taupe sortant de son terrier.

« Ça va pas ? Tu es vachement pâle, Bill. »

Il fuit mon regard.

« Fatigué, c'est tout.

– C'est pas grave. Tu vas bientôt rentrer. Tu seras à terre avant nous et tu as hâte, je parie, pas vrai ? Dis à Helen que je serai bientôt avec elle, d'accord ? Tu lui diras ? »

Il est tenté, je le vois, de me balancer ce qu'il a sur le cœur. Des mots indicibles pourtant si faciles à prononcer.

« Allez, Arthur, lâche-t-il, et je n'arrive pas à comprendre ce qu'il signifie par là.

– Casse-toi. Descends. »

Il obtempère. J'éteins ma cigarette.

À deux heures du matin, je contrôle la lanterne, examine le gicleur, place de nouvelles charges dans la corne de brume, enregistre la visibilité et la direction du vent, qui j'en suis sûr est un vent d'est-sud-est, ce qui ne m'empêche pas de vérifier avec la rose des vents. En arrivant aux Phares et Balises, j'ai tout de suite aimé le côté vieille école de ce qu'on nous apprenait : installer une porte, coudre un bouton, faire du pain, réparer l'électricité, cuisiner. Rien que des choses importantes à savoir, pourtant les hommes à terre sont infoutus d'en faire la moitié, la couture et la cuisine en tout cas. Ensuite on nous a appris à entretenir les feux, comment ils fonctionnaient et comment réparer en cas de besoin. Tout ça m'a paru utile et nécessaire – il n'y avait aucune vanité là-dedans, aucun ego ; rien de matérialiste ni de superflu. J'ai senti que s'il le fallait, je m'en sortirais très bien tout seul. Helen n'a jamais considéré qu'elle était là pour s'occuper de moi, c'est contre sa nature de penser qu'une femme doit être responsable de ces choses, et en même temps je ne suis pas sûr que ça lui plaise vraiment, le fait que je n'ai pas besoin d'elle au sens pratique du terme.

J'aurais aimé qu'elle comprenne dans quel sens j'avais besoin d'elle.

J'avais besoin d'elle de manière invisible. C'était important.

J'aurais pu le lui dire depuis toutes ces années, mais je ne l'ai jamais fait. Pourquoi ? Si elle était ici, je pourrais lui parler comme je n'ai jamais pu le faire à terre. Je pourrais m'excuser, et tout rentrerait dans l'ordre ; nous recommencerions à zéro.

Je m'inquiète en pensant au jour où les gardiens seront devenus obsolètes. Qui suis-je sans les phares, sans ce monde, sans ma femme ? Lorsque les phares seront automatisés, nous disparaîtrons. Il paraît que ça a déjà commencé, ils préparent le terrain un peu partout dans le pays. Le progrès, il paraît, et le phare de Godrevy fonctionne déjà ainsi depuis la guerre. Bientôt, et je préfère ne pas savoir quand, une machine fera mon boulot. Cette machine n'aura pas besoin de cette tour, contrairement à moi ; elle ne l'aimera pas comme je l'aime. La technologie peut allumer la lanterne et faire retentir la corne de brume, mais elle ne peut pas s'occuper de la tour, et les tours ont besoin qu'on s'occupe d'elles, qu'on entretienne le matériel, qu'on entretienne leur âme. Vide, elle se languira des décennies de compagnonnage et de fraternité, de cigarettes fumées dans la cuisine, de rassemblement devant la télé, d'amitié et de confiance qui jadis prospéraient en ces lieux, et l'homme en sera banni à tout jamais.

✦

Plus tard, bien plus tard, après mon quart, alors que la nuit profonde se mue en aube blafarde. Je franchis le seuil de la chambre, mais j'évalue mal la distance et ma hanche heurte la colonne du contrepoids. Vince ronfle. Il est trop grand pour sa couchette, et ses pieds qui dépassent au bout tressautent telle l'aile d'une sterne des Hébrides extérieures, blessée sur une plage et qui s'efforce de reprendre son envol. Je presse ma paume sur son front. Le ronflement s'interrompt momentanément. Vince ouvre un œil dont le miroitement liquide me rappelle celui d'un phoque.

Par la fenêtre, à plusieurs milles, la mer s'épuise et la terre se dresse.

Une lumière luit là-bas, ou est-ce sur l'eau ?

Lorsqu'ils ont construit ces tours, ils ont fait en sorte que nos chambres donnent sur la côte. Quand un gardien de phare se couche, il sent le rayon qui se tourne vers son foyer. Ils veulent que notre esprit se concentre là-dessus plutôt que sur la mer sous nos pieds, qui s'étend si profonde et silencieuse qu'il vaudrait mieux ne pas le savoir. Lorsqu'un gardien est couché, ses souvenirs prennent toute la place et il a besoin de la terre, d'être sûr qu'elle est là comme un enfant a besoin d'entendre les pas de son père au beau milieu de la nuit.

Nous sommes tous reliés à la terre, depuis la nuit des temps où l'on s'est extrait de l'eau, nos nageoires se débattant sur le sable et nos branchies quêtant désespérément l'air.

La lueur à terre vacille, mutine, puis soudain elle s'intensifie, elle brille, elle désire, et je sais que c'est toi. Je sais que tu es là et que tu me parles. Je comprends ce que tu me dis. Ce que je dois faire.

Je respire l'odeur de tes cheveux, je sens ta nuque douce et enfin, enfin je m'endors, ta lumière inondant l'écran noir de mes paupières.

37

BILL

La mallette

J'avais sept ans lorsque j'ai découvert que je l'avais tuée. Mon frère qui venait de m'envoyer un ballon de foot en pleine figure s'est exclamé, « Arrête de pleurnicher, Billy ; les assassins, ça pleure pas. » Lorsque j'ai demandé au vieux ce qu'il avait voulu dire, il a levé les yeux de ses œufs au plat et m'a répondu que j'étais assez grand pour savoir maintenant, alors autant que je le sache ; c'était mon arrivée sur terre qui l'avait massacrée.

Ce mot m'a évoqué des moutons aux yeux révulsés, des cris dans une chambre à gaz, du sang giclant sur le mur d'un abattoir. J'avais eu mes doutes avant le football. À la manière dont mes professeurs et les parents de mes amis me regardaient avec pitié et dégoût. Et les chuchotements par rapport à ce qui s'était passé, quel pauvre garçon j'étais, et combien elle était gentille, trop gentille pour mériter un tel gâchis. Un gâchis : sa mort n'avait rien produit de bon. Le buffet dans l'entrée de la maison avec l'énorme photo d'elle posée dessus ressemblait à un autel. On ne m'avait jamais expliqué pourquoi ma mère n'était plus là. On s'attendait pourtant à ce que je l'aime et à ce que j'aie pitié, même si j'ignorais pourquoi, et à ce que j'y réfléchisse à deux fois avant d'oser rire ou de me laisser aller à être heureux, car comment pouvais-je me le permettre ? Je sentais toujours que c'était la mauvaise personne qui manquait à l'appel. Ils avaient perdu au change.

C'était la seule photographie que j'avais de ma mère. C'est ainsi qu'elle est restée gravée dans mon esprit au fil des ans, figée dans une pose souriante et aimable. Je ne l'avais jamais vue en colère ou triste ou riant aux éclats – rien que ce visage bienveillant, patient, qui me regardait lorsque je rentrais de l'école ou que je venais de me faire tabasser par mes frères.

Personne d'autre ne m'a pardonné. Elle seulement.

Quand j'ai rencontré Helen Black, elle m'a aussitôt rappelé cette image. Et cette fois je pouvais lui parler, toucher sa peau ; je pouvais lui prendre la main.

Je voulais lui raconter tout ce qu'elle avait raté, mon père et ses punitions, mon père qui venait dans ma chambre avec sa ceinture et s'asseyait au bout de mon lit. Et lui dire qu'elle aurait pu me sauver si elle avait été là, repère dans la nuit. Lui parler de la cousine qui vivait dans le Dorset et de la mer que je haïssais et qui était mon destin, je le savais. Lui raconter que j'avais toujours dû m'excuser d'être en vie, toujours. Que c'était ce qui m'avait amené aux phares, à une vie dont je ne peux m'extraire.

Cinquante-cinq jours au phare

Au réveil le matin, la chambre est silencieuse. Une faible lueur filtre à travers le rideau entrebâillé. La pièce est vide.

Je vérifie s'il y a quelqu'un au-dessus de moi. Le lit du mécanicien est fait, on dirait que personne n'a dormi dedans. Vince n'est plus là. La panique me prend : et si j'avais passé trop de temps à dormir et que tout le monde était mort ou m'avait abandonné, seul.

Encore trois jours et je serai rentré à terre. Elle n'aura plus à lui mentir maintenant, ni à moi ni à elle-même. Plus maintenant qu'Arthur connaît la vérité.

Évidemment qu'il sait, abruti.

Arthur a trouvé le collier que j'ai volé à l'Amiral pendant que Jenny était en ville un après-midi. Si quelqu'un m'avait demandé ce que je fabriquais là, j'aurais répondu que je passais réparer une étagère. Je n'avais pas l'intention de voler quoi que ce soit, je voulais juste pouvoir sentir son odeur – ses foulards, son parfum, sa chemise de nuit. Le collier a disparu, il n'était plus dans le pantalon que je portais lorsqu'elle m'a embrassé, celui qu'il m'a emprunté sans me le demander.

C'est un homme qui n'a rien à perdre.

J'ai peut-être toujours voulu qu'Arthur le découvre. Pour qu'il en endosse la responsabilité.

Je m'accroupis devant mon placard en quête de cigarettes. À l'intérieur, au fond, mes doigts rencontrent un sac en papier. L'espace d'un instant, je reste interloqué. Puis ça fait tilt. Ce sont les chocolats que ma femme m'a envoyés. J'ai l'impression d'être ici depuis tellement longtemps. Je les sors : ils ont une forte odeur de fleurs, mais pas tout à fait la même qu'il y a trois semaines.

Je songe à en manger un. Pour être honnête avec elle, une dernière fois : Oui, je les ai goûtés. Ils étaient très bons, merci.

À la place, je descends dans la cuisine et les jette à la poubelle.

✦

Arthur est assis à la table en formica et lit un livre.

« La brume s'est levée, dis-je debout devant l'évier, sûr de lui tourner le dos. Où est Vince ?

– Là-haut. »

L'eau potable a goût de sel et d'algues. « Sid ? »

Arthur répond qu'il est déjà parti ; qu'il a dû prendre un bateau tôt le matin.

Je ferme le robinet. Qui fuit. « Qui s'est occupé du treuil ? je demande.

– Pas moi.

– Vince, alors.

– Non. »

C'est tout ce que dira le gardien-chef. L'Arthur d'avant n'aurait pas hésité à revenir sur l'arrivée de Sid malgré la brume tenace, son comportement et les choses qu'il a dites. Au lieu de quoi, il reste silencieux, et ce mutisme sera la dernière chose sur laquelle nous nous entendrons.

Le registre météo est ouvert devant Vince. Il va m'interroger sur Sid et je ne sais pas encore ce que je vais lui répondre, jusqu'où je vais aller ; en fait j'ai tort de m'inquiéter parce qu'il est concentré sur autre chose.

« Tu devrais regarder ça, Bill. »

Les lentilles de la lampe brillent. Je m'approche de lui.

« Viens là, dit-il. Regarde. »

Je me penche par-dessus son épaule pour voir les pages sur le bureau.

« Forcément j'ai cru que c'était le relevé de l'année dernière, poursuit Vince d'une voix mal assurée. C'est ce que j'ai pensé quand je l'ai vu. Ça ne peut pas être le bon. Il y a forcément eu une erreur. C'est un vieux registre ; le gardien-chef a dû se tromper. Parce que c'est maintenant, Bill. Ça correspond à ce mois-ci. »

Il me montre un fouillis de lettres et de nombres griffonné à l'encre noire par le gardien-chef, des bâtons et des boucles rapetissant progressivement jusqu'à devenir des pattes de mouche ; il a appuyé tellement fort par endroits que la page est déchirée. *Mer furieuse, hurlante, brisante. Chaotique. Violente tempête qui vire à l'ouragan…*

« Force 10, 11, 12, lit Vince. On n'a jamais eu force 12. C'est insensé. Ce n'est pas du tout ce qui s'est passé. »

C'est alors que je remarque la mallette. Elle est posée sur la première des quelques marches menant à la lanterne : petite, rectangulaire, pas quelque chose que l'on remarquerait d'emblée, et Vince ne l'a pas encore vue. Ce n'est pas une mallette à outils, du genre sacoche de mécanicien, mais un porte-documents. Lisse, compact ; brillant, pareil à un chat sorti sous la pluie.

« Bill, dit Vince. Qu'est-ce qu'on fait ? »

La mallette a la même couleur que Sid. Cette couleur indescriptible.

On est bien d'accord. Arthur le sait et moi aussi.

Le mécanicien n'est pas un mécanicien, en fin de compte. Personne ne disparaît d'un phare de son propre chef, sans laisser de trace. À la manière d'un homme argent surgissant à deux reprises devant une Talbot Sunbeam en 1951.

« Putain, mec ! » Vince ferme le registre. « Tu t'en fous ou quoi ? »

Je pense à l'armoire où mon frère planquait ses clopes à la maison et je pense à moi en train de fumer dans la véranda, tapi dans l'ombre en attendant leur retour, dans l'odeur métallique de la pluie.

Cours.

« C'est quoi ? » demande-t-il, se tournant vers ce que j'observe.

Je m'approche de la mallette, me baisse et actionne les fermoirs, surpris de les voir s'ouvrir.

« Bill… » Il y a une urgence dans sa voix. « Qu'est-ce qu'il y a dedans ? Fais voir. »

Je regarde. Je ne peux pas.

« Rien, dis-je en refermant la mallette d'un coup sec. C'est vide. »

Parfois à la maison, Jenny capture une araignée dans un verre. Parce qu'elle n'aime pas les araignées, elle le fait vite, comme si elle refusait d'y penser ou même de la voir, elle se dépêche de la coincer et de la jeter dehors. De la même manière je m'empare de la mallette, et sans plus y réfléchir je sors sur la coursive et la balance à la mer par-dessus la balustrade.

38

VINCE

Ravitaillement

Dès mon premier jour de formation, on m'a dit qu'il était le meilleur. Arthur Black, c'est le gars qu'il te faut, voilà ce qu'on m'a dit. D'habitude, on ne nommait pas les gardiens-chefs. La notoriété n'était pas bon signe. Par exemple, le gardien-chef au phare des Skerries passait son temps à poil, sans doute parce qu'il le pouvait, parce que sa femme ne l'autorisait pas à le faire à la maison. L'homme accomplissait chaque tâche en tenue d'Adam, qu'il change le manchon ou lave le sol, c'était pareil ; la seule chose qu'il lui arrivait de porter, c'était un tablier lorsqu'il préparait le repas. Tout le monde redoutait de manger ce qu'il cuisinait ou de se retrouver à monter l'escalier derrière lui. Bref, connaître le nom de quelqu'un, c'était rare. Arthur Black avait la fierté placée au bon endroit, du cœur et la tête bien faite, et le jour où j'ai commencé avec lui, j'ai compris que je ne trouverais jamais de meilleur gardien-chef.

Ça faisait des jours et des jours qu'on était dans la brume, et ce n'était pas ce qu'il avait écrit.

Arthur n'est plus comme avant. Ce n'est plus la même personne.

Quelque chose s'est passé. Je ne sais pas quoi.

Mon gardien-chef est devenu bizarre. Plus bizarre qu'avant. Ce que j'ai lu dans ce registre est insensé. Je l'ai tourné dans tous les sens, mais j'arrive toujours à la même conclusion.

Arthur est vieux. Il s'est trompé.

C'est forcément ça, et je refuse d'imaginer quoi que ce soit d'autre.

✦

Vingt jours au phare

La mer est une aquarelle transpercée de lueurs citron. Je suis de quart ; ce n'est pas l'océan que j'observe mais la côte. J'examine le littoral aux jumelles, pour voir si l'homme d'Eddie est dans les parages parce que je sais qu'il va revenir, peu importe comment il se fait appeler. Il a dû prévenir le patron à l'heure qu'il est ; ils réfléchissent au meilleur moyen d'accomplir leur mission, ils établissent leur plan, en bons professionnels. Le bateau quitte le quai. D'abord une tête d'épingle qui grossit à vue d'œil, qui arrive vite aujourd'hui, demain…

Toc-toc.

Je sais qui c'est.

J'essaie de penser à autre chose en m'attelant à ce qu'il y a à faire et à réparer. Ma chemise pue et mes chaussettes ont besoin d'être reprisées, mais j'aime bricoler : ça me calme de me concentrer sur ce que je fais, et maintenant je me sens mieux, je redeviens un être humain, ça fait tout simplement plaisir d'être là, actif.

Je jette un coup d'œil dans les jumelles.

Lorsque j'ai rencontré Michelle, je me suis dit, je sais ce qui va se passer. Erica lui dira ce que j'ai fait et ça sera terminé. Erica me laissera m'approcher d'elle, puis elle me l'enlèvera, parce que j'ai toujours vécu ça dans mon enfance, chaque famille d'accueil s'attendait à ce que je m'attache à elle, mais au bout de six ou huit on n'est plus capable de le faire. Après on te dit que tu es froid et pas normal et que personne ne veut de toi ; tu as un problème.

En réalité Erica n'a rien dit. Et maintenant pour la première fois je peux croire à une vie à deux dans le lotissement, Michelle et moi, un avenir commun. Parfois je pense qu'elle ressemble aux phares et que c'est ce qui m'a attiré vers elle d'emblée, ou ce qui m'a attiré vers eux : tu es perdu dans le noir, au gré des vagues, puis tout à coup tu vois une lumière qui luit, tu n'as jamais vu un truc briller aussi fort et tu ne peux que te diriger vers elle et espérer qu'elle t'accueille.

Je ne laisserai pas cette lumière s'éteindre. Ni pour Eddie. Ni pour personne.

En bas dans la cuisine je glisse mon bras dans l'interstice sous l'évier. L'ouverture est de la taille d'une brique environ ; si tu as un poignet fin comme moi, tu peux plier le bras pour passer derrière le mur. L'espace d'un instant je panique, en pensant que l'homme d'Eddie l'a trouvé, et en fait non, il est là.

Je sors le pistolet et vérifie qu'il est chargé.

Et lorsque je repense à ce que j'ai lu dans le registre météo, au cas où j'aurais tort et Bill raison, je sais qu'il n'y a qu'une solution. Penser à moi. Rien qu'à moi. Défendre mes intérêts.

Les choses dégénèrent au bout d'un moment dans un phare. C'est ce qu'ils m'ont dit à la formation, fais gaffe aux phares, ça peut te rendre dingue, et je suis désolé pour le gardien-chef et pour Bill si Sid revient, s'il revient avec Eddie. Je suis désolé, vraiment.

✦

En fin d'après-midi le ravitaillement d'eau potable arrive. Sur les îles ils ont un système de filtrage des eaux de pluie dans les phares, et la pluie ici, ce n'est pas ce qui nous manque pour pouvoir tenir, sauf qu'on est si éloignés de la côte et qu'on a tellement peu de place que Trident est obligé de nous ravitailler en eau potable. Le bateau s'appelle *Spirit of Ynys*. Aucune idée de ce que ça veut dire ; selon Arthur c'est une référence à un druide gallois, qui sait, les bateaux portent toutes sortes de noms.

« Mike, c'est toi ? crie Bill depuis la plateforme.

– Salut, Bill. Tu veux que je ramène quelque chose à terre ?

– Oui, moi.

– Il te reste plus beaucoup de temps maintenant, pas vrai ? lance le pêcheur. Combien de jours ?

– Trois.

– Croise les doigts. La météo annonce une tempête. Et une grosse en plus.

– Sid est venu réparer le groupe électrogène, lâche soudain Bill. Tu le connais ?

– Non, c'est qui ?

– Un grand type. Il est resté deux nuits. »

Mike Senner secoue la tête. « À terre ils ont dit que votre gardien-chef avait déclaré que vous n'aviez plus besoin de mécanicien.

– Quand ?

– Bah quand votre groupe électro ne marchait plus. » Mike met la main en visière et scrute la plateforme. « Je leur dirai de vérifier.

– T'es sûr qu'ils ont envoyé personne ? »

J'interviens : « Laisse tomber, Bill.

– Personne n'est venu en bateau ici depuis des lustres, affirme Mike. C'était impossible avec le temps qu'il faisait. S'il y avait eu un type assez fêlé pour le faire, on l'aurait su.

– Personne ne l'a vu à terre ?

– Bah, non. »

Bill est secoué. Moi, je sais à quoi m'en tenir. Les hommes d'Eddie savent s'y prendre pour passer inaperçus.

« Je vais leur en parler, reprend Mike, si ça peut te rassurer. Enfin ça m'étonnerait qu'ils y croient, Bill. Que quelqu'un soit venu ici à leur insu. Ils vont me dire, "Personne au monde ne peut faire ça, Mike, vieille canaille ; tu sais bien que personne au monde ne peut faire ça." »

X

1992

39

16 Myrtle Rise
West Hill
Bath

Rabbit's Foot Press
Tandem Publishers
110 Bridge Street
London

26 août 1992

Messieurs,

J'aide actuellement votre auteur Dan Sharp dans ses recherches au sujet de la disparition du Maiden Rock. D'après ce que je sais, les romans qu'il a publiés chez vous ont été écrits sous pseudonyme, et je vous saurais gré de bien vouloir m'indiquer son vrai nom.

Dans l'attente de vous lire.

Vôtre,

Helen Black

40

HELEN

Elle arriva en avance et elle aurait pu entrer et l'attendre. Pourtant, malgré la pluie elle resta dehors sur le trottoir d'en face à observer la porte du café. Au bout d'un moment, il apparut – en avance lui aussi, d'une minute seulement. Il avait les cheveux mouillés, et son caban était constellé de gouttelettes. Sa démarche, la forme de sa tête lui étaient si familières ; pourquoi ne les avait-elle pas remarquées plus tôt ? Elle avait du mal à croire qu'elle avait raté ça. Michelle avait raison. Lorsque Dan Sharp s'était lancé dans ce projet, il avait déclaré dans la presse avoir choisi ce sujet parce que cet événement l'avait toujours intrigué, et qu'il aimait la mer. Helen l'avait cru sur parole, mais il n'avait pas été honnête avec le reste.

Elle décida, après l'avoir vu pénétrer dans le café, de lui laisser le temps de se sécher et d'organiser ses notes. Elle était prête maintenant pour l'ultime confession. Maintenant qu'elle connaissait sa véritable identité.

Elle lui avait parlé de tout sauf de ça, le plus important. Elle n'avait pas menti pour autant ; elle n'avait pas tout dit, simplement.

Avant, elle avait le sentiment qu'il ne pourrait pas la comprendre. Lui qui s'intéressait aux pirates et aux naufrages. Désormais elle savait qu'ils étaient pareils.

Pour finir, elle n'avait pas supporté l'idée qu'il l'apprenne par quelqu'un d'autre : qu'il mette dans son livre les mots d'une autre personne, quand ça lui avait pris des décennies pour trouver les mots justes, les mots acceptables pour elle. C'était nécessaire pour comprendre l'histoire. Pour comprendre Arthur et qui il était, et ce qu'il avait peut-être fait.

Elle mit sa capuche et traversa la rue.

41

HELEN

Ça fait du bien de s'asseoir. Le bus m'a déposée loin d'ici – c'est ma faute, je devrais connaître le fonctionnement des bus depuis le temps, mais je ne me souviens jamais lequel va jusqu'au bout de la ligne et lequel s'arrête avant. Oui, d'accord. Un thé s'il vous plaît.

Je vais commencer par le commencement. Autant commencer par là. Même si la mémoire ne fonctionne pas toujours de cette façon, n'est-ce pas ? Elle fonctionne plutôt par éclats qui vous reviennent d'un coup et s'organisent bizarrement. Parfois on se rappelle les détails les plus saugrenus, comme ce couple qui nous avait loué la maison cet été-là. Je n'ai jamais oublié que le propriétaire de cette maison refusait de travailler le lundi. Il ne l'avait jamais fait et ne le ferait jamais, c'est ce qu'il m'avait dit ; lorsqu'il avait un entretien d'embauche, il annonçait qu'il n'aimait pas travailler le lundi, parce qu'il ne voulait pas de ce sentiment du dimanche soir, vous savez, quand on songe à retourner au travail et que tout nous semble, comment dire, décalé. Je pense que plus le traumatisme vécu est grand, plus votre esprit s'accroche aux choses futiles. C'est plus vivable. En un sens, je dois beaucoup à cet homme qui ne travaillait pas le lundi.

Notre fils s'appelait Tommy. Et bien sûr, ce n'est pas dans cette maison de location que tout a commencé. Cela a commencé six ans plus tôt, le jour où j'ai appris que j'étais enceinte. Ç'a d'abord été un choc. Je n'ai pas honte d'avouer qu'il m'a fallu un moment pour apprivoiser l'idée. Ce n'était pas que je ne voulais pas d'enfant. C'était juste que pour moi avoir un enfant n'était pas une fin en soi : je me sentais très bien sans, je n'éprouvais pas spécialement le besoin d'être mère.

Avant la mort de Tommy, ça ne me gênait pas de penser qu'il était un accident, mais maintenant je ne peux plus dire ça. J'ai l'impression d'avoir provoqué sa mort en imaginant qu'il n'était pas censé naître. Il *devait* naître, et c'est pourquoi la surprise que j'ai éprouvée lorsque j'ai découvert que j'étais enceinte me semble aujourd'hui être un miracle. Nous ne l'avions pas prévu, mais il n'était pas un accident.

Arthur et moi ne savions pas comment nous allions nous en sortir, ou quel genre de parents nous serions. Personne ne sait ces choses. Tout ce qu'on peut faire, c'est y aller et faire de son mieux.

Tommy était un bébé adorable. À l'époque je ne savais pas trop à quoi m'en tenir en matière de bébés. Comparé à ce que Jenny a fini par traverser, Tommy était un délice. Il dormait bien, il mangeait bien, à sept mois il se traînait à quatre pattes et à quinze il marchait ; mon Dieu c'est triste tout ce qu'on oublie. On croit qu'on se souviendra de chaque petit détail parce que chaque facette de chaque petit détail nous fascine – ce qu'ils mangent, le bruit qu'ils font, leurs petits poings fermés et leurs bras qui s'agitent, leurs cheveux soyeux dans la nuque et leurs épaules douces et rondes dans le bain... Sauf qu'on oublie. Impossible de faire autrement. Chaque semaine votre enfant est remplacé par un autre, un plus grand, un plus développé, et je ne crois pas qu'il soit possible de se souvenir avec précision de toutes les variantes successives de sa personnalité. Ça revient à connaître dix personnes différentes en l'espace de deux ans. Enfin, on avait un truc, Tommy et moi : on s'aimait bien. On était amis. Dès l'instant où il est né, il m'a souri d'une manière particulière, pas la même qu'avec les autres.

Vous avez l'air triste. Vous n'avez pas d'enfants ? Eh bien, ça va rendre la chose plus facile. C'est plus facile pour moi aussi de vous en parler. Avec les parents on a l'impression d'être contagieux, ils vous regardent bizarrement, à croire qu'on va les contaminer, qu'un malheur impensable va aussi les frapper. Ou bien on a l'impression qu'ils vous écoutent sans vraiment vous écouter parce qu'ils sont trop occupés à penser, Dieu merci ce n'est pas à nous que c'est arrivé.

Quand on me demande si j'ai des enfants, je réponds ce qui me plaît. Parfois je dis non, ce qui est vrai techniquement : non, je n'ai pas d'enfant. D'autres fois je dis oui, j'ai eu un fils et il est mort. Et vous savez ce que j'espère toujours les entendre me demander ? Son nom. J'espère les entendre me demander son nom. Mais ils secouent la tête et disent, je suis désolé, ça a dû être horrible, et j'acquiesce, je dis oui, oui, c'était horrible, c'est ça.

Il est très rare qu'on me demande comment il s'appelait. Dans la mort il est anonyme. Il ne peut pas avoir été un véritable enfant. Il ne peut pas avoir été Tommy, cela signifierait que ça pourrait arriver à n'importe lequel d'entre nous, parce que personne n'est immunisé.

Je considère que je suis mère, oui : une mère qui perd son bébé juste après la naissance ou avant la naissance reste une mère. Les mères qui ont perdu un enfant me demandent toujours son nom. C'est comme ça qu'on sait. Pendant longtemps après la mort de Tommy j'ai fui les autres – personne ne pouvait comprendre l'état d'esprit dans lequel je me trouvais –, ensuite j'ai intégré un groupe de soutien au deuil, et ça m'a fait du bien. Le deuil peut être incroyablement solitaire. Sans s'en rendre compte on rentre en soi, et ce n'est pas qu'on n'arrive pas à sortir de soi-même, c'est qu'on n'en a pas envie.

Ces mères m'ont aidée à en revenir. J'aimerais pouvoir dire que c'est Arthur qui m'y a aidée… Enfin ce n'est pas le cas. Dans le groupe, on appelait les enfants « la bande », et on fêtait leurs anniversaires, pas de manière morbide, juste pour accepter la réalité. C'était tout ce que je désirais, finalement, accepter la réalité. Arthur n'a jamais parlé de Tommy. Après l'enterrement, je ne crois pas que mon mari ait jamais prononcé son prénom.

Il ne voulait pas voir de photographies ni partager aucun souvenir. Alors que moi j'avais besoin de tout ça, pour que Tommy reste avec moi. Je ne pouvais pas faire mine qu'il n'avait jamais existé.

J'ai fait semblant avec vous, oui. Vous ne me demandez pas pourquoi ? Il y a peut-être des éléments que vous m'avez cachés aussi, parce que c'est ce qu'on fait d'ordinaire. C'est plus facile que d'être soi-même, d'être toutes ces choses auxquelles on n'échappe pas. En tout cas, le chagrin est dévastateur. J'ai pleuré et pleuré en pensant que jamais je ne m'arrêterais. Pendant des semaines je suis restée allongée dans le noir, à grelotter et à croire entendre sa voix, un infime murmure qui répétait « Maman ». Ça a duré des mois. La douleur m'a mise à terre. C'est encore le cas, même si aujourd'hui je la sens venir et j'arrive à rester debout. Au début elle me tombait dessus et j'avais l'impression de recevoir un coup dans les genoux. Je sentais les vêtements de Tommy et je n'arrivais pas à croire qu'il n'était plus là. Comment son odeur pouvait-elle être encore là s'il ne l'était plus ? Tous ses jouets qui l'attendaient, et il ne reviendrait jamais ? Vous comprenez pourquoi j'ai gardé ça pour moi.

Arthur est retourné à la Maiden juste après la mort de Tommy. Je pensais qu'on quitterait le service des Phares et Balises pour penser à nous d'abord, mais nous ne l'avons pas fait. Lorsqu'il était au phare je restais seule à la maison, je coupais les croûtes du pain de mie par erreur et j'achetais du lait que personne n'allait boire. Les bouteilles restaient dans le frigo pendant des jours, jusqu'à ce que je les débouche et qu'une violente odeur aigre s'en dégage ; alors je les vidais dans l'évier.

Arthur et moi nous sommes éloignés l'un de l'autre. Je n'avais jamais particulièrement aimé le phare et désormais je le haïssais. Chaque fois que je le voyais je me disais que c'était un monstre surgissant de la mer. J'avais tant besoin de l'amour d'Arthur et il n'en avait que pour le phare, ou c'était le phare qui n'en avait que pour lui. Ça peut sembler dingue. En tout cas, c'est ce que je ressentais. Je savais que la mort de Tommy l'avait accentuée – cette distance –, mais Arthur l'avait peut-être depuis le début. Il m'avait dit une fois qu'il fallait être fou pour être gardien de phare. J'ai beaucoup repensé à cette phrase à l'époque.

Je savais qu'il avait aimé Tommy, tellement. Voilà pourquoi il n'a pu assumer sa mort. Enfin, il n'a pas pu y faire face, c'est peut-être une meilleure façon de le dire. Il n'a pas pu la regarder dans les yeux. Et pourtant il faut le faire dans ces cas-là, sinon cela vous pourchasse pour le restant de votre vie et vous fauche les genoux par-derrière.

J'ai souvent espéré ne plus jamais revoir mon mari. Donc lorsqu'ils ont disparu j'ai eu peur d'avoir provoqué leur disparition en me disant ça. Parce que alors je pourrais enfin quitter les Phares et Balises. Je pourrais m'éloigner de la mer. Je n'aurais plus à m'asseoir dans notre cuisine à l'Admiral en écoutant Arthur trier ses cailloux ou griffonner dans sa grille de mots croisés sans comprendre pourquoi il ne pouvait pas tout simplement me prendre dans ses bras et me dire qu'il pensait à notre fils autant que moi.

Maintenant je comprends que Tommy souhaitait le retour de son père. Il avait besoin d'Arthur plus que moi, et c'est normal, c'est ainsi que ça doit être. La mer a pris Arthur parce que c'est là que nous avons perdu notre fils. Parfois la mer me fait l'effet d'une grosse langue qui lèche les gens autour de moi et je me dis que si je m'approche d'elle, elle va me lécher aussi et m'avaler jusqu'au fond de ses entrailles. C'est pour ça que je vis ici.

Tommy venait d'avoir cinq ans. La maison où nous passions l'été était belle ; elle ne méritait pas ça. Les gens qui nous la louaient, l'homme qui ne travaillait pas le lundi, ne méritaient pas ça. Les choses vous tombent dessus dans la vie un jeudi comme n'importe quel autre alors que vous sortez du bain. Sans prévenir. Les choses qu'on redoute le plus n'arrivent jamais. Du moins pas comme on pourrait s'y attendre.

Notre fils avait hâte d'être en vacances avec un père qu'il ne voyait presque jamais. À l'époque Tommy commençait à s'intéresser au métier d'Arthur, au fait que son papa prenne un bateau pour aller dans un phare ; il s'intéressait aux histoires de tempêtes et de pirates que son père lui racontait en rentrant, des histoires pour la plupart inventées, c'est du moins ce que je croyais, mais peut-être que je me trompe. Quand il était en mer, Arthur manquait à Tommy. Arthur ne m'écrivait jamais. En revanche, parfois il écrivait à son fils, et il fallait qu'il fasse beau et qu'un pêcheur veuille bien faire la traversée pour que les lettres lui parviennent. Il racontait à Tommy que lorsque le phare de la Maiden s'allumait après le coucher du soleil, c'était son père qui lui disait bonne nuit. Quand nous étions seuls tous les deux à la maison, nous parlions de ce qu'Arthur faisait au phare, et j'inventais aussi bien pour moi que pour Tommy. Les enfants voient le monde de manière merveilleuse. Tommy disait toujours que son papa était le soleil une fois que le soleil s'était couché, et depuis tout ce temps je continue de penser que c'est la plus belle description d'Arthur que j'aie jamais entendue.

Il s'est noyé. C'était un matin radieux, l'été du couronnement de la reine. J'avais décidé de prendre un bain après le petit-déjeuner. C'était une baignoire à pattes de lion, très profonde, et je macérais dedans depuis un petit moment – l'eau commençait à refroidir – lorsque j'ai entendu Arthur crier en bas. Je suis descendue voir ce qui se passait et je l'ai trouvé près de la porte, les bras collés le long du corps, paumes tournées vers le plafond. Son visage n'avait plus de couleur. Il m'a fallu quelques secondes pour me rendre compte qu'il était détrempé.

« Où est Tommy ? »

Mais Arthur a continué de me fixer, tel un débile sur lequel on vient de jeter un seau d'eau pour le sortir de sa torpeur, en vain.

Puis il a dit : « Je l'ai perdu.

– Quoi ? Où ? » On aurait pu croire l'espace d'un instant que nous parlions des clés de voiture.

« La mer, a-t-il répondu.

– Où dans la mer ?

– La mer », a-t-il répété.

Tommy ne savait pas nager. Pas sans ses bouées. Ce sont elles que je cherchais du regard lorsque je suis sortie pour scruter cette eau horrible ; je cherchais les bouées rouge et jaune que Tommy portait autour de ses petits bras. J'étais persuadée de les repérer. Je ne m'attendais pas à les voir là, dans la véranda, qui gisaient près des cirés que nous avions apportés avec nous et n'avions pas encore utilisés.

Disparu. Non, Arthur n'avait pas dit qu'il avait disparu. Il a dit qu'il l'avait *perdu*.

J'ai pensé bêtement qu'il y avait encore une chance pour que tout rentre dans l'ordre ; Tommy allait revenir sur la plage d'un instant à l'autre, le courant allait nous le ramener. Or depuis quand la mer me faisait-elle de tels cadeaux ?

Je ne sais pas ce qui s'est passé après. On a dû appeler à l'aide à un moment donné parce que les gens sont arrivés et puis l'ambulance, et c'est moi qu'ils ont enveloppée dans une couverture même si je n'avais pas froid.

Son corps s'est échoué sur la plage deux jours plus tard. Minuscule, bleu, la peau fripée, il portait le maillot de bain vert qu'il avait choisi lui-même quatre jours plus tôt au supermarché. Arthur a dit qu'il irait l'identifier ; je voulais y aller aussi, je voulais le voir. Il n'avait pas l'air mort, juste endormi. Lorsque je lui ai embrassé le front, il m'a semblé normal, un peu frais, c'est tout. J'ai pensé que son âme avait quitté son corps et que les deux avaient cessé de se tenir la main. Le corps était un corps et l'âme était partie. Pour certains, c'est une consolation. Pas pour moi. J'ai eu peur que le corps se sente seul sans l'âme, sans lumière en lui, sans rien pour lui tenir chaud. Je n'ai pas voulu qu'on enterre Tommy à cause de cette solitude. Ça m'a obsédée. Je n'arrivai pas à me débarrasser de l'idée qu'il était froid et seul à la morgue, dans son cercueil, et qu'il finirait sous terre. Je sais encore aujourd'hui que si nous l'avions enterré je passerais des nuits blanches à penser à ses os enfouis seuls. On l'a fait incinérer. Je préférais qu'il ne reste rien.

Ils étaient allés marcher dans l'eau. Là où c'était plat, a dit Arthur, c'est pour ça qu'il n'avait pas pris les bouées. Tommy avait de l'eau jusqu'au nombril, Arthur n'a pas arrêté de le répéter, et j'aurais aimé qu'il s'abstienne de le faire parce que ça me renvoyait systématiquement à Tommy bébé, encore rattaché à moi par le cordon ombilical durant tous ces mois où je l'avais protégé, et à ces *vingt putains de minutes* passées dans le bain. Arthur l'avait laissé pour aller chercher son appareil photo. À quelques mètres de là, dans la véranda. Tommy était un petit garçon curieux, il a dû aller plus loin, faire un ou deux pas, et il a perdu pied. Il y avait beaucoup de courant dans ce coin, c'était connu. Il a trébuché, il est tombé, et puis il s'est noyé. C'est comme ça que je le vois dans ma tête. Quelque chose de rapide et indolore. Le temps qu'Arthur revienne avec son appareil photo, c'était trop tard.

L'idée de la responsabilité d'Arthur dans la mort de notre fils était un démon contre lequel j'ai dû lutter de toutes mes forces. Sinon, je l'aurais tué sans hésiter. Je l'aurais étouffé dans son sommeil. Et il n'avait pas besoin de moi pour savoir que c'était sa faute. Je ne sais pas comment on peut surmonter un truc pareil parce que la tristesse est déjà tellement écrasante sans avoir besoin d'y ajouter la culpabilité. Et je sais qu'il s'est senti coupable, et que ç'a été le nœud du problème. Que c'est pour ça qu'il ne pouvait plus me regarder ni me toucher, et qu'il ne pensait plus qu'au phare.

Évidemment, je me suis dit qu'il avait voulu rejoindre Tommy. Être à nouveau avec lui. Que tout ce qu'il trimballait en lui avait fini par exploser. Je ne sais pas comment il s'y est pris, si c'est ce qu'il a fait, et je ne l'imagine pas en train de le faire – pas à Bill ni à Vince ni à lui-même, c'est impossible. Cependant je crois que selon les circonstances n'importe qui est capable de n'importe quoi. C'est une question de moment. Ça dépend de ce que les gens cachent. En vérité, ce n'est pas normal pour un homme de devoir vivre dans un phare sans pouvoir en sortir. Trident n'admettra jamais qu'ils n'auraient pas dû l'imposer à leurs hommes, à n'importe quel homme, jamais, parce que ce n'est pas naturel pour un être humain et ça finit par peser lourd.

Je n'étais pas prête le jour de notre première rencontre à parler des horloges. Mais je peux le faire maintenant. Neuf heures moins le quart, c'est l'heure à laquelle Tommy est mort. Les deux horloges à la Maiden étaient arrêtées pile à cette heure-là. J'ai eu du mal à le croire quand on me l'a dit. Je pense encore parfois que ce n'est peut-être pas vrai. Ç'aurait pu être cinq ou dix minutes avant, ou après, auquel cas cela n'aurait été qu'une coïncidence malencontreuse. Mais les gens aiment les signes, n'est-ce pas, et c'est un détail saisissant. Je ne l'ai jamais oublié en tout cas. Ça reste dans ma tête.

Et si Arthur était responsable ? Et si, et si, et si.

Toutes ces trajectoires alternatives. Et si je ne l'avais jamais rencontré ? S'il ne m'avait pas abordée dans la queue à Paddington ? Si nous n'étions jamais entrés aux Phares et Balises ? Si nous n'étions pas partis en vacances cet été-là ou si la maison n'avait jamais été construite, ou si l'homme avait décidé de travailler le lundi pour gagner plus et finir par acheter à l'étranger plutôt, une petite maison dans les collines de Toscane ? Et si je n'avais jamais pris ce bain ?

Parfois je me dis que si j'avais l'occasion de raconter tout ça à Jenny Walker, de lui expliquer qui je suis, elle comprendrait. Mon écart avec Bill. Ma seule et unique erreur. Ou bien je n'ai aucune excuse.

C'est plus que Bill, oui, probablement. J'ai même accepté que Michelle aille en Cornouailles plaider ma cause. En vérité, c'était une idée idiote ; sans compter que ça doit venir de moi et de personne d'autre. Je crois que si j'arrive à réparer les choses avec Jenny, si j'arrive à faire en sorte qu'on remette les compteurs à zéro, alors tout ce que nous avons traversé n'aura pas été vain.

Voyez-vous, il y a des mots que j'aurais dû dire, et je regrette de ne pas les avoir dits. À Arthur, et à Tommy – maintenant ils ne sont plus là. C'est trop tard.

Mais ce n'est pas trop tard pour les autres. Il y a encore des lumières à allumer.

42

JENNY

Après que Jenny eut fini de parler, elles restèrent un bon moment, assises toutes les deux sur le lit. Hannah ne disait rien. Elle se tenait droite, un peu rigide, les mains posées sur les genoux. Jenny fixait avec un intérêt démesuré le dessus-de-lit brodé de fleurs couleur pêche. Autrefois il lui avait appartenu, mais maintenant il peluchait et des dizaines de lavages avaient eu raison de sa tenue.

En bas, la porte d'entrée claqua, le dernier des invités venait de partir. Greg était monté voir ce qu'elles faisaient ; Hannah lui avait demandé de l'excuser.

Elle se tourna vers sa mère et dit, « Tu veux dire que tu as essayé de... »

Jenny s'essuya le nez sur sa manche.

« Je ne sais pas ce que j'essayais de faire, ma chérie. Je n'ai jamais voulu lui faire de mal. Il faut que tu me croies. Je voulais seulement qu'il...

– Quoi ?

– Redevienne mon mari. »

Par la fenêtre ouverte leur parvint le bruit d'une tondeuse à gazon. Un son banal qu'elle remarquait plus que d'ordinaire. D'un côté, le monde dans lequel Jenny n'avait pas encore révélé son secret, et de l'autre le nouveau.

« Le truc avec les enfants, dit Hannah, c'est que tu crois pouvoir leur cacher des choses, mais c'est impossible. De leur cacher des choses. Tu ne peux rien leur cacher. »

Les yeux de Jenny restèrent rivés sur les broderies. Elle s'était tant de fois allongée avec Bill sous cette courtepointe, les enfants se hissant dans le lit pour les rejoindre le matin, ces précieux matins.

« Comment ça ?

– Je savais, dit Hannah. Quelque part je le savais, au fond de moi. Je me souviens de toi dans la cuisine. Papa allait partir. Tu pleurais et tu refusais de lui parler. J'ai senti l'odeur de l'eau de Javel. Je me souviens de l'étiquette sur la bouteille ; des petits papiers pour les chocolats. Je n'ai pas compris ce qui se passait. J'ai pensé que je délirais. Tu étais ma mère. Tu n'aurais jamais fait ça. Et maintenant tu me dis que finalement j'avais raison. »

Hannah se tut. Jenny s'obligea à lever les yeux.

« Tu te souviens de lui ? demanda-t-elle. Tu as toujours dit que tu te souvenais de lui.

– Oui. Je me souviens qu'il venait m'embrasser pour me dire bonne nuit dans mon lit. Chaque soir quand il était à la maison ; il pensait que je dormais. Il rentrait dans ma chambre et me caressait la joue. Je me revois assise sur ses genoux pour qu'il me lise une histoire avant que je me couche. Je me souviens de son odeur. Il sentait le goudron et le tabac. On sortait regarder la lune si le ciel était dégagé et le soleil couché. C'était ça pour moi, son phare. C'était comme la lune. »

Jamais Jenny n'avait eu autant honte.

« À sept ans, poursuivit Hannah, on a l'impression que la vie n'est faite que de moments. Des fragments d'images sans rapport les uns avec les autres. C'est seulement plus tard qu'on fait le lien.

– Maintenant, tu peux le faire », souffla Jenny.

Dans la rue des enfants passèrent à vélo. Leurs cris s'intensifièrent d'abord, puis s'évanouirent au loin.

« Le jour où tu m'as dit que papa te trompait, admit Hannah, j'aurais dû tomber de l'armoire aussi. Mais ça n'a pas été le cas, maman. Parce que je savais déjà. On était allées chez Helen une fois, toi et moi. On s'était assises dans son salon. Il y avait un coquillage de papa sur l'étagère derrière une photo encadrée. Il ne ressemblait pas à ceux qu'il te faisait à toi. Celui-ci était pour une maîtresse, pas pour une épouse. Ça se voyait qu'elle avait essayé de le cacher, mais elle l'avait mal caché. J'aurais reconnu ses coquillages n'importe où, même sur une plage avec des millions d'autres. »

Les coutures roses se brouillèrent devant les yeux pleins de larmes de Jenny.

« Tu me serrais la main tellement fort en rentrant à la maison, continua Hannah. On a mangé des haricots avec du pain grillé pour le dîner. Sauf que tu as fait cramer le pain ; tu as dû le gratter au-dessus de l'évier.

– Oui. »

Hannah se tourna vers elle, bouleversée. « Pourquoi tu ne m'as rien dit ?

– Comment voulais-tu que je fasse ?

– Pas à ce moment-là. Mais plus tard. La fois où tu m'as parlé de son aventure.

– Je t'aurais horrifiée.

– Je ne suis pas horrifiée.

– Tu devrais l'être. »

Jenny vit sa fille différemment tout à coup ; elle vit une femme, non plus une enfant, non plus l'enfant de quiconque. Hannah fronçait les sourcils, inquiète pour sa mère. Elle savait se mettre à la place des autres, ce que Jenny avait toujours eu du mal à faire. Elle savait écouter sans juger.

« Je sais combien tu l'as aimé, dit Hannah. Et combien il t'a fait du mal. Ça ne justifie rien pour autant, maman. C'était mal, tu n'avais pas le droit de faire ça. Et ça le sera toujours. Mais... » Elle chercha ses mots. « J'imagine qu'il n'y a rien à ajouter. On ne peut que dire "mais." Il y a toujours d'autres façons de voir les choses, n'est-ce pas ? Il y a toujours des choses que l'on ne perçoit pas.

– Qu'est-ce que tu dois penser de moi ? s'interrogea Jenny.

– Que tu étais en colère et malheureuse.

– Je suis désolée. Je suis tellement désolée, ma chérie.

– Et lui ?

– Quoi ?

– Il l'a été, désolé ?

– Je ne sais pas, répondit Jenny. Il y avait beaucoup de choses que j'ignorais sur Bill. »

Hannah lui tendit une boîte de kleenex. Leurs doigts s'effleurèrent.

« J'ai cru que tu allais me détester, avoua Jenny.

– Je ne te déteste pas.

– Si j'avais su que c'était la dernière fois que je le voyais…

– Arrête. » Hannah prit la main de Jenny dans la sienne. « Tu as été une bonne épouse. »

Elle se pencha et serra sa mère dans ses bras. Jamais personne n'avait enlacé Jenny de la sorte, avec autant de chaleur et de force, même Bill ne l'avait jamais prise comme ça dans ses bras.

✦

Les autoroutes la rendaient nerveuse. Elle préférait les départementales, sauf que ça prenait deux fois plus de temps. On lui avait dit que les autoroutes étaient plus sûres, enfin selon les statistiques, mais elle avait du mal à le croire vu la vitesse à laquelle tout le monde roulait. En moins d'une seconde elle passerait à travers le pare-brise. Jenny en faisait des cauchemars : amoncellement de corps encastrés sur la bande d'arrêt d'urgence ; débris de verre maculés de sang. Parfois elle se voyait dans les décombres ; d'autres fois c'étaient des gens qu'elle connaissait. Même Bill – elle arrivait par hasard sur le lieu d'un accident et elle reconnaissait son visage, c'était donc là qu'il était depuis toutes ces années, vivant une autre vie, conduisant une autre voiture pour se rendre dans une autre maison abritant une autre famille, et il levait vers elle des yeux chargés de regrets tandis qu'elle prenait conscience de tout cela ; elle lui tenait la main et il expirait.

« Je peux conduire si tu veux », proposa Hannah en plongeant la main dans un sac de bonbons multicolores à la recherche des verts, qu'elle sortait et glissait au fur et à mesure dans l'espace vide sous le frein à main.

« Ne fais pas ça, dit Jenny. Ils vont coller et ils seront pleins de poussière.

– C'est ici ! Sortie numéro six. »

Jenny mit son clignotant pour quitter l'autoroute. Un camion klaxonna bruyamment.

« Qu'est-ce que j'ai fait ?

– Tu es sur la bande d'arrêt d'urgence. Voilà la bretelle. Là. Là. *Mon Dieu !* Maman. »

Une demi-heure plus tard elles se garèrent sur le parking du salon de l'ésotérisme de Birmingham. Partout des cristaux, des cartes, des arcs-en-ciel et des anges, un homme avec une crête promettant de l'aider à découvrir son animal totem, pour cinquante pence seulement. Normalement, Jenny venait ici en cachette, prétextant qu'elle était aux paris sportifs. Maintenant elle n'avait plus besoin de cacher quoi que ce soit – ça ou autre chose. Elle avait perdu assez de temps à faire semblant quand elle n'en avait absolument pas besoin.

« Tu es sûre de vouloir venir ? » demanda Jenny, sachant que Hannah était plutôt réticente à ce genre de choses. Enfin elle avait dit qu'elle voulait bien venir si c'était pour rencontrer Dan Sharp. Elles lui accorderaient une heure, elles s'étaient entendues là-dessus, jusqu'à onze heures, heure à laquelle la séance de spiritisme de Wendy commençait.

« Oui », répondit Hannah. Elle ôta sa ceinture de sécurité et surprit sa mère en se penchant pour l'embrasser sur la joue. « Je m'étais fait une opinion sur lui, mais si j'ai appris quelque chose ces dernières semaines, c'est qu'il y a toujours plusieurs versions de la même histoire. »

43

JENNY

Je viens tous les ans depuis que Bill n'est plus là. Ça m'intéressait avant, un peu, mais je n'allais jamais à des salons comme ici ; je n'avais pas le temps et ce n'était pas important pour moi à l'époque. Maintenant ça l'est, parce que ce genre de choses va me permettre de reprendre contact avec lui. Les interventions sont bien, enfin si on n'est pas trop snob. C'est Wendy ma préférée, Wendy Albertine ; elle communique avec l'au-delà et si elle trouve quelqu'un qui vous connaît, elle demande si vous êtes présent dans la salle. J'attends encore qu'elle prononce mon nom.

Après votre première visite, je suis venue ici et j'ai consulté un médium. Il m'a dit que quelqu'un allait profiter de moi et je me suis dit, bon, pas besoin d'aller chercher bien loin, je vois qui c'est. Mais ensuite Julia est passée pour me demander de lui prêter cinq livres et je me suis rendu compte après coup qu'elle avait pris le double dans mon sac, donc c'était peut-être ça aussi. Je savais que Hannah lèverait les yeux au ciel si je parlais de ça. Allez ma chérie, t'as fait pire, je parie.

Chacun fait ce qui lui plaît, c'est tout ce que je peux dire. Après avoir traversé ce que j'ai traversé, on se fiche de ce que les autres peuvent penser. Je m'identifie aux gens ici. Ils ont tous perdu un être cher, comme moi, mais ils savent aussi que cette personne est peut-être encore là quelque part. Vous avez un peu ouvert votre esprit depuis qu'on s'est rencontrés, j'espère. Hannah le disait à l'instant dans la voiture : c'est important d'être capable de changer de perspective par rapport aux choses.

Helen ne mettrait jamais les pieds dans ce genre de salon. Ça la tuerait. Haha. Elle ne s'intéresse pas à ce qui ne se voit pas dans la vie. Elle prend ce qui vient. On pourrait penser qu'après la mort de son fils elle aurait besoin de ce genre de choses. Plein de gens viennent ici parce qu'ils ont perdu un enfant. Ce sont eux les plus bouleversants. Quand il y a un gosse qui revient pour maman ou papa, on est tous en larmes à la fin. Je pense toujours à Tommy. Si Wendy disait un jour que Tommy est là, je lèverais la main pour qu'il me parle. Ça me rend triste de penser à ce petit de l'autre côté avec personne ici pour lui parler si jamais il vient.

S'il venait, non, je ne le dirais pas à Helen. Je n'ai jamais su à l'époque dans le lotissement si elle m'avait rejetée à cause de mes trois enfants. Parce qu'elle n'en avait qu'un, n'est-ce pas, et il s'est noyé. J'ai eu mal au cœur pour elle, comment rester indifférente. Enfin se confier à moi l'aurait peut-être aidée. Pour elle je n'étais pas une amie à qui elle pouvait parler, j'imagine. D'un autre côté, je ne lui ai peut-être pas fait sentir non plus qu'elle le pouvait ; c'était gênant, mais qu'est-ce que j'étais censée faire ? J'aurais pu la blesser sans le faire exprès.

Helen n'a jamais pardonné à Arthur. Ça, je le sais. Je ne sais pas si j'aurais pardonné ou pas, à Bill, s'il avait été responsable d'un truc pareil. Ça m'a toujours contrariée que pour Bill ils soient un couple parfait. Il répétait tout le temps que c'était tellement bien que les Black n'aient pas à vivre l'un sur l'autre, vous voyez ce que je veux dire, qu'ils ne soient pas toujours obligés de tout faire ensemble et de tout savoir sur l'autre. En emménageant dans Masters, j'ai demandé à Helen comment elle avait tenu le coup pendant toutes ces années où Arthur était en mer, et elle m'a répondu que c'était dans leurs natures ; ils aimaient être ensemble et ils aimaient aussi être chacun de leur côté, et on avait vraiment l'impression qu'ils avaient chacun leur vie au lieu d'en avoir une commune. Pour moi, c'était lié à Tommy. Est-ce que nos maris n'avaient pas assez d'indépendance au phare ? Ils avaient tout le temps qu'ils voulaient pour eux là-bas.

Bref, en fin de compte, Helen a eu besoin de quelqu'un, puisqu'elle s'est tournée vers Bill. Je sais bien qu'il y a des nuances dans chaque histoire, avec la mort de son fils et ce que ça lui a fait. À vous parler franchement, je n'arrive même pas à y penser ; je ne peux pas imaginer perdre un enfant.

Il n'empêche, je ne comprends toujours pas pourquoi Bill a fait ça. L'homme qui m'a épousée, qui m'aimait, enfin c'est ce que je croyais, pour toutes les raisons qui font que je suis moi et pas elle.

Elle était différente de nous. Elle n'était pas comme les femmes des Phares et Balises sont d'ordinaire. Que ce soit à St Bees ou à Bull Point, nous étions toutes faites du même bois : nous étions des épouses et des femmes au foyer avec des livres de recettes sur les étagères, et à dix-huit heures le dîner était servi. Nous nous serrions les coudes. Nous ne nous faisions pas de coups tordus et ne prenions pas le thé avec le mari de la voisine. Betty, la femme de Frank, était plus dans mon genre. Une honnête fille de Bolton qui ne faisait pas de manières, et ses fils jouaient souvent avec mes filles. Je me suis rendu compte que Helen était jalouse. Je n'en suis pas fière, mais j'avoue que ça me plaisait – qu'elle soit jalouse. Elle avait beaucoup de choses que je n'avais pas, et pour une fois c'était moi qui avais le dessus.

J'aurais dû parler à Arthur de leur aventure. Hannah me dit que j'aurais dû le faire, et maintenant je regrette. Ils sont partis, c'est trop tard.

Ça me fait penser à ma mère. Je pourrais essayer une dernière fois avec elle. Voir si elle vit toujours, l'appeler, lui envoyer un mot. Vous voyez, c'est une façon pour moi de me protéger. C'est égoïste en un sens. J'ai besoin de savoir que j'ai fait tout ce que je pouvais. Je sais mieux que quiconque ce que c'est quand on vous enlève la possibilité d'avoir ce choix.

Si j'avais parlé à Arthur, on aurait pu accorder nos violons. Penser que je pourrais un peu leur faire payer ce qu'ils m'avaient fait était une idée stupide. Ma seule excuse, c'est que je n'étais pas dans mon assiette.

Je n'en ai jamais parlé à Arthur parce qu'il m'impressionnait, j'imagine. Il impressionnait Hannah aussi. Le gardien-chef ne calculait jamais vraiment personne. Il ne passait pas dire bonjour, il n'était jamais avenant. Je n'ai jamais pu le cerner.

Avec le recul, c'est vrai, je le trouvais un peu bizarre. Il était du genre de ceux qui ne pipent mot jusqu'au jour où ça pète, et alors là les voisins disent, « Ah, mais il avait l'air tellement calme ! Il n'aurait jamais pu faire un truc pareil. »

Quoi ? Hannah pense que je délire. C'est vrai que j'imagine des trucs et qu'à force d'y penser j'ai l'impression que c'est vrai.

Mais c'est toujours ceux qui ne disent pas un mot plus haut que l'autre, pas vrai ? Surtout si on les pousse à bout. Et Helen l'a poussé à bout. Avec la culpabilité et ses mensonges. Arthur gardait tout enfermé en lui sans rien dire et tout à coup, *boum* !

Bref, si j'ai compris ce qui se passait, pourquoi pas lui. Si Arthur s'en est pris à Bill, j'imagine que je peux… enfin, je peux le comprendre.

Oh mon Dieu, c'est déjà l'heure ? Il faut y aller pour Wendy si on veut être bien assises. Je n'ai pas fait tout ce chemin pour rester debout au fond.

D'accord ! Hannah me l'a fait promettre. Je n'en ai pas envie, mais elle m'en voudra si je ne le fais pas. Donc voilà : Helen m'écrivait des lettres, et depuis quelque temps je n'ai rien reçu. Attends, chérie, j'y arrive. Laisse-moi le temps.

Tout va bien pour elle ? Pour Helen. C'est ça que Hannah voulait que je vous demande. Parce que vous lui parlez, n'est-ce pas ? Donc vous le sauriez.

S'il y avait quelque chose qui l'empêchait de continuer de m'écrire. Remarquez, je m'en fiche. Peu importe. C'est juste que j'y ai pensé, et Hannah voulait que je vous pose la question.

Bien. Tant mieux. Satisfaite ? Je te l'avais bien dit.

Bon, on peut y aller maintenant ? Si on s'assoit devant avec Wendy on a plus de chances qu'il y ait un nom qui sorte pour nous. Ils sentent votre présence. Ça les aide à vous trouver plus facilement. Ils communiquent mieux.

44

MICHELLE

Ce soir, lorsqu'elle préparerait une tourte à la viande pour Roger, et qu'il lui demanderait comment s'était passée sa journée, elle lui mentirait en lui répondant pas grand-chose, qu'elle avait repassé les uniformes des filles pour l'école, cousu des étiquettes sur leurs tenues de sport, désherbé le potager. Elle ne lui dirait pas qu'elle était allée au centre commercial de Clearwater et qu'elle avait déambulé dans les rayons de Woolworths en regardant les emballages colorés tout en consultant sa montre à chaque instant.

Au fond d'elle, elle savait qu'elle finirait par le rencontrer. Sa conversation avec Helen avait tout déclenché. *Mais c'est important de dire qui il était vraiment, non ?* Et ensuite les transcriptions des entretiens. Ce que Pearl avait raconté – des choses injustes qui faisaient de Vinny quelqu'un qu'il n'était pas. Vinny n'était plus là pour se défendre. Michelle, si.

Elle en avait assez d'avoir peur. De Trident House, d'Eddie Evans, de la vérité.

L'écrivain se tenait sous l'horloge dans l'atrium. Elle le reconnut parce qu'elle avait vu sa photo noir et blanc sur l'un de ses livres. Il semblait agité, nerveux, attendant que l'aborde une inconnue. Michelle aurait pu être n'importe laquelle de ces femmes qui passaient à toute allure devant lui pendant leur pause-déjeuner.

Alors qu'elle s'attardait chez Boots, Michelle se demanda ce qu'il pensait d'elle. Pour sa part, elle s'était trompée sur lui. Elle avait cru qu'il était comme Roger, un homme en costume aux cheveux gominés qui jouait au golf le week-end, portait des boutons de manchettes et buvait du cognac. En réalité, l'écrivain était mal fagoté, non par manque de moyens, sans doute plutôt parce qu'il se moquait de l'allure qu'il pouvait avoir, et on aurait dit qu'il portait depuis toujours la même paire de chaussures. En fait, il ressemblait à son petit frère qui vivait encore à Leytonstone avec son père et travaillait dans une agence de paris sportifs ; l'argent qu'il mettait de côté, c'était pour se payer une coupe de cheveux.

Elle détestait tellement ce centre commercial. Surtout ce hall central avec son café chichiteux qui vendait des paninis trop chers, et l'horloge géante d'où surgissait toutes les heures une grenouille en plastique, au lieu d'un coucou.

Elle attendit que la grenouille cesse de coasser avant de le rejoindre.

« Je suis Michelle », dit-elle.

Dan Sharp sourit et lui serra la main, manifestement soulagé, songea-t-elle, qu'elle soit venue.

45

MICHELLE

Regardez-moi ça. C'est super déprimant, vous ne trouvez pas, garder des oiseaux en cage ? C'est ce qu'il y a de pire. Normalement je ne m'arrête jamais devant ce magasin parce que je ne supporte pas de les entendre crier. Même s'ils ne font pas un bruit, ils sont là comme de pauvres misérables. Regardez : £3.99 il est à vous ; et la cage vous coûtera dix fois plus cher. Il y avait une fille à l'école qui avait des oiseaux en cage. L'appartement de sa mère puait la pâtée pour chats et la fiente d'oiseau. Elle avait deux sortes de perruches, une calopsite qui s'appelait Spike et l'autre, une perruche ondulée, prénommée Ross. Ross dominait ; c'était lui, le boss.

Vous aimez les oiseaux ? Je crois que si on les aime, c'est mieux de les laisser tranquilles, en liberté dans les arbres. Gamine, je pensais tout le temps à libérer Spike et Ross. Je voulais ouvrir la porte et leur dire, allez-y, allez, filez. En fait, je ne sais pas s'ils pouvaient voler ; ils se seraient peut-être vautrés sur la moquette. Et peut-être qu'ils n'étaient pas si malheureux au fond. C'était juste moi.

Bref, vous vouliez me rencontrer; vous cherchez à savoir, donc je vais vous dire tout ce que je sais. Je n'ai rien à cacher. Vinny non plus n'avait rien à cacher. Ça faisait des années que je n'avais pas lu ces entretiens et, pour répondre à votre question, c'est pour ça que je suis ici; c'est pour ça que j'ai changé d'avis. À cause de ce qu'il y a dedans. Je refuse de laisser Pearl avec ses mensonges avoir le dernier mot. J'ai beau me le répéter, peu importe ce que vous mettrez dans votre livre, je ne peux pas laisser Pearl vous faire croire qu'il était ce genre d'homme. Elle ne le connaissait pas. Moi si.

Les gens se sont fait une idée de Vinny. Il avait un casier judiciaire donc il était forcément le coupable. Ils ne savent pas ce qu'il a fait en réalité; les détails ne comptent pas quand on a un responsable tout trouvé. Les deux autres, Arthur et Bill, Trident veut nous faire croire qu'ils n'avaient rien à se reprocher – pourtant il suffit de gratter la surface pour savoir à quoi s'en tenir. Tout le monde savait à quoi s'en tenir pour Vinny. Il n'avait rien à cacher.

Trident sait que vous écrivez un livre. S'ils sont aimables en apparence, ils doivent s'inquiéter parce qu'ils m'ont contactée en disant que si je vous parlais, je le paierais cher. Ils me supprimeront mon allocation, que je ne pensais même pas avoir pour commencer puisque Vinny et moi n'étions pas mariés, sauf qu'ils voulaient que je me taise, alors ils me l'ont versée. Roger, mon mari, est bien content de la toucher. Il ne supporte pas qu'on parle de Vinny mais prendre l'argent, ça ne le dérange pas.

Je parie que Helen et Jenny ont reçu des lettres aussi. J'imagine qu'au bout d'un moment on prend de la bouteille ; on ne se laisse plus impressionner.

Trident a pris ses distances, à croire que ça n'avait rien à voir avec eux. Ils ne voulaient pas que les gens sachent qu'un ennemi de Vinny travaillait chez eux. Un criminel dans le service, ça suffisait bien. Si les gens avaient compris qu'il existait un lien entre Vinny et cet homme, ça leur aurait bien mis le nez dedans, aux Phares et Balises.

Je ne peux pas vous dire ce qui s'est passé avec certitude. Tout ce que je peux vous dire, c'est ce qui s'est passé, selon moi. Ce n'est pas la même chose.

C'est la personne dont Mike Senner leur a parlé. Le mécanicien. Je n'ai jamais accepté la façon dont Trident a balayé cette information. Helen aussi a dit que c'était n'importe quoi à cause du tempérament de Mike, c'était l'illuminé du coin, et d'accord, c'était peut-être le cas ; seulement, si une information pareille venait d'un cinglé, la piste méritait d'être creusée, vous ne trouvez pas ?

En vérité, Trident ne voulait pas donner la moindre crédibilité aux dires de Mike Senner : ça les aurait fait passer pour des incapables. Et c'est vrai que ça semble impossible que ce type s'y soit rendu à leur insu. C'est si difficile d'accoster un phare en pleine mer.

Sauf que ça a *dû* être possible. Ce prétendu mécanicien voulait faire payer Vinny, et il a manifestement obtenu gain de cause. Je vais trop vite, n'est-ce pas ? Et si on s'asseyait ?

Pearl avait des idées toutes faites sur Vinny depuis le début. Je comprends qu'elle ait voulu défendre sa sœur à cause des circonstances de la naissance de Vinny, enfin de là à faire croire à un enfant que personne ne veut de lui ? Lui dire qu'il est pareil que son violeur de père, l'enfermer et le tabasser dès qu'il répond un peu de travers ? Et après on se demande pourquoi il a atterri en prison. Eh bien, Vinny ne voyait aucune autre issue possible. Personne ne lui a jamais montré qu'il y avait autre chose. On reproduit ce que la vie nous donne, et dans son cas je peux vous dire que la vie lui avait donné de la merde.

Sauf les phares. Les phares lui donnaient de l'espoir, et c'est insensé de penser qu'il ait pu foutre ça en l'air. Si Pearl était ici, elle dirait, « Souviens-toi de ce qu'il a fait la dernière fois. Celui qui fait ça, il est capable de tout. » Pourtant elle aurait tort. Tout comme elle a eu tort de dire qu'il avait battu Pamela, qu'il lui avait crachée dessus petit. Vinny n'était quasiment jamais avec sa mère, et à mon avis il a dû la taper par accident ; les bébés le font parfois en apprenant à s'asseoir dans une chaise haute ou pendant qu'on les change, ou en prenant leur biberon ou au moment d'aller au lit. C'est de la connerie absolue de dire qu'il l'a fait exprès. Si Pam avait des bleus, c'était à cause des seringues.

Certes, Vinny avait un côté méchant. Sinon il n'aurait pas fait ce qu'il a fait. Il n'était pas méchant par mesquinerie, genre à faire des commentaires désobligeants pour blesser. Il était méchant concrètement ; genre s'il vous avait dans le nez, vous alliez le sentir passer. Il valait mieux ne pas être dans son collimateur. Par contre je vous jure qu'il était loyal aussi. Une fois qu'il vous avait adopté, il ne vous laissait jamais tomber. C'est pour ça que je sais qu'il n'a pas trahi Trident, parce qu'ils étaient réglos envers lui. Ce boulot changeait la donne pour lui.

Vous avez entendu parler du Corbeau Blanc ? Eddie Evans de son vrai nom. Erica m'a raconté comment ça se passait dans leur quartier à l'époque. C'était Eddie et Vinny qui faisaient la loi. Ils étaient toujours à se tirer la bourre : qui marchait sur les plates-bandes de qui, qui sortait avec quelle fille, qui avait piqué quoi et à qui ; et le plus con dans tout ça, c'est que personne ne s'en souvient plus car ça n'avait aucune putain d'importance. Mais quand Eddie s'en est pris au meilleur ami de Vinny, ça a tout changé. Selon Erica, Eddie a tellement amoché Reg que Vinny a dû y aller lui-même avec des potes pour régler l'affaire. Ils voulaient seulement donner un avertissement à Eddie. Ils ignoraient qu'il avait une petite fille. Comment auraient-ils pu le savoir ?

Après avoir été embauché par Trident, Vinny a appris qu'Eddie travaillait là-bas aussi. Vinny ne l'avait pas revu depuis cette nuit-là, et la dernière chose qu'Eddie lui avait dite, c'était qu'il se vengerait tôt ou tard.

J'en ai parlé aux enquêteurs. Et ils ont interrogé Eddie – du moins, c'est ce qu'ils prétendent. Eddie leur aurait répondu qu'il ne pouvait pas les aider. Il n'avait plus vu Vinny depuis des lustres et c'était tant mieux. C'était de l'histoire ancienne pour lui de toute façon, il était un homme nouveau. Et comment aurait-il pu se rendre là-bas et faire ce qu'ils suggéraient, faire disparaître trois gardiens d'un phare à peine plus large que le banc sur lequel nous sommes assis ? Enfin je le pensais à l'époque et je le pense encore aujourd'hui : ce n'est pas parce que Eddie ne s'est pas sali lui-même les mains que quelqu'un d'autre ne l'a pas fait pour lui.

Trident n'a pas arrêté de répéter qu'ils n'avaient pas envoyé de mécanicien au phare. Il n'y avait jamais eu personne là-bas en dehors des trois gardiens. Pour le prouver ils ont rendu publiques les liaisons radio : Arthur qui leur demande d'envoyer un mécanicien puis se rétracte en disant qu'en fait, ça va, ce n'est pas la peine, qu'ils ont réparé en fin de compte. Mais Arthur n'a pas dit qui avait réparé, ou comment. Trident a tout simplement considéré que c'était forcément lui ou Bill ou Vinny. Je peux vous assurer que Vinny était bien incapable de réparer quoi que ce soit, qui plus est un groupe électrogène au fioul. C'est à peine s'il savait changer une ampoule.

Parce que personne d'autre n'a vu ce mécanicien. Chez Trident, ils ont considéré que quelqu'un aurait *forcément* dû le voir, surtout que le gars avait une allure qui sortait de l'ordinaire apparemment. Ils n'ont pas non plus retrouvé le patron de pêche qui l'aurait amené.

Sauf que les hommes d'Eddie sont comme ça. Des fantômes. Il avait l'embarras du choix avec tous les types qui bossaient pour lui. Il a choisi Sid. Et lui a ordonné de tuer les trois, de se débarrasser des corps et de disparaître. Et c'est exactement ce qu'il a fait.

On a oublié cette histoire de mécanicien, avec toutes les autres théories qui circulaient. Il y en avait plein à l'époque, donc c'était difficile de savoir à quoi s'en tenir. Les rumeurs fusaient dans tous les sens, les gens racontaient des trucs de dingue et au bout d'un moment on ne savait plus à quel saint se vouer. Prenez par exemple le cordage qui a disparu de la réserve. Trident l'a nié, naturellement, même si un de leurs enquêteurs a déclaré des années plus tard que c'était vrai. Je sais, ça colle avec la possibilité qu'une vague ait déferlé et les ait emportés, comme le pense Helen, le cordage a peut-être été lancé pour aider… Peut-être. Moi je crois que Sid s'en est servi pour les étrangler.

Je vous ai déjà dit comment ça se passait avant pour Vinny, comment il était dans le dur. Et quand Eddie s'en est pris à Reg, ça a tout précipité ; Vinny a perdu la tête ; il a dit qu'ils allaient aller chez lui pour lui filer une leçon. Le chien n'était pas prévu au scénario. C'était le mauvais endroit au mauvais moment. Ils y sont allés sans réfléchir, sans préparation, et c'était un mauvais choix ; ils voulaient seulement entrer par effraction dans l'appartement d'Eddie. Ils ne savaient pas que sa fille de six ans était là. Mais elle est sortie en pyjama dans le couloir et s'est mise à pleurer ; ça a réveillé Eddie. Il y en a un qui criait, « Faites-la taire, faites-la taire », et Eddie en la voyant a pensé au pire, donc il a sorti un couteau, et tout a dégénéré.

Eddie a planté Reg, et l'a tué. Reg est mort dans les bras de Vinny. Vinny a dû devenir fou, parce que c'était son idée, et qu'est-ce qu'il allait faire maintenant ? Il ne savait pas pour la petite ; ça aussi, c'était sa faute. Il a pété un plomb. Ils ont tous pété un plomb. Ils ont entendu le chien dehors, attaché dans sa niche. Eddie a dû regretter de l'avoir attaché ce soir-là – un berger allemand ; Vinny a dit qu'il avait la truffe abîmée et qu'il lui manquait des paquets de poils. Ce n'était pas son idée de mettre le feu à la niche ; c'est un des autres qui y a pensé. Mais ils étaient tous à côté de la plaque, il y avait du sang partout et Reg était mort, donc ils l'ont fait. Ils ont attaché Eddie et ils ont obligé la gamine à regarder son chien brûler. Eddie a dû regarder sa fille en train de regarder son chien brûler.

C'est Vinny qui avait pris la décision d'y aller, même si ce n'est pas lui qui a décidé de faire ce qu'ils ont fait, et parce qu'il était tout sauf lâche, il a tout assumé quand la police est arrivée. Il n'avait rien à perdre, pas de famille, et il avait déjà un casier – donc autant que ce soit lui. Je vous l'ai dit, il était loyal. Finalement, c'était un chien. Il a écopé de deux ans et il est sorti. Mais le feu, ce n'est pas rien, pas vrai ? Et le fait d'avoir obligé la môme à regarder. Oui, ce n'est pas rien.

Les gens peuvent dire ce qu'ils veulent sur Vinny, et oui, il avait peut-être un mauvais côté. On en a tous un, non ? Si on nous pousse à bout, si un truc nous fait perdre la tête… tout ce que je veux dire c'est qu'on en a tous un, non ?

Après la mort de Reg, Vinny a voulu changer de vie. Ce serait la dernière fois. Il voulait s'améliorer et savait qu'il en était capable. Je le savais aussi.

Regardez. Vinny m'a envoyé ce poème avec sa dernière lettre. Vous en penserez ce que vous voulez. Quand Trident m'a demandé si j'avais reçu quoi que ce soit de Vinny à l'époque, j'ai répondu non. Je savais que je ne reverrais jamais ce poème sinon. En vérité, plus les années passent, plus je doute que Vinny l'ait écrit. Il aimait la poésie, il aimait les mots. Il pensait que les poèmes le rendaient plus doux – mais comment un homme sans aucune éducation pourrait être capable de coucher ça sur le papier ?

Le truc, c'est qu'il n'écrivait pas ce genre de choses. J'ai du mal à l'expliquer. Il suffit de le connaître pour savoir qu'il n'aurait pas pu écrire ça. Il m'envoyait de temps en temps des poèmes d'amour, et ceux-là je les garde pour moi. Celui-ci est différent. Il disait qu'il parlait beaucoup de poésie avec son gardien-chef. Je crois que c'est Arthur qui l'a écrit, celui-là. Ou qu'il l'a dicté à Vinny, allez savoir. C'est juste mon avis.

Vinny a toujours su que son passé le rattraperait. Il se disait que peu importe ce qu'il ferait, peu importe la vitesse à laquelle il le ferait, ce passé serait toujours là, à l'attendre. Et c'était vrai, c'est ça le plus triste. Il était là à l'attendre. Le fait qu'il ait pu connaître cette vie en mer dans les phares, le fait qu'il ait pu penser être libre… C'est comme un oiseau dans une putain de cage, non ? Tout va bien tant qu'il est enfermé. En revanche, dès qu'on le laisse sortir, il s'aperçoit qu'on l'a privé de beaucoup de choses. Il comprend qu'il n'a jamais été fait pour ça, et que ses ailes ne savent pas voler en fin de compte.

46

[Adresse manquante]

10 septembre 1992

Cher Monsieur Sharp,

Merci pour vos lettres du 12 juin et du 30 juillet. J'ai tardé à vous répondre, veuillez m'en excuser. Mes années de service chez Trident House à l'époque de la disparition du Maiden Rock demeurent, aujourd'hui encore, un souvenir difficile ; le sujet a longtemps pesé sur ma conscience, et dans un premier temps cela m'a empêché de vous répondre, pour en fin de compte m'y encourager. Les secrets que garde la haute autorité des Phares et Balises ne peuvent rester cachés à jamais.

Oui, l'administration sait ce qui est arrivé aux gardiens. Ils sont très peu nombreux dans la confidence et je doute que cette information soit jamais divulguée au public. En tout état de cause, ce que vous choisirez de raconter dans votre livre deviendra une théorie comme une autre, que les personnes détentrices de la vérité n'infirmeront ni ne confirmeront jamais. Je peux vous fournir des réponses, mais uniquement dans la plus stricte discrétion.

À l'époque, nous n'évoquions pas la disparition. J'étais aux ordres de l'un des plus hauts responsables du service, et on m'a encouragé, c'est un euphémisme, à fermer les yeux et à faire la sourde oreille sur tout ce que je voyais et entendais. Il était hors de question d'aborder le sujet. Encore aujourd'hui, alors que j'ai quitté Trident House, je ne supporte pas de voir un phare.

La version de Trident est fondée sur les preuves qu'ils ont rendues publiques. Pour faire court, ils ont rejeté la faute sur le gardien remplaçant et ceci demeure encore à ce jour leur ligne de conduite. Jamais ils n'admettront la vérité. À savoir que ce n'est pas un élément extérieur qui est responsable de ce qui s'est passé mais bien plutôt la nature même du travail.

Tout n'a pas été dit aux familles. Trident a mené parallèlement une enquête secrète – relevés d'empreintes digitales, évaluations psychologiques, découverte cruciale du registre météo – qui a désigné un autre responsable. L'un des gardiens a été le dernier à toucher le registre en question ainsi que d'autres objets. C'est ce même gardien qui a consigné de fausses informations. Par ailleurs, selon les experts, il souffrait d'un trouble de la personnalité dû à un stress post-traumatique et à une dépression. Trident en a conclu qu'il aurait tué les autres dans un accès de colère.

Si l'administration n'a jamais souhaité révéler cette information, c'est par vénération pour Arthur

Black. Il était respecté et faisait la fierté du service car il incarnait le soutien indéfectible qu'apportait Trident à ses membres. Les gardiens-chefs sont la pierre angulaire des Phares et Balises. Les plus expérimentés du service ne nomment pas gardien-chef un homme qu'ils ne tiennent pas en haute estime. Admettre qu'il était responsable aurait terni la vision romantique que l'on a, de nos jours, de la vie d'un gardien de phare.

Les enquêteurs avaient deux théories sur les mobiles d'Arthur. La première concernait le gardien remplaçant : Vincent Bourne aurait caché de l'argent dans la tour ; Arthur, l'ayant découvert, aurait prévu de le voler, de se débarrasser des deux autres puis de prendre la fuite. Cela vous semble-t-il tiré par les cheveux ? Peut-être, mais pas plus que la multitude de scénarios avancés au fil des ans. Selon la seconde théorie, Bill Walker entretenait une aventure avec la femme d'Arthur, Helen. Pas besoin d'aller chercher bien loin pour trouver un mobile dans ce cas-là.

Cependant, aucune de ces deux théories ne m'a jamais convaincu. Je pense que la vie au phare a tout simplement eu raison d'Arthur. Pour ma part, je ne pourrais pas faire ce métier. Et vous ?

J'espère que mes remarques ci-dessus vous aideront dans vos recherches, et naturellement je m'en remets à vous pour préserver mon anonymat.

Vôtre,

[Signature]

47

LE SIGNAL

J'ai rencontré un homme sur la plage
Qui m'a dit en regardant le large,
Tu le vois ; tu le vois bien ?
Et je l'ai vu – vigie noire qui brillait bleue.
J'ai perdu mon cœur, je ne sais pas quoi faire,
Je l'ai perdu là-bas, dans les profondeurs de la mer,
Peux-tu le retrouver ; et me le ramener ?
Moi, je ne peux pas aller chercher ce que je n'ai plus.
Plus je nageais, plus la lumière flamboyait,
Plus elle appelait, là-haut, tout là-haut,
Mais en me tournant vers la grève
L'homme sur la plage n'y était plus.
J'ai trouvé son cœur, et m'y suis glissé,
L'eau montait ; la marée s'est inversée,
Elle s'est inversée et m'a emporté
Là où l'âme du gardien s'était envolée.
Te voici, fanal incandescent,
C'était toi depuis le début – je connais ton nom,
La lumière, la lumière, elle luit pour nous, pauvres hères ;
Le fantôme de l'homme, et le mien, se sont dissous en poussière.

XI

1972

Les gardiens du phare des profondeurs

48

Il allait voir les oiseaux tous les vendredis sans exception, avant le lever du soleil. Il grimpait la colline, c'était difficile dans la pénombre, et il ouvrait le portail. Le bruit métallique du loquet – *clic* – faisait penser à une allumette que l'on gratte, et c'est ainsi que le soleil savait qu'il devait se lever. L'astre murmurait, Arthur est là, il a allumé la bougie : c'est l'heure.

Le chemin était traître pour qui le connaissait mal. Les mottes de terre et les ornières se tenaient en embuscade ; blanchies et séchées par le long été chaud, les herbes hautes éraflaient ses jambes nues. Il aurait préféré porter un pantalon, mais ç'aurait pris trop de temps pour se changer, disait son père ; il fallait qu'il soit habillé pour l'école.

Lorsqu'il arrivait dans la classe, Mme McDermott ne le ratait pas : « Tu as vu dans quel état tu es, Arthur Black ? On dirait que tu t'es roulé dans les broussailles. » Parfois, tandis qu'il se dépêchait pour ne pas être en retard, ses lacets se défaisaient, il tombait et s'écorchait le genou ; ou une branche d'arbre accrochait son blazer. Ou une fiente d'oiseau maculait sa chaussure. Les enfants le surnommaient Bird Boy. Il s'en moquait. Tout ce qu'il désirait, c'était être là-bas, au-dessus de la mer, les mouettes chantant et roucoulant à l'ombre sous le toit; la satisfaction qu'il éprouvait alors semblait aussi pleine qu'un presse-papier pesant dans sa main.

À l'heure du déjeuner, alors que les autres garçons s'aspergeaient de crème anglaise et s'enfonçaient des haricots dans le nez, Arthur pensait aux oiseaux. Sur le terrain de sport, lorsque Rodney Carver lui rentrait dedans, ballon de rugby à la main en éructant « Dégage, espèce de maigrichonne de mon cul », il voyait leurs ailes déferlant de la colline, nuage fondant sur Rodney et sur le despote qu'était leur prof d'éducation physique, dont les jambes pâles, glabres et parsemées de taches de rousseur hantaient ses rêves tout comme les restes de couenne du rôti dominical de sa mère.

Il ne se sentait jamais seul avec les oiseaux. De temps à autre il les dessinait, observant leurs corps maladroits, leurs plumes frissonnantes, leurs fientes s'écrasant sur le bois. Ça sentait le placard fermé et un peu aussi le pâté périmé.

Lorsque son père lui avait montré pour la première fois la volière – « Ramène ta fraise, je vais te montrer un truc épatant » –, Arthur l'avait suivi tant bien que mal jusqu'au sommet de la colline. « Ils se remettent sur pied, avait-il dit, et ensuite ils s'envolent. » Personne ne savait pourquoi les oiseaux tombaient du ciel. Arthur les trouvait devant la porte d'entrée ou dans les buissons du jardin, leurs ailes s'agitant sur le sol. Une nuit, son père le réveilla : « Regarde, fiston, chut, doucement, tu vois… » Le mystère nocturne des mains en coupe de son père dans lesquelles tremblait un corps, battait un cœur infiniment tendre et vulnérable.

La solitude durcissait dans le ventre d'Arthur. Chez eux, chaque pièce était vouée au silence, à l'exception du tic-tac de l'horloge sur le manteau de la cheminée. Sa mère errait à moitié endormie tandis que son père, de plus en plus myope, bricolait des montres dans une pièce à l'arrière de la maison. Il avait presque oublié comment était son père avant la guerre – les épaules plus effacées, le sourire plus doux ; maintenant, ses vieilles serres griffaient, laissant des traces de sang sur les draps. La maison se réveillait à quatre heures du matin au son d'un cri perçant, telle une chaise qu'on traîne par terre sous la table.

Arthur sentait souvent sa solitude sous ses doigts, et s'il palpait trop fort, ça faisait mal. S'il mangeait trop vite, ça faisait mal. Il buvait beaucoup d'eau, pour l'éliminer, en vain. Il croyait toujours qu'il allait pouvoir l'examiner en allant aux toilettes. Petite et bleue. Effrayée. Il ne savait pas ce qu'il en ferait. Il ne savait pas ce qu'il ferait sans elle.

Le soleil surgit, ligne incandescente et orange, déversant son feu sur la mer. Arthur distinguait le phare de là où il se trouvait, son œil jaune clignant en silence.

Un jour à l'école on lui parla du phare. Il lui sembla incroyable que des hommes vivent là-bas, à trois comme une famille, et il crut avoir trouvé la solution pour remédier à sa solitude : il ne se sentirait plus jamais seul, puisque les deux autres ne pourraient jamais partir. Pendant que les garçons dans sa classe levaient la main pour répondre aux questions sur les naufrages et les Stevenson – la fameuse famille d'ingénieurs –, la mélancolie étreignait son cœur. Le phare l'appelait, c'était indescriptible, profond, comme s'il était triste et qu'il avait besoin d'Arthur.

Les livres lui apprirent beaucoup de choses : les marins se noyant sur des récifs coupants tels des rasoirs, les mâts oscillant sous la lune du chasseur, le tintement métallique d'un carillon de la mort, les gerbes de vomi, la puanteur de la merde, les cris d'orfraie des marchands qui perdaient en mer leurs cargaisons, et les cris de joie de ceux qui, à terre, attendaient de les récupérer échouées sur la côte. Il lut *L'Île au trésor* et trouva merveilleux qu'un écrivain et un bâtisseur de phare puissent venir de la même famille. Il se pencha sur la vie de ceux qui érigeaient des phares en pleine mer : nombre d'entre eux y laissaient leur peau. Ils travaillaient à des kilomètres du littoral sur des récifs quasiment immergés par les flots, balayés par les vents, le sel crevassant leurs mains. Et tantôt les courants emportaient les premières assises de pierres ; tantôt, l'ouvrage terminé s'effondrait en pleine mer, des années de labeur s'effaçant d'un coup sous leurs yeux. Jamais personne n'admirait le fruit de leur travail, parce que jamais personne ne passait par là.

Le jour de ses onze ans, il vit l'oiseau blanc. Il était plus grand que les autres. Il arrivait de la mer, d'un blanc de neige, et il le regarda d'un œil rosâtre.

Plus tard il demanda à son père de quel oiseau il s'agissait et celui-ci lui répondit : une colombe ? Arthur répliqua, non, pas une colombe. Quoi alors ? Je ne sais pas. Son père sortit voir. Lorsqu'il revint, il dit à Arthur qu'il n'y avait pas d'oiseau blanc, quelle putain d'imagination il avait, on n'avait pas d'oiseau comme ça par ici. Mais je l'ai vu. Bien sûr que tu l'as vu. Allez, mon garçon, va me chercher mes allumettes.

49

Je t'ai parlé du phare et je t'ai expliqué comment il fonctionne. Que ce n'est pas seulement une question d'obscurité et de lumière, qu'il y a des espaces entre les deux et que ce sont ces espaces, leur forme et leur taille qui comptent le plus. Ta mère n'écoutait pas. Elle restait debout devant l'évier, les mains flottant dans l'eau de la vaisselle, molles, gantées de caoutchouc, telles des jonquilles fanées.

La nuit est tombée et nous sommes sortis. Je t'avais enveloppé dans mon manteau pour que tu n'aies pas froid. Le sommet de ta tête – tes cheveux fraîchement lavés – brillait dans la clarté de la lune. J'ai posé ma paume dessus pour voir comment les deux formes s'épousaient. Les parties du corps s'imbriquent facilement lorsque les corps en question s'accordent ; un menton dans une main, une tête dans le creux d'un coude.

Nous sommes descendus sur la plage pour entendre les vagues et les galets s'entrechoquer. Je t'ai tendu la lampe torche. Mon manteau était trop grand pour toi, les manches cachaient tes doigts. Nous en avons remonté une, et ton poignet a surgi, d'un blanc d'un os à peine déterré, irréel. La lampe torche a sculpté un chemin sur la mer, éclatant au bord et qui peu à peu concédait la défaite, tandis qu'il pourchassait la nuit au-delà du raisonnable.

Les caractéristiques de la Maiden sont immuables. Son rayon est constant. Je t'ai montré comment braquer ta lampe torche en direction du phare, à l'instar du rayon qu'il projetait sur la mer pour les navires.

« Les gardiens pourront voir ta lumière, ai-je dit. Tout comme tu vois la leur. » Tu as répondu que c'était drôle de penser que ta lampe pouvait être vue à plusieurs kilomètres, mais c'est ça la lumière, il n'y en a pas besoin de beaucoup. À l'inverse, un petit coin d'ombre dans un jardin ensoleillé peut passer inaperçu. La lumière est plus forte et plus rapide ; l'œil la cherche. Si l'on pense au monde en ces termes, ça n'a pas l'air si mal en fin de compte.

Nous avons éteint la lampe torche et la mer a disparu.

Nous avons rallumé et la mer est revenue.

La lune était gibbeuse et décroissante, bonbon à la menthe à moitié sucé. La nuit me semblait clémente alors, avec toi à mes côtés. Nous avons d'abord fait clignoter brièvement la lumière, trois fois, très vite, avant de la laisser éteinte plus longtemps, trois secondes, puis neuf secondes, on appelle ça un feu à éclats. Ensuite si on fait le contraire, des périodes d'illumination plus longues que les périodes d'obscurité, on appelle ça un feu à occultations.

Tu as aimé ces mots et les as répétés. En t'amusant de la consonance : éclats, occultations. Si j'étais au phare maintenant, t'ai-je dit, je pourrais voir ta *lumière, qui m'envoie son signal depuis la côte, fixe d'abord, puis à éclats, puis à occultations, puis fixe.*

Je saurais que c'est toi, grâce à chacune de ces caractéristiques, je saurais que c'est ta lumière, c'est tout. Grâce à toi, être à terre était agréable. Sans toi, il n'y avait pas grand-chose d'autre.

Arthur se réveilla en sursaut dans le noir. D'épaisses bouffées de rêve flottaient autour de lui. Sauf que ce n'était pas la nuit, c'était le matin. Huit heures et demie. Il faisait noir à cause du rideau tiré. Il l'ouvrit et vit Bill dans la couchette d'en face. C'était la veille de Noël.

Il brandit les mains devant lui, paumes vers le plafond, comme offrant à la vie quelque chose pouvant tenir dans ses mains, un nourrisson par exemple. Souvenirs ou imagination, il ne faisait plus la différence. Lorsqu'il fermait les yeux, il continuait de voir Tommy. Ses yeux noisette. Sa main tendue. Où allait son garçon durant ces heures perdues ?

Souvent il entendait du bruit lorsqu'il était seul. Quelques pas. Un bruissement dans un coin sombre. Un grattement au fond de la réserve, quand les autres dormaient, mais dès qu'Arthur descendait, il restait là, déboussolé tel un vieillard à un abribus.

Vince se tenait devant la fenêtre, le regard perdu vers la côte.

« Qu'est-ce que tu attends ?

– Rien. »

Arthur évalua la taille et la force du jeune homme, ses longues jambes, son dos large. Il devait y avoir un point faible, ne serait-ce que l'élément de surprise. Il alluma la télévision ; il y avait un reportage sur Ghaffar Khan au journal de 13 heures. Lorsque Arthur bougeait, parlait, il avait l'impression d'être asphyxié par un sommeil profond. Il se sentait indiciblement lourd et enfermé en lui-même.

« Tu ferais quoi en ce moment chez toi ? demanda Vince.

– J'emballerais des cadeaux. J'écouterais les cantiques à la télé. Enfin Noël, ce n'est plus pareil.

– Non. Évidemment. Excuse-moi. J'oubliais.

– T'es pas censé te souvenir.

– Mais je devrais.

– Je préférerais que non. Il n'y a pas quelque chose d'autre à la télé ?

– Une vieille redif merdique de *Davy Crockett*. Tu veux un thé ?

– Je vais aller pêcher.

– Pêcher ? fit Vince. Il fait un froid de gueux.

– C'est la tradition de Noël », répliqua Arthur. Même si ça ne l'était pas et ne le serait jamais.

Ce n'était pas pour attraper quoi que ce soit, c'était juste pour s'asseoir et regarder. La mer lapait les barreaux de l'échelle. Un frisson glissa sous son manteau. Des formes émergeaient, bizzares et fragmentées, de la brume. Il sentait que la chose invisible le regardait intensément à présent. Elle pouvait arriver sur lui de partout, de l'eau ou du ciel. Il ne savait pas quand.

La mer se consumait, volutes grises dansant à la surface. Au-dessus de lui, la tour était décapitée. La corne de brume résonna, invisible.

Arthur entendit un bruit de pas derrière lui, des pas légers de celui qui jouerait à cache-cache. *Taptaptaptaptap.*

Il se tourna. Personne.

Il imaginait trop de choses ces derniers temps.

Les pas recommencèrent. *Taptaptaptaptap.*

Un rire tinta : un enfant.

Arthur posa sa ligne et fit le tour de la plateforme pour revenir à sa place initiale. Le rire résonna par intermittence dans la brume. Un gloussement.

Attends, dit-il, étourdi. Il tourna et tourna. La ligne disparut, la porte aussi, il ne savait plus où s'achevait le cercle, et d'ailleurs, songea-t-il, un cercle n'avait ni début ni fin, bien sûr, il continua de tourner. Une main sur la paroi de la tour, l'autre brandie devant lui, persuadé à tout instant de toucher la chose.

Quoi ? Un col de chemise. Un coude. De la peau.

Attends, dit-il. Attends.

Il s'immobilisa et tendit l'oreille pour laisser aux pas le temps de le rejoindre. Qui poursuivait qui ? Il ne savait plus trop. Il s'avança, les pas semblaient trop rapides maintenant, trop rapides pour rester sur la surface bosselée de la plateforme, trop rapides pour ne pas l'avoir déjà rejoint, et l'avoir même dépassé. Il trébucha, tomba et s'agrippa à un organeau, les jambes pendant dans le vide au-dessus de la mer. La corne meugla, loin au-dessus de lui. Personne ne l'entendrait appeler.

Il tendit la main vers le harnais de sécurité et se hissa.

Un éclat de rire retentit, cruellement proche de lui.

Hé !

Une toux sèche. Celle d'un chat qui vomit une boule de poils.

Hé !

Arthur cligna des yeux.

Il se rassit et saisit sa canne à pêche. Aussitôt il y eut une touche : un gamin tirant une mèche de cheveux. Une deuxième touche, qui l'entraîna en avant.

La ligne était tendue. Il fit contrepoids ; c'était lourd, de plus en plus lourd à chaque coup de moulinet, la ligne allait casser pourtant il parvint à la remonter et l'espace d'un instant il eut l'impression d'avoir gagné, parce qu'elle était là, forme flottant à la surface d'une mer incertaine et brumeuse, pareille à son rêve ce matin-là, une forme terriblement familière et pourtant inconnue. C'était un requin, en fait – seulement l'horreur de la chose se déformait dans la brume et naturellement ce n'était pas un requin ; Arthur voulut lâcher sa ligne mais une obsession sordide l'en empêcha, l'obligea à tenir bon pour voir, car c'était pour ça qu'il était descendu ici, voir de ses yeux presque incapables de soutenir le spectacle et pourtant contraints de le faire par une curiosité malsaine.

Ce n'est pas un poisson que j'ai attrapé. C'est mon fils.

Mon hameçon s'est pris dans sa joue.

La ligne se rompit. Le garçon l'emporta avec lui dans les profondeurs avant de disparaître ; la surface s'ouvrit et se referma et il ne resta plus que le reflet de la folie désespérée d'un père, les yeux rivés sur les flots, le visage étrange et torturé.

50

Le *Spirit of Ynys* avait apporté de la dinde et une bouteille de vin rouge qui firent l'affaire avec des légumes en boîte et de la sauce Bisto toute prête. Au lieu d'un pudding de Noël traditionnel, un pudding ordinaire, en boîte. C'était Bill qui cuisinait. Il fumait cigarette sur cigarette au-dessus des casseroles.

Arthur repoussa son assiette. Plus il regardait Bill à travers les volutes de fumée, plus le bruit s'intensifiait : un crissement d'ongles sur du plâtre. Parfois le son semblait si proche qu'il le sentait sur lui ou en lui.

« Tu entends ça ?

– Quoi ? » fit Vince.

Ensuite, dans le salon, Vince tomba sur *Old Grey Whistle Test*, l'émission télé dédiée au rock. Focus, un groupe de quatre hommes, dont un au clavier qui chantait d'une voix aiguë. À la fin, ils entonnèrent « Merry Christmas and a Happy New Year ».

Ils regardèrent le discours de la reine. Vingt-cinq ans de mariage avec Philip ; l'Angleterre sur le point de rejoindre la Communauté économique européenne ; les troubles en Irlande du Nord.

La patience et la tolérance, affirma-t-elle, étaient plus que jamais nécessaires, pour les familles et les nations.

Arthur considéra sa nation constituée de trois hommes. Ses pensées l'assaillirent : comment était-il possible qu'une chose invisible pour les autres l'habite à ce point ?

✦

Les autres prétendaient que la météo avait tort. Il n'y avait pas de tempête à l'horizon : la relève pour Bill arriverait à l'heure. Arthur avait mal à la tête. Il souffrait depuis une semaine. Il se rappelait confusément ses actes et ses paroles. Ce qui l'inquiétait.

La brume s'était levée. Il voyait la côte dans les jumelles au loin, les bateaux, les silhouettes des maisons. Il songea que sa femme regardait peut-être dans sa direction elle aussi ; ils se faisaient signe sans même le savoir.

Il espérait que Helen était heureuse ; il espérait qu'elle avait trouvé le bonheur.

Il avait eu tort de l'épouser. Il n'aurait jamais dû se marier avec quiconque.

Il descendit dans la cuisine parce que la chose pourrait revenir en son absence. Elle pourrait surgir lorsqu'il avait le dos tourné, comme tout à l'heure dans la brume quand il ne faisait pas attention. Il ne faisait pas non plus attention le jour où il avait perdu son fils.

Arthur remplit une tasse d'eau puis remonta dans la chambre où dormaient Bill et Vince. Il resta là sur le seuil une minute, ou plus. Il tenait l'eau, à croire qu'on lui avait demandé de l'apporter, mais qu'il hésitait à rentrer sans y être invité.

La douleur dans sa tête s'intensifiait. Des gammes au piano jouées en dépit du bon sens.

Hé !

Les pas résonnèrent dans l'escalier.

Taptaptaptaptap.

Il monta jusqu'à la lanterne : ce n'était qu'un oiseau. Un puffin, les ailes déployées contre le verre. Il avait réussi à entrer par une fenêtre ouverte. Il le laissa voler un peu, se blesser. Puis il ouvrit la porte de la coursive et redescendit.

La nuit tomba après seize heures. La lune était si énorme qu'on distinguait ses cratères. Une pleine lune : mauvais augure. Ces choses cosmiques étaient reliées – la lune, les marées, les vents –, cela formait une équation quasi divine. Arthur avait du mal à croire qu'un homme ait marché sur la lune ; un pied humain avec ses ampoules, ses oignons et ses ongles trop longs avait foulé la surface lunaire. Avant le développement de la science, on croyait que les étoiles étaient des trous dans le plancher du paradis.

Le vent forcit. Un gardien avec lequel il avait travaillé au phare de Longships disait toujours que les tours de garde seraient moins pénibles si l'on était sûr de pouvoir compter sur la relève. Si l'on pouvait rentrer à terre comme prévu, ça serait moins dur. On pourrait attendre le jour J sans qu'il soit reporté à la dernière minute et que cela vous mette dans tous vos états.

Arthur avait invité le temps. La tempête qu'il avait consignée dans le registre, notant chaque jour son évolution, l'appelant par la seule force de sa volonté.

Plus tard lorsqu'ils retrouveraient le registre ils penseraient qu'il avait perdu l'esprit. Il était fragile, incapable, défectueux ; il aurait mieux fait de quitter le service. Mieux fait de rester chez lui avec sa femme qui ne l'aimait pas et dans le visage de laquelle il verrait à jamais maintenant le visage de leur enfant mort et celui de l'homme avec qui elle l'avait trahi.

Ses trente années de service étaient la fierté d'Arthur. Lorsqu'il avait été nommé gardien-chef, sa récompense suprême, il avait juré de porter les insignes tous les jours. De se raser de près, d'avoir des chaussures cirées ; c'était une question de dignité, ces insignes qui récompensaient ses années de service. Les gens disaient, « Ça ne peut pas être bon, Arthur, de travailler là-bas, ça ne peut pas être bon après Tommy ; tu devrais rester avec Helen, c'est là que tu devrais être, à la maison, avec elle », pourtant le phare était le seul endroit qui lui restait. Vivre ici avait sauvé son âme, mais sa tête était partie désormais, il le savait, comme s'il avait quitté la maison en la laissant suspendue au crochet des clés.

Tu te souviens quand on marchait dans le pré en friche ? Je tenais ta main douce et humide. Nous regardions les hirondelles plonger et remonter en flèche. Dans la lueur du coucher de soleil. Je t'aimais.

✦

Son reflet dans la glace était inquiétant. Ses poches sous les yeux s'étaient durcies. Son expression ne lui appartenait plus. Sa barbe avait poussé sans qu'il s'en aperçoive et les bruits dans sa tête s'amplifiaient d'heure en heure.

Dehors, dans le noir, il attirait la mer à lui.

Le vent souffla, un avertissement, toujours plus fort ; une chose noire et difforme s'éleva du rocher en contrebas : elle avait attendu encore et encore, et maintenant elle était prête.

51

Arthur se réveilla d'un coup tel un nageur émergeant à la surface. Le vent était assourdissant. Tout autour la mer se déchaînait, se brisait, déferlait sur le granite, faisant jaillir des gerbes d'écume. Avec les volets fermés l'air à l'intérieur était moite, étouffant, d'un froid qui piquait les narines. Arthur avait la tête légère, les pensées claires.

26 décembre. Bill n'irait nulle part.

Arthur l'entendit à nouveau. Il sortit du lit et descendit le long de la paroi humide, descendit vers la tempête, vers les flots démontés.

Sa femme ne comprenait pas comment il pouvait encore supporter l'eau – mais il ne voyait pas pourquoi il détesterait l'endroit où leur fils s'en était allé. Pour elle, la mer avait tué Tommy avant de ramener son corps pour qu'ils le brûlent et conservent les cendres dans une boîte. Un garçon ne devrait pas rester dans une boîte, se disait Arthur, surtout un garçon de cinq ans qui, lorsqu'il était en vie, avait tout le temps besoin de gigoter. C'était dans l'océan qu'il était en réalité, l'océan qu'il pouvait parcourir du nord au sud, d'est en ouest. Il chatoyait le matin et dansait en cercles au crépuscule.

Helen disait, comment peux-tu le supporter, je ne sais pas comment tu peux le *supporter* ; et il ne savait jamais quoi répondre. Lui répondre que c'était là que se trouvait Tommy, qu'il le sentait, l'aurait blessée. Ainsi, il ne disait rien. Et elle se tournait dans le lit et Arthur songeait aux phares voisins qu'il distinguait pendant son quart de nuit, leur compagnie rassurante qui lui rappelait que non loin de là un autre homme gardait les yeux ouverts.

S'il avait avoué : *Si je suis là-bas, notre fils n'est pas seul. Il m'attend quand je suis à terre, avec toi ; il veut que son papa revienne*. S'il avait avoué cela, elle l'aurait frappé, parce que Tommy lui appartenait à elle plutôt qu'à lui. Elle ignorait à quel point le hantait le cri de Tommy lorsqu'il avait été emporté. Ce cri ne le quitterait jamais. Il était incrusté dans les étoiles et dissous dans l'eau ; dans la lumière dansante au crépuscule et dans l'instant à l'aube où il éteignait la lampe.

Arthur posa une main sur la rampe. Lorsqu'il l'ôta, l'ombre d'une empreinte se dessina pour disparaître aussitôt.

Rien ne survivait. Rien n'était permanent. Tout disparaissait dans les profondeurs.

La porte d'entrée, lorsqu'il l'atteignit, était aussi froide que ses pierres. En une fraction de seconde il sentit les marques et identifia leur origine. Des ongles sur la barre de fer qui verrouille la porte. Qui essaient de sortir ou peut-être d'entrer.

52

La tempête empira. Les vagues énormes étaient coiffées d'écume blanche. Le vent hurlait, cinglant. Le tonnerre déchirait la voûte céleste transpercée d'éclairs.

Arthur grimpa l'escalier jusqu'à la lanterne. Les murs ruisselaient de condensation. Il s'attendait à ce que sa propre peau aussi soit humide, comme s'il n'y avait pas d'espace entre son corps et l'édifice dans lequel il se trouvait, mais lorsqu'il toucha sa joue elle était sèche et tiède.

Le quart de Vince s'achevait. Le sien commençait. Arthur chargea la corne de brume et tira dans l'ouragan, signal d'avertissement que le vent dispersa. Les vagues déferlaient; l'écume bouillonnait; c'était le chaos. Des éclairs fissuraient les ténèbres, la mer noire, les cieux noirs, l'océan fulminant. La tour tremblait sous les assauts des éléments déchaînés, les paquets de mer qui se brisaient et les gerbes d'eau furieuses qui s'élevaient jusqu'à la lanterne.

Arthur ferma les yeux et se vit tomber en avant. L'idée de se noyer ne l'effrayait pas.

Un éclair pénétra dans la mer.

L'espace d'un instant, la houle s'illumina. Arthur crut voir le bateau. Il en eut la certitude lorsqu'un nouvel éclair embrasa le ciel : il était là devant lui, vaisseau en perdition.

Petit. En bois. Avec la voile déchirée.

Arthur ouvrit brusquement la porte de la coursive et malgré le vent et la pluie se précipita contre la rambarde. C'était une simple embarcation, une barque qui faisait le yo-yo dans les vagues.

« Ne t'approche pas ! »

La tempête engloutit ses mots. Encore un éclair et le bateau réapparut. Arthur pouvait voir le rameur maintenant, et ce qu'il avait cru auparavant se confirma.

Il dévala l'escalier en s'agrippant à la rampe, ses pieds incapables de suivre la cadence, tant il voulait voir ce marin en face. Mais avant même d'arriver sur la plateforme, il entendit trois étages plus bas la porte d'entrée claquer.

Taptaptaptaptap.

Des pas montaient vers lui, les rires d'un enfant.

Hé !

Arthur fit volte-face. Le son des pas s'évanouit quelque part au-delà du salon et ce n'est qu'après, bien après, lorsqu'il se rendit en bas, qu'il vit les empreintes, non pas de chaussures mais de pieds nus, petits violons surmontés de cinq points dessinant les orteils.

53

Vendredi. Le vent était retombé et la pluie, désormais, était fine mais constante.

Bill appela la côte.

« Vous pouvez envoyer quelqu'un ? » Il avait les lèvres gercées et les cuticules rongés. Soixante et un jours au phare.

« *Impossible, Bill, ça brasse trop encore chez nous.* »

Derrière lui, sur le seuil, Arthur l'observait.

Bill se tourna. Malgré le froid, il avait le front luisant de sueur.

« OK, lâcha-t-il. Ça sera pour demain.

– *C'est ça, Bill. On t'envoie quelqu'un demain matin.* »

Il croit que je pourrais m'en prendre à lui, songea Arthur.

Il aurait toutes les raisons, pensa-t-il, de faire du mal à Bill. Puis il pensa à la barque. À la petite silhouette qui ramait et lui avait fait signe de la main.

Je te vois.

Arthur n'était pas de cette trempe et ne le serait jamais. Il pouvait serrer le poing sauf qu'il ne s'en servait pas, même s'il en avait envie.

Bill garda le silence un instant avant de répondre à la radio. Un jour. Une nuit. Encore une.

« OK », finit-il par dire, et il y eut un autre silence, plus long, durant lequel il pencha la tête en avant et ferma les yeux. Puis, il y eut un bip sur la ligne. « OK terminé. »

54

« Arthur, réveille-toi. Réveille-toi. »

Il ouvrit les yeux. La chambre était un trou minuscule dans l'espace infini, d'un bleu soyeux constellé d'étoiles. Bill se tenait près de sa couchette. Même dans l'obscurité, à cause de l'obscurité, il distingua le visage inquiet de son collègue, ses yeux caves et ses iris brillants.

« Réveille-toi, répéta Bill.

– Qu'est-ce qui se passe ? »

La voix de Bill était rauque. Il parlait très bas.

« Il s'est passé un truc.

– Quoi ?

– Il a disparu.

– Bill.

– Vince. Il a disparu. À l'instant. Il a disparu. »

Arthur fixa ses yeux luisants comme de l'encre.

« Bill, dit-il, tu rêves.

– Non.

– Tu délires.

– Tu ne délires peut-être pas, toi ?

– Bill…

– T'es réveillé ?
– Assieds-toi. Tu es somnambule.
– Il est mort, fit Bill. Vince. Il a disparu. Juste à l'instant.
– Je vais aller le chercher.
– Je l'ai vu.
– Je vais aller le chercher. Tu verras.
– J'ai pas pu, dit Bill. J'ai essayé.
– Attends.
– On était dehors. C'est arrivé de nulle part.
– Assieds-toi, Bill.
– C'est arrivé de nulle part.
– Assieds-toi.
– Vince criait. J'ai pas pu…
– Je vais aller le chercher.
– J'ai essayé. La mer.
– C'est pas…
– Il a disparu. La mer. Il a disparu. »

Arthur entendit le vent réconfortant et le doux bruit des vagues. Il n'entendait pas le magnéto de Vince, ni ne sentait l'odeur de sa cigarette.

Il posa les pieds par terre ; enfila son pantalon et son pull. Il savait que c'était trop tard, mais il était responsable de ce qui passait dans la tour.

Derrière lui, dans la chambre obscure, Bill s'empara d'un objet dans le placard. En une fraction de seconde, Arthur tourna la tête et comprit de quoi il s'agissait. Les images se succédèrent dans sa tête. Il songea à son père l'emmenant au sommet de la colline, aux fougères glissant sur ses jambes nues, aux roucoulements et aux bruissements des ailes de mouettes sous le toit. Il songea à la mer d'un jaune éclatant à l'aube, aux nuages teintés de rose. Il songea à son premier poste au phare de Start Point et aux gardiens là-bas, plus âgés que lui, avec leurs rires graves et leurs pipes qui sentaient le tabac aigre, montant l'escalier en fer forgé et écrasant leurs clopes du bout du pouce. Il songea à Helen le jour de leur mariage, et au baiser qu'ils avaient échangé ; au jour où elle lui avait annoncé qu'ils allaient avoir un bébé et à la joie qu'il avait ressentie. Il songea à Tommy, toujours son fils, lumière qui jamais ne faiblirait. Il songea aux milliers de fois où il avait allumé une bougie sur la mer et aux nombreux marins qu'elle avait guidés. Il regretta ce qui leur était arrivé, à lui et à sa femme, son amie, maintenant et par le passé, et il regretta de ne jamais avoir su se faire pardonner.

Quel dommage, songea-t-il, que cela finisse ainsi, dans la déroute et la confusion, parce qu'il avait commis des erreurs et qu'il n'était plus l'homme qu'il avait été. Arthur avait aimé la solitude, mais en fin de compte la solitude ne l'avait pas aimé ; elle lui avait ôté une part de lui-même, et vivre sur ce caillou n'avait pas suffi, après tout. En une fraction de seconde, il comprit ce que Bill avait saisi et ce qu'il avait l'intention de faire ; puis il ouvrit la porte et la grosse pierre percuta l'arrière de son crâne.

55

Bill n'avait pas voulu que Vince se noie. Mais une fois qu'il s'était noyé, le reste lui avait semblé couler de source.

Jenny lui disait qu'il se laissait marcher sur les pieds. Son père lui disait la même chose. Bill aurait aimé ne pas laisser son père lui marcher sur les pieds. Il aurait aimé mettre ses mains autour de la gorge de ce vieux salaud – ses mains ou sa ceinture, la ceinture de ce vieux salaud – et serrer.

Dans la chambre, il souleva le corps du gardien-chef et le traîna dans l'escalier. Il était lourd ; il dut le hisser sur son épaule et le transporter ainsi tel un soldat dans les tranchées sauvant la vie d'un frère d'armes.

Il n'avait jamais vu les pieds d'Arthur. Les ongles étaient soigneusement coupés, les orteils hérissés de poils. Le pauvre vieux n'avait pas eu le temps d'enfiler ses chaussettes.

Dans l'entrée chez lui quand il était petit, surplombant l'autel de sa mère, il y avait une horloge en forme de navire avec les mots *Carpe Diem* inscrits dessus. Bill songea au sourire de sa mère, à ses yeux admiratifs.

Le sourire de Helen. Les yeux de Helen.

Il arriva dans la cuisine. Balança son fardeau sur la table. Du sang s'étala sur la surface en formica, du sang provenant d'un endroit indéfinissable à présent – le nez fracassé du gardien-chef ou la fente entre son œil et sa tempe –, il était difficile d'y voir clair dans le ramassis de sang et d'os. Bill se rendit compte qu'il avait frappé plus que nécessaire. Il fallait bien qu'il soit sûr.

L'adrénaline le rendait fort. Son cœur battait frénétiquement ; il était essoufflé et stimulé, l'oxygène le vivifiait. Ses mains étaient tachées d'iode. Il était impressionné de constater à quel point son esprit fonctionnait bien, à quel point ses pensées étaient lucides. Le matin arriverait la relève. Bill expliquerait. Personne ne pourrait lui reprocher ce qui était arrivé, et personne ne pourrait ensuite, une fois que Jenny se serait calmée et que le temps aurait fait son œuvre, lui en vouloir de courtiser la femme d'un homme mort.

Comment pouvait-on s'attendre à ce que survive son mariage ? Comment pouvait-on s'attendre à ce qu'il rentre égal à lui-même ? Pour une fois – pour la première fois –, il n'y aurait aucune attente : aucune.

Bill essuya les mains du gardien-chef puis les siennes. Il enfila des gants et souleva l'horloge du mur pour l'avancer ; il positionna les aiguilles sur neuf heures moins le quart, l'heure de la disparition du fils. C'est Helen qui le lui avait dit sur le canapé à Masters lorsqu'elle était venue voir Jenny. Jenny était sortie, alors Bill lui avait fait du thé et l'avait écoutée parler, et pleurer. Elle lui avait tout raconté, dans les moindres détails. Neuf heures moins le quart. Pour finir, la seule chose aimable à faire avait été de l'embrasser.

Arthur laissait sa signature. C'était quasiment un aveu.

Bill replaça les piles à l'envers. Il pressa les doigts d'Arthur sur tout ce qu'il avait touché. Puis il monta deux étages jusqu'au salon où il changea là aussi l'heure de l'horloge, inversa les piles, avant de redescendre.

Debout au-dessus du corps d'Arthur, il se demanda quoi en faire. Il avait du mal à croire que c'était l'homme qui lui avait fait tant d'ombre. Le gardien-chef : abattu comme un arbre.

Nettoyer la table le détendit. Bill frotta le dessus, les bords, le dessous, les chaises et les empreintes sur le sol. Il prit son temps ; rien ne pressait. Il rinça le sang dans l'évier puis nettoya l'évier avant de bouchonner le chiffon et de le balancer par la fenêtre dans la mer. Ensuite, il enjamba le gardien-chef pour aller prendre deux assiettes dans le buffet et des couverts dans le tiroir. Il s'agenouilla pour presser derechef les doigts d'Arthur sur ce qu'il venait de prendre, avant de mettre la table ; pour parfaire le tout il ajouta deux tasses, du sel et du poivre, et un tube presque vide de moutarde.

Le bocal de saucisses était sa petite touche personnelle, Arthur lui ayant confié que Tommy adorait par-dessus tout manger des saucisses. Bill n'avait nul besoin de ce détail, mais il ne s'en priva pas, car ce faisant il eut le sentiment d'aller au bout des choses. D'être soigneux. Qualités de tout gardien-chef qui se respecte.

Une fois la scène dans la cuisine prête, il prépara du thé dans la tasse du gardien-chef et l'emporta dans le salon où il s'assit dans le fauteuil du gardien-chef et pensa à la femme du gardien-chef.

Helen méritait d'être heureuse. Elle le serait après ça. Bill se promit de consacrer le restant de ses jours à traquer le bonheur de Helen, et lorsqu'il aurait mis la main dessus, il le clouerait au lit où ils feraient l'amour toutes les nuits et jamais il ne le laisserait repartir ; ni elle non plus.

À quelle profondeur se trouvait Vince maintenant ? Bill redouta un instant que le corps du gardien remplaçant s'échoue sur la côte, mais cela n'avait en fin de compte pas d'importance. Il tenait son histoire. Personne n'aurait aucune raison de la remettre en cause. Arthur avait perdu la tête, tué le gardien remplaçant et voulu tuer Bill aussi. Et Bill avait dû se défendre.

Il était désolé, leur dirait-il, pour le vieux, il l'était sincèrement ; il avait apprécié Arthur, et ç'avait été un choc de voir ce qu'il avait fini par devenir.

56

Vincent Bourne aurait dû mourir tant de fois avant de mourir ce jour-là. Il aurait dû mourir à la naissance, à cause du cordon ombilical enroulé autour de son cou, que la sage-femme n'avait pas remarqué avant qu'il ne devienne bleu. Il aurait dû mourir lorsqu'il avait quatre ans et vivait chez les Richardson : il avait traversé la route devant une voiture et le conducteur l'avait évité à la dernière seconde. Il aurait dû mourir à quinze ans lorsqu'il était tombé d'un mur de six mètres de haut mais s'en était finalement tiré avec un bras cassé.

Tous ces épisodes de sa vie avaient mené inéluctablement à ce retour de bâton : ce jour où, à cette heure-là, son nom avait été appelé.

Il fumait sur la plateforme et elle l'avait pris par surprise. En fin de compte ce n'était pas un bateau avec Eddie Evans ou un prétendu mécanicien. Cela n'avait rien à voir avec ce qu'il avait tant redouté.

L'air était cristallin. La mer était calme ; les rochers émergeaient des vagues à intervalles réguliers. Aujourd'hui, le monde lui semblait vivable.

Il s'autorisa à croire que tout était derrière lui. Que peut-être personne ne voulait sa peau finalement. Il n'y avait aucune raison d'avoir peur. L'avenir s'ouvrait devant lui. Michelle se ficherait de ce qu'il avait fait ; elle le connaissait ; elle ne le laisserait pas tomber. Un sentiment de légèreté et de soulagement l'envahit. Le bonheur, supposa-t-il.

Bill le rejoignit ; il avait l'air mal en point. Vince lui proposa une cigarette mais le gardien auxiliaire refusa.

« Il faut que j'arrête », marmonna-t-il.

Vince haussa un sourcil. « Tu parles. »

Ce qui se produisit ensuite fut simple – d'une simplicité insultante pour un instant qui coûta la vie à un homme. Vince jeta son mégot qui atterrit au bord de la plateforme et non pas dans la mer. Il s'approcha pour le pousser à l'eau du bout du pied, et c'est alors que la mer se souleva soudain tel du lait bouillant dans une casserole. La tour sembla brièvement couler comme un gâteau trempé dans du thé ; puis elle réapparut et la mer se retira. Vince tomba avec elle, se cognant le coude et la tête. Il se dit, merde, et essaya de se rattraper, mais il n'y avait rien à quoi se rattraper. Sa tête saignait abondamment, ce qui l'empêchait de voir et de se concentrer. L'eau l'entraîna sur le béton et après le béton il n'y eut plus que les vagues.

Ses muscles se raidirent. Ses oreilles sifflèrent. Le phare avait disparu ; comment était-ce possible qu'il se soit dressé là il y a une seconde et soit désormais hors d'atteinte ?

Il ne songea qu'à Michelle. Sa bouche, ses bras, combien il était doux de se blottir dans son étreinte et de poser son visage dans le creux doux de son cou.

La force de ses jambes l'abandonna et la mer le poussa, toujours plus loin.

Bill criait. Vince lui cria en retour sans savoir quoi : étaient-ce des mots ou un bruit jusqu'alors inconnu ?

57

Assis dans le fauteuil du gardien-chef, Bill but son thé. Il n'avait pas d'animosité particulière envers Vince. Les sentiments n'avaient rien à voir là-dedans. La chance avait tout simplement été trop belle pour la rater ; donc il avait fait ce qu'il fallait. La mort de Vince était une issue de secours. Un parachute qui s'ouvre au dernier moment.

Il avait dit la vérité à Arthur. Il *avait* essayé. Quand il avait vu Vince dans les vagues, il avait lancé un cordage. Certes, sans beaucoup de force – le gardien remplaçant n'avait aucune chance de l'attraper. Puis il avait compris qu'il n'avait pas besoin de bien lancer. Surtout s'il n'en avait pas envie.

Vince s'était débattu un moment, et c'était alors que Bill avait pris sa décision, aussi froidement et calmement que lorsqu'il décidait de se débarrasser d'un de ses coquillages. Lorsqu'il était sûr de pouvoir se passer de celui-là. Il laissa la mer emporter le cordage et resta debout, impassible, à regarder son collègue se noyer.

Demain les hommes qui viendraient diraient oui, on comprend, oh merde, quelle sale affaire. Mais Trident House étoufferait l'affaire. Ils récompenseraient Bill pour sa bravoure et le nommeraient dans un autre phare ; ils le nommeraient gardien-chef dans un autre phare.

Bien des mois plus tard, il quitterait le service et emmènerait Helen avec lui. Il l'épouserait. Ils iraient s'installer loin de la mer.

Un jour, peut-être, il lui avouerait la vérité. Ou pas. En fonction de sa réaction : triste, ou bien heureuse qu'il soit celui qui ait survécu.

58

Un bruit en bas le fit sursauter.

Bill se demanda s'il avait bien entendu, mais le bruit retentit à nouveau :

Taptaptaptaptap.

En bas, très loin en bas.

Il s'empara d'un gros livre sur l'étagère – *Les Hommes préhistoriques*, de J. Augusta et d'un autre auteur dont le nom s'était effacé. Le gardien-chef avait perdu les pédales ; ça devrait marcher.

Espèce d'imbécile, résonna dans sa tête, la voix de son père. *Il faut toujours vérifier. Je savais que t'allais rater ton coup.*

Bill descendit jusqu'à la chambre, le dos contre la paroi de l'escalier en spirale, et en arrivant à la cuisine il découvrit qu'Arthur n'avait pas bougé.

Hé !

Il se tourna. « Qui est là ? »

L'écho de sa voix résonna dans l'escalier.

« Qui est là ? »

Taptaptaptaptap.

Il continua de descendre, le livre brandi au-dessus de la tête, se répétant que ce n'était que le vent. Lorsqu'il atteignit la porte d'entrée, il se sentit rassuré : elle était fermée comme avant.

La seule personne dans cette tour, c'était lui.

Néanmoins, il secoua de toutes ses forces le battant en acier pour tester sa solidité et s'assura que la barre était bien fixée. Il décida de ne plus ouvrir cette porte jusqu'à ce que quelqu'un se présente, vivant, de l'autre côté.

✦

La nuit tomba, et pourtant il n'était que seize heures passées. Le jour se faufila derrière l'horizon.

Malgré les événements, il alluma la lanterne comme à l'ordinaire.

Bill était le dernier homme en vie. Parfois, lorsqu'il faisait le quart de nuit, il s'imaginait que c'était le cas. Que tout le monde sur la planète avait péri. Il coupait le son de la radio pour ne plus entendre les navires communiquer entre eux et il s'asseyait, tournant le dos aux phares qui jalonnaient la côte.

Le rayon de la Maiden luisait sans discontinuer, telle une lampe frontale dans une grotte mystérieuse. Bill avait exploré des grottes souterraines une fois avec l'école ; il se souvenait encore des galeries étroites et du sentiment de claustrophobie qui l'avait pris à la gorge. Encordés les uns aux autres par la taille, ils passaient dans des boyaux glissants tels des bébés sur le point de naître. Les grottes lui rappelaient le corps humain, les intestins. Il aurait suffi que l'un d'entre eux perde la tête. Il s'était cogné l'épaule, la peur s'était emparée de lui et il avait eu l'impression de ne plus pouvoir respirer ni bouger ; pour finir quelqu'un l'avait violemment poussé par-derrière, et il avait atterri dans une cavité ; le pire avait été de savoir que la seule façon de sortir de là était de refaire le même chemin dans l'autre sens.

✦

La rigidité cadavérique s'installa, et le corps d'Arthur se raidit ; le monter quatre étages plus haut eut presque raison de Bill.

Près de lui dans la lanterne, le cadavre du gardien-chef formait une ombre massive, une montagne l'hiver au crépuscule. Il lui semblait logique de conserver pour les dernières heures un compagnon, avant d'agir. Lorsque l'aube se lèverait, Bill serait secoué mais cohérent. Il n'avait jamais fait preuve de créativité – *un garçon sans imagination* –, sauf qu'en l'occurrence il n'y avait pas besoin de réfléchir bien longtemps pour savoir quoi faire.

Il commencerait par leur montrer les horloges. La table dressée pour le fils mort. Ensuite, le registre météo. Cela faisait des années qu'Arthur vivait et se laissait mourir sur ce caillou, perdant petit à petit l'esprit. Ç'aurait tapé sur le système de n'importe qui. Arthur n'en pouvait plus, il en avait plein le dos des phares, de ces putains de phares.

À terre, ils seraient impressionnés que Bill ait survécu.

Quelle histoire ça allait être, et Bill Walker en serait le héros ; on en parlerait des générations durant, de même que l'histoire des gardiens des Smalls.

✦

Il passa toute la nuit à récurer chaque surface de la tour, comme s'il la préparait pour un enterrement. Il frotta et fit briller chaque marche entre la cuisine et la lanterne, chaque centimètre de ce que le corps d'Arthur avait pu toucher. Aucune empreinte, aucune trace n'échappa à l'hypervigilance que lui avait appris le métier de gardien de phare. Bill effaça tout.

En bas, il se dépêcha de faire ce qu'il avait à faire ; il n'aimait pas traîner dans les entrailles du phare, au milieu des ombres et des silhouettes mystérieuses des cordages et du canot de sauvetage. Il n'aimait pas penser au bruit qu'il avait entendu et aux rires, aux chuchotements qui avaient tourbillonné autour de lui, qu'il avait imaginés, juste imaginés, à cause de la tâche et de la solitude conjuguées. Il n'ouvrirait pas cette porte.

Il alla prendre les pierres dans le placard d'Arthur. Il avait souvent vu le gardien-chef se pencher pour les regarder. Cela semblait cohérent que ce soit leur poids qui emportât sa vieille carcasse vers le fond.

Bill en choisit une douzaine et laissa les autres. Ce faisant, il trouva l'ancre en argent de Helen. Ah, c'était là qu'elle était. Arthur se l'était récupérée. Bill sourit et accrocha la chaîne à son cou.

59

Ce soir-là, le feu était magnifique. Le rayon de la Maiden balayait la mer majestueusement pour guider les bateaux au large.

Bill enfila avec difficulté le pardessus à Arthur, les bras étaient comme verrouillés, les articulations raides se manipulaient mal. Bill posa le corps du gardien-chef contre la rambarde de sécurité de la coursive. Il remplit ses quatre poches de pierres.

Il n'aurait qu'à le pousser. Bill songea à Helen chez elle, qui se mettait au lit sans savoir qu'au matin sa vie recommencerait à zéro.

Il hissa Arthur sur la rambarde et poussa.

Hé !

On courait vers lui ; un enfant rit.

Taptaptaptaptap.

On le bouscula par-derrière. Bill éructa, et perdit l'équilibre. Des bruits de pas fondirent sur lui de toutes parts. Des murmures. Un sifflet. Puis on le bouscula derechef et il bascula.

Dans la panique, il s'agrippa au gardien-chef et l'horreur lui coupa le souffle. Que ce soit l'horreur elle-même ou une chose qu'il ne pouvait nommer qui venait de les réunir ainsi, il n'eut pas le temps d'y réfléchir car le poids du cadavre l'entraîna aussitôt dans le vide.

La paroi blanche défila sous ses yeux, spectrale, interminable. Le corps d'Arthur fusionna avec le sien et ensemble ils heurtèrent violemment l'eau sombre et froide.

Bill perdit un instant tout repère ; sa jambe se lacéra et sa tête heurta quelque chose. Le sang, la terreur et l'eau envahirent ses oreilles. Encore et encore il pensa, non, ça ne peut pas finir comme ça, bêtement, encore et encore. Le poids d'Arthur l'entraînait par le fond ; plus Bill, électrisé par la peur, se débattait, plus ses jambes se démenaient, plus la mer l'engloutissait. Le sang afflua dans son nez et sa bouche ; lui inonda la tête.

Désespéré, choqué, contrit, il s'agrippa de plus belle au gardien auquel il était soudé. Arthur était le parrain de Bill, l'homme qu'il avait toujours voulu être.

Dans le noir, dans les ténèbres, leurs corps entremêlés se démenant dans l'eau ressemblaient à une nuée de fous de Bassan se disputant des viscères de poisson. Des remous en surface, quelques cris aussitôt étouffés. Seul résonnait le triste chant des phoques.

Tandis que Bill se noyait, un bateau s'approcha. Le capitaine se pencha, main tendue.

Il avait surgi tel un éclair de lumière, vaisseau errant au feu fixe au bout d'un long tunnel. Sa voile était déchirée. Et la main tendue était petite.

Bill sentit Arthur se détacher de lui, et le froid le mordit. La barque prit Arthur, pour le ramener chez lui, au chaud ; Bill tenta désespérément de s'agripper au plat-bord, mais elle n'était pas venue pour lui.

Sur la coursive du phare, trente mètres plus haut, la porte métallique se referma à cause d'un courant d'air. Un oiseau blanc survola le sommet de la tour avant de s'éloigner vers le large.

XII

Tout est là

60

HELEN, 1992

Noël terminé, elle se rendit en Cornouailles pour l'anniversaire de leur disparition.

C'était un après-midi typiquement anglais, le ciel avait la couleur d'un Tupperware et la mer était à la fois grise et marron. La pluie tombait sans discontinuer ; des amas de feuilles mortes et de bois noirci obstruaient les fossés détrempés et boueux ; l'automne avait cédé la place à l'hiver. Elle avait emmené la chienne cette fois, qui reniflait sans relâche, en quête d'un terrier de renard. Les gouttes s'écrasaient sur son parapluie ouvert. Dans les arbres, les nids de colombes abandonnés tombaient en ruine, des éclats de coquilles d'œufs scintillant dans la mousse tels des fantômes.

Ces derniers temps, Helen avait senti son squelette, et il s'était rappelé à son bon souvenir lorsqu'elle avait commencé à grimper la colline en direction du cimetière de Mortehaven – sa cage thoracique lui faisait toujours penser à quelque chose de préhistorique. La chienne resta près d'elle ; l'animal comprenait qu'elle avait besoin d'une présence.

Combien de fois encore ferait-elle ce voyage ? Celui-ci serait peut-être le dernier. Vingt ans, c'était un jalon arbitraire de toute façon. Et puis son mari n'avait pas son mot à dire ; cela faisait assez longtemps maintenant ; vingt ans, c'était un chiffre rond ; je devrais rentrer chez moi.

Malgré tout, elle était là, au cas où.

Au cas où quoi ?

Le 30 décembre, chaque année il lui fallait voir le phare de Maiden Rock, son partenaire dans ce singulier anniversaire. C'était peut-être comme garder une bête sauvage dans son salon : entrouvrir la porte tous les jours pour montrer à l'animal qu'elle était toujours là, aux commandes. Ne plus manifester sa présence ne faisait que lui donner confiance, le rendre plus fort qu'il ne méritait de l'être.

Jenny ne viendrait pas, se dit-elle. À l'anniversaire des dix ans, Helen l'avait vue de loin, avec ses enfants, tournée vers la mer. Elle avait failli la rejoindre, mais en fin de compte elle n'en avait pas eu le courage. Michelle n'était pas là à l'époque, elle n'était jamais là d'ailleurs, elle n'en voyait pas l'utilité, et elle ne viendrait pas aujourd'hui non plus. Elle appellerait Helen la semaine prochaine en prétextant que son mari n'avait pas voulu qu'elle fasse le voyage.

Lorsque Helen arriva avec sa chienne au cimetière, le vent s'engouffra sous son parapluie. Elle entendit l'océan Atlantique se briser contre les rochers couverts de moules dans une explosion d'embruns salés et d'écume.

Helen savait où elle se rendait, une tombe non loin du banc commémorant la disparition de son mari. L'épitaphe sur la pierre était piquée de lichen :

JORY FREDERICK MARTIN, NÉ EN 1921, A LARGUÉ LES AMARRES EN 1990. IL NOUS MANQUE CRUELLEMENT.

Elle resta là, debout, quelques minutes, jusqu'à ce que cesse enfin la pluie.

Des traînées jaunes maculaient les nuages ; un rayon de soleil perça faiblement mais sûrement. Helen ferma son parapluie. Ainsi, Jory était mort il y a deux ans. Elle ne l'avait pas su. Depuis la disparition, elle avait pensé par intermittence au pêcheur qui assurait les relèves et les ravitaillements. Même s'ils avaient presque le même âge, elle avait toujours éprouvé envers lui une sorte de gratitude maternelle. Sûrement parce qu'il avait été le premier à arriver au phare, se disait-elle. Le premier à appeler les gardiens disparus ; et ensuite il les avait pleurés lui aussi. Jory avait été la relève tant attendue, le sauveteur qui n'avait pu sauver personne, le cri dans le vent resté lettre morte.

La chienne s'éloigna, flairant une piste entre les pierres tombales. Helen sentit s'approcher quelqu'un dans son dos ; elle savait qui c'était, elle aurait pu lui souhaiter la bienvenue sans même se retourner, mais elle voulait voir son visage.

« Bonjour », dit-elle, soudainement heureuse d'être face à un autre être humain.

L'écrivain portait un anorak rouge et un jean, et ses chaussures étaient détrempées à cause de la pluie. Un sac en toile pendait à son épaule. Il semblait penaud, un peu gêné, puisqu'elle savait. Elle comprenait désormais pourquoi il n'était pas du genre à se présenter en costume-cravate. Il était fils de pêcheur; il avait grandi les pieds dans les filets.

« Pourquoi ne me l'avez-vous pas dit ? » demanda-t-elle.

Dan Martin tenait à la main une pierre lisse et nacrée barrée d'un trait blanc aussi fin qu'un fil de coton. Il la déposa sur la tombe de son père.

« Papa a longtemps pensé que c'était sa faute, dit-il. Qu'il aurait dû faire plus pour eux. Aller là-bas plus vite malgré le temps. Il n'aurait pas pu, mais c'est ce qu'il se disait.

– Vous auriez dû me le dire.

– J'ai pensé que vous pourriez peut-être m'en vouloir aussi.

– Ça ne m'a jamais traversé l'esprit. »

Il enfonça les mains dans ses poches. « Je regrette, Helen. Je voulais que vous me parliez sans savoir qui j'étais. Pour que ça n'influence ni ce que vous alliez me dire, ni votre façon de me le dire. Comme si je n'avais rien à voir avec cette histoire. J'ai pensé que ça rendrait les choses plus faciles pour vous. »

L'espace d'un instant elle se sentit si proche et si liée à lui qu'elle dut détourner les yeux en se rappelant tout ce qu'il savait à son sujet.

« J'aurais dû être plus honnête, admit-il. Comment l'avez-vous découvert ?

– Vous n'êtes pas le seul à vous intéresser à la vérité. »

Il lui rendit son sourire.

« Je ne pouvais pas écrire sur cette histoire du vivant de papa. Lui changer les idées avec des livres sur les corsaires et les frégates, ça oui. Même si je crois que ça lui aurait fait plaisir finalement. Lui aussi, il avait envie de vous parler. »

Helen balaya l'horizon du regard à la recherche du Maiden Rock, dissimulé dans la brume mais dont le rayon luisait faiblement par intermittence.

« Vingt ans, dit-elle. C'est différent maintenant.

– Comment ça ?

– Je ne sais pas trop. C'est peut-être moi qui suis différente. Je suis contente qu'on puisse en parler maintenant. Je ne sais pas si Jenny pense la même chose, ou Michelle. Elle m'a dit qu'elle avait décidé de vous rencontrer en fin de compte. C'est curieux. Ça fait remonter le passé, et en même temps ça aide à tourner la page. Ça me permet de comprendre que toutes ces années sont derrière moi et que ma vie a changé. Je ne suis plus la femme que j'étais. Les gens pensent que je devrais être triste quand je regarde en arrière, et j'ai de la tristesse ; j'en aurai toujours. Pourtant c'était il y a longtemps. Ça ne fait plus aussi mal maintenant. »

Dan hésita. « J'ai essayé de pousser mon père à en parler. Il ne l'a jamais fait. Personne ne sait comment en parler ; quels mots utiliser.

– N'importe quel mot vaut mieux que le silence.

– Oui.

– Vous, vous savez.

– Quoi ?

– Quels mots utiliser. »

Il la regarda dans les yeux. Il avait les sourcils droits et bas, le regard d'un marin. Et il ressemblait à son père.

« J'ai toujours voulu écrire sur Arthur et les autres, poursuivit-il. Le jour où ils ont disparu, ma vie a changé. Ma famille a changé aussi. Papa ne s'en est jamais remis. Moi non plus. En grandissant, j'ai essayé de comprendre la mer à travers mes histoires, mais je n'ai jamais réussi parce que c'était de cette histoire qu'il me fallait parler. Mortehaven n'a plus été la même après leur disparition. Personne ne connaissait notre ville avant. Personne ne nous associait au deuil, aux fantômes. Les enfants grandissaient heureux, ils déménageaient et ensuite ils amenaient leurs propres enfants en vacances pour voir les bateaux et le Maiden Rock, et pêcher sur le quai. Après, ils ont arrêté de le faire.

– Vous ne pouviez pas accepter qu'il n'y ait pas de réponse, suggéra Helen.

– Non, je ne pouvais pas.

– Mais il n'y a pas de réponse. »

Il ouvrit son sac. « Ça ne m'a pas empêché de chercher. Au fil des ans, j'ai interrogé tous ceux qui voulaient bien m'écouter. Je leur présentais l'énigme : trois gardiens disparaissent d'un phare, que leur est-il arrivé à votre avis ?

– Que leur est-il arrivé à *votre* avis ? »

Il sortit de son sac un paquet de pages glissées dans une chemise en plastique maintenu par deux élastiques en croix.

« Le voilà, fit-il. Votre livre.

– Le mien ?

– Et vous aviez raison. Ce n'est pas le livre que j'avais pensé faire.

– Vous êtes déçu ?

– Non, répondit-il. Tout au contraire. »

Il ôta les élastiques.

« C'est bizarre de penser qu'il n'y a plus personne là-bas. » Il enjamba les pierres et s'approcha du bord de la pointe. « Qu'ils sont tous automatisés maintenant. Qu'il n'y a plus de gardiens. Plus de relèves, plus d'attente. J'y suis retourné il y a quelques années. Il faisait beau, donc je me suis dit, d'accord papa, faisons-le pour toi. Il règne une drôle d'atmosphère maintenant. Ça doit être pareil pour tous les phares, mais surtout les phares de haute mer. C'est le fait de savoir qu'ils sont déserts. Tout cet ouvrage, si loin au large, sans personne à l'intérieur. C'est étrange. On pourrait croire qu'il en émanerait quelque chose du passé, non ? Quand j'y suis allé, j'ai eu l'impression que c'était le cas. Que ça pourrait être le cas.

– Vous avez cru qu'Arthur allait être là sur la plateforme à vous faire signe ? dit Helen.

– Certains pensent encore qu'ils vont revenir.

– J'espère que vous n'en faites pas partie.

– Pourquoi ?

– Ce n'est pas réaliste.

– Le sujet lui-même n'est pas réaliste.

– Ça ne change rien.

– De croire qu'ils vivent encore ?

– De croire qu'ils peuvent revenir après tout ce temps. » Helen se tint immobile à ses côtés. « Arthur a disparu. Il ne reviendra pas. Vous dites que vous avez besoin de réponses. Eh bien pas moi. Je crois même que je n'en ai jamais eu besoin. J'ai besoin d'accepter la réalité. J'ai besoin de paix. D'espoir. Ça m'a pris vingt ans et j'y suis presque. »

Il lui tendit le livre. « Tenez. »

Le manuscrit était lourd. « C'est beaucoup de travail.

– Oui, répondit Dan. Ç'a été beaucoup de travail. Maintenant c'est terminé. J'en sais plus qu'avant. Même si savoir ce qui s'est réellement passé dans la tour, Helen, c'est une autre histoire. Je ne pourrai jamais en être certain. Je ne suis pas assez bête pour le croire. On peut envisager toutes sortes de dénouements. »

Helen regarda les chaussures détrempées de Dan et les pages humides du manuscrit, et elle eut envie de le remercier. Grâce à ce livre, elle avait demandé pardon à Arthur, elle lui avait dit qu'elle l'aimait. Elle l'avait toujours aimé, même dans les pires moments. Elle l'avait aimé jusqu'au bout. Même s'il ne l'avait jamais su, elle l'avait exprimé maintenant, et c'était ça qui semblait le plus important.

« La vérité leur appartient, reprit Dan. Et à vous aussi. Elle n'est pas à moi ni à personne d'autre. »

L'air marin était aussi vivifiant qu'un matin naissant.

« Nous ne connaissons pas la vérité, dit Helen. Tout est là, non ? Certains mystères ne sont pas censés être élucidés. Je parle d'Arthur et des autres, évidemment. Et je parle aussi du reste. Vous savez. Le reste. Pourquoi on fait ce qu'on fait. Pourquoi on craque une allumette. Pourquoi on a construit des phares pour commencer, et tout ce qui peut sauver la vie de quelqu'un. Ce n'est pas nous qui décidons. Il n'empêche, nous ne serions pas humains si nous ne tentions pas notre chance. Si nous n'allumions pas autant de lanternes que possible tant que nous sommes sur cette terre. Si nous ne nous efforcions pas d'entretenir la lumière pour éclairer les ténèbres lorsqu'elles nous tombent dessus. »

Il la dévisagea.

« Allez-y, dit-il.

– Quoi ?

– Écrivez la fin. »

Il prit une liasse de pages et les jeta dans le vide.

« Qu'est-ce que vous faites ? »

Les pages s'envolèrent au gré du vent, ailes d'un blanc éclatant battant le bleu du ciel et de la mer, dérivant, dansant et s'éparpillant.

Helen rit, à la fois euphorique et choquée en s'emparant des pages du manuscrit pour les jeter aussi tels des confettis tombant en pluie sur les heureux gagnants de la loterie.

Elle contempla les pages qui flottaient et se balançaient dans les vagues.

« Merci Helen. »

La chienne la rejoignit. Dan referma son sac et rebroussa chemin.

Alors qu'il arrivait au portail du cimetière, Helen se retourna. Deux silhouettes se tenaient debout le long de la haie. Elle les aurait reconnues entre mille, comme des membres de sa famille.

L'écrivain s'arrêta pour vérifier qu'elle avait vu.

Elle osa faire quelques pas dans leur direction, tout en craignant que les femmes disparaissent en la voyant approcher.

Toutefois en avançant elle se rendit compte que Michelle et Jenny se tenaient bras dessus bras dessous. Michelle avait l'air optimiste et apaisé ; quant à Jenny, elle n'avait pas changé. Elle n'avait pas vieilli.

Au bout d'un moment, Jenny la salua d'un signe de la main.

Helen l'imita.

Avant de les rejoindre, elle se retourna une dernière fois vers la Maiden. De là où elle se trouvait, le phare n'était qu'un trait gris émergeant d'une mer vert pâle. Le vent soufflait, ce vent qu'elle sentait sur sa joue, cette humidité iodée qui séchait dans le soleil naissant. Elle savait que la tour était vide, même si au fond elle pensait le contraire. Cette tour ne serait jamais vraiment vide. Elle imagina sans peine le gardien-chef : il grimpait l'escalier, visage tourné vers la lanterne. Sans toucher la rampe, il s'éloignait pas à pas de ses ténèbres intérieures et finalement tout ce qui lui restait, tout ce qui l'habitait, se résumait à une étoile qui avait presque cessé de briller.

Remerciements

Je tiens à exprimer ici toute mon admiration et ma gratitude pour l'ouvrage de l'historien de l'oralité Tony Parker, *Lighthouse*. Les entretiens avec les gardiens de phare et leurs familles qu'il a recueillis dans ce livre m'ont éclairée et permis de comprendre comment je souhaitais organiser ce roman et raconter cette histoire. Le portrait que dresse Parker d'un mode de vie disparu aide à mieux appréhender non seulement le métier de gardien de phare, mais aussi la sagesse et l'humanité de ceux qui ont consacré leurs vies au service des Phares et Balises.

Certaines des anecdotes sur le quotidien dans un phare de haute mer sont tirées de souvenirs de vrais gardiens de phare. Si j'ai pu un tant soit peu pénétrer le cœur et l'esprit de cette communauté, c'est grâce aussi aux autobiographies et aux anthologies suivantes : *Ceaseless Vigil* de William John Lewis, *It Was Fun While It Lasted* de A. J. Lane, *Stargazing* de Peter Hill, et *The Lighthouses of Trinity House* de Richard Woodman et Jane Wilson. Je me suis également inspirée de *The Lighthouse Stevensons* de Bella Bathurst, *Lighthouse Construction and Illumination* de Thomas Stevenson, *Henry Winstanley and the Eddystone Lighthouse* d'Adam Hart-Davis, *Eddystone: The Finger of Light* de Mike Palmer, ainsi que de l'épisode du podcast *Lore* intitulé « Rope and Railing » d'Aaron Mahnke, et du poème « Flannan Isle » de Wilfrid Wilson Gibson.

Je remercie mes brillantes éditrices : Francesca Main, Andrea Schulz et Iris Tupholme dont le talent et l'intuition m'ont aidée à travailler ce manuscrit ; et Sophie Jonathan pour avoir su aider, avec une telle habileté et une telle gentillesse, ce navire à prendre la mer. Merci aussi aux équipes de Picador au Royaume-Uni, de Viking aux États-Unis et de HarperCollins au Canada pour leur enthousiasme et leur savoir-faire, en particulier Jeremy Trevathan, Camilla Elworthy, Katie Bowden, Katie Tooke, Laura Carr, Roshani Moorjani, Claire Gatzen, Nicholas Blake, Lindsay Nash, Carolyn Coleburn, Molly Fessendon, Lindsay Prevette, Kate Stark, Nidhi Pugalia, Sona Vogel, Bel Banta, Amanda Inman, Meighan Cavanaugh, Claire Vacarro, Tricia Conley, Sharon Gonzalez, Nayon Cho, Jason Ramirez et Julia McDowell.

Merci à mon agente Madeleine Milburn et à tout le monde à la MMLA, notamment Anna Hogarty, Liane-Louise Smith, Georgina Simmonds et Giles

Milburn. Maddy, tu connais cette histoire depuis qu'on se connaît. À l'instar des premiers phares imaginés par les Stevenson, de nombreuses versions de ce livre ont été ébauchées et se sont effondrées, mais notre lanterne a fini par briller.

Mimi Etherington, Rosie Walsh et Kate Reardon, merci : j'espère que vous savez pourquoi. Merci aussi à Kate Wilde, Vanessa Neuling, Caroline Hogg, Chloe Setter, Melissa Lesage, Jennifer Hayes, Joanna Croot, Emily Plosker, Sam Jenkins, Chioma Okereke, Laura Balfour, Sarah Thomas, Jo Robaczynski et Lucy Clarke pour leur amitié et leur soutien. Tout mon amour à ma sœur, Victoria, mon neveu Jack et mes parents Ian and Katharine auxquels ce livre est dédié.

Merci Mark, de m'avoir encouragée, de m'avoir poussée vers mon phare bien-aimé, réel ou fantasmé. Et merci plus que tout à Charlotte et Eleanor, à jamais mes deux lumières les plus éclatantes.

Cet ouvrage a été composé
par Belle Page
et achevé d'imprimer en février 2022
par Rodesa, Av. de Villatuerta, 26A,
31132 Villatuerta, Navarra
pour le compte des Éditions Stock
21, rue du Montparnasse, 75006 Paris

Imprimé en Espagne

Dépôt légal : mars 2022
N° d'édition 01 – N° d'imprimeur :
51-08-5315/4